U0939516

追寻与发现

新世纪
家庭叙事
研究

PURSUIT AND DISCOVERY

汪雨萌

著

图书在版编目（CIP）数据

追寻与发现：新世纪家庭叙事研究 / 汪雨萌著. —南京：江苏凤凰文艺出版社，2018.9
ISBN 978-7-5594-2176-0

Ⅰ. ①追… Ⅱ. ①汪… Ⅲ. ①家庭问题–叙事文学–文学研究–中国–当代 Ⅳ. ① I206.7

中国版本图书馆 CIP 数据核字（2018）第 109346 号

书　　名	追寻与发现：新世纪家庭叙事研究
著　　者	汪雨萌
责任编辑	王昕宁
出版发行	江苏凤凰文艺出版社
出版社地址	南京市中央路 165 号，邮编：210009
出版社网址	http：//www.jswenyi.com
印　　刷	三河市华东印刷有限公司
开　　本	880 × 1240 毫米　1/32
印　　张	7.5
字　　数	130 千字
版　　次	2018 年 9 月第 1 版　　2020 年 1 月第 2 次印刷
标准书号	ISBN 978-7-5594-2176-0
定　　价	38.00 元

目　录

第一章

绪论：家庭与文学的关系及其在新世纪的特征

家庭与家族在中国文学史上一直是绕不开的话题。在中华民族漫长的文明史中，家庭不仅仅是一个简单的生育组织，也不仅仅是一个由血缘而维系起来的生活社群，而是一个涵盖了政治、经济、宗教等功能的事业组织，也是承载社会情感、记忆、思想的重要载体。家族是长期的，稳定的，绵延不绝的。它对个人来说，是思想、性格与精神的最重要来源；对社会来说，是我们的传统文化、思想、社会结构与功能不断传承、扩散、变革而不离其宗的基石。社会总有动荡，而家庭却几乎是无法摧毁的，并能够适应新的社会环境，呈现出新的样态，并不断总结和改造社会。因此在观察社会时，我们就不免要将家庭或是家族作为最小的样本来观照，社会学是如此，文学也是如此。从诗三百，到古诗十九首、汉乐府，再到唐诗、宋词、元曲、杂剧、笔记小说，再到新文学，家庭作为重要的主题，频频出现在中国文学史的长河中。从简单的对家庭情景的勾勒、对家庭感情的描摹，对家庭身份的体悟，到整个家族故事与家庭叙事的发展与壮大，我们既能看到家庭结构、关系与文化行为的传递与继承，也能够看到其中的变革与创造，从而深入探讨由此带来的社会变化、文学主题的变化与创作形式更迭。因此对我们来说，家庭叙事的意义是非常重大的，它可能并不是每一个文学创作阶段的主流，但在其他题材随着社会的变迁而更新换代时，家庭叙事则保留着它的连贯性与基础性。换句话说，我们也许不能一打眼就望见它，但我们永远有充分的理由和资源来研究它，甚至我们在研究其他主题的文学创作时，家庭叙事也是无法绕开的。因此我认为，家庭叙事对任何一个文学研究者来说，都是重要而无法回避的，对于文学研究来说，它是母题性的存在。但选择这样一个选题，我想不免会受到某些方向性的质疑，研究家族叙事，是否难免将文学作品作为了社会学研究的样本和注脚？研究家庭叙事，又如何能够摆脱社会学的框架和阴影，从文学学的角度阐释这一主题？我认为这样的疑问可能并不重要，一方面我们固然重视文学的艺术性与审美性，但也不能否认文学本身就具有一定的社会学属性，许多作家在创作时，是怀着对社会的怀疑、批判乃至希冀的，法国批评家埃斯卡皮在《文学社会学》一书中认为："由于文学界只是更加广阔的社会中的一部分，而作家是社会的一个公民，所以文学交流的整个网络要受到社会生活所加的条件的限制。其实，文学之宏伟、重要与丰富——一句话，文学之人类价值，在很大的程度上取决于文学界以及作家在那个社会中所占据的地位，取决于作家对他们所处境遇的意识，取决于对这种意识所包含的责任的承担。”[1]因此在研究文学时，我们所面对的是作家对他所面对的整个社会的阐释，也是他的某种社会责任的体现，这一点是无需也无法回避的。同时，我们应当看到，文学与社会学是交杂的，互为补充与注解的，而并非二元对立的。德国社会学家伯尔希曼就认为：“在作为文学学的任务并得到研究的许多问题上，这个社会性的全部过程或多或少处于次要考虑的地位，极少为人所重视。然而，着重强调社会性和过程性这个问题，恰恰区别了这两门科学，而并不显得矛盾。只要这两个研究领域都没有表现出垄断的欲望，都不坚持自己的法定利益，那么两个领域不仅可以互助互益，而且还是相互依赖的。”[2]因此在我们研究这一主题时，必须用到社会学的一些理论，但这并不影响我们以文学的方式来理解这一主题，反而是提供了更为广阔的视角和有力的支撑。并且可以这么说，作家创作家庭题材作品的过程，就是他记录、追寻、发现家庭生活的过程，就是他窥探由家庭所承载的社会、历史和人类精神的秘密的过程，他们创作的手法，结构作品的方式，叙事技巧的运用，都会受到他所经历的、所观照的家庭环境的影响，而本文所要探讨和研究的，不仅是他们如何发现和追寻，更重要的，是作家们发现了怎样的具有时代特征的家庭现象，并由此追寻到了何种社会精神。

如前文所说，不同的社会环境下，会产生不同的家庭环境和

[1] 方维规主编：《文学社会学新编》，北京师范大学出版社，2011 年 2 月，P105。

[2] 同上，P118。

家庭精神，而这种氛围与结构又会在潜移默化中改变社会发展的进程。二十世纪的中国是充满变革的中国，作为社会最小单位的家庭，也随之产生了非常重大的变迁。从二十世纪初的反家庭书写和对独立的爱情、婚姻和家庭的期待，到中期对一切家庭的根本性消解，再到二十世纪末婚姻家庭乃至家族的重新回归，中国现代文学的家庭叙事深刻、敏感而及时地反映着当时当下的社会变革，同时也不断塑造着中国新文学的新的底色。

至二十一世纪初，当动荡的社会环境渐渐平静，更为深层次的改革正暗流涌动时，当下家庭叙事又呈现出另外一种风貌。尤其是计划生育政策的实施与不断完善，使得中国的人口结构、家庭结构和社会结构都相比近现代发生了巨大的变化。作为一种政治决策，计划生育已经在文学中得到了一系列宏观性的书写，而家庭作为最小的社会单位，则可以更为微观和持续地展现这一政策所产生的社会学结果和一系列的文化影响。中国传统的家族、宗族体系在这一制度的影响下不断变得松散乃至瓦解，传统的族群关系、宗姓关系、代际关系、婚姻关系以及与之相关的经济、政治、文化与情感联系和产生的社会学效应都出现了前所未有的裂变。而这样的变化在新世纪以来的文学创作中也不难觅其踪迹，家庭组织的原子化与核心化，家庭角色的复杂化，亲子关系和婚姻关系中利益与情感比重的失衡，家庭场景和家族主题的背景化，以及进一步延伸至宗族、故乡主题的异变，都有非常清晰的呈现。但近年来的研究还是偏重于新世纪文学社会题材的研究，而较少有系统研究这一时期家庭主题文学作品的著述。然而新世纪的家庭叙事不应该被忽略，因为它所呈现出的家庭风貌及与之相关的一系列社会意义与思想价值是极为丰富而复杂的。中国的家庭文学古已有之，明清以来的作家更在家庭书写的一方天地中构建着自己心中的理想，并将家庭作为社会舞台的缩影，以重构家庭为改造社会、改造思想的第一步。百年之后的新世纪，中国传统家庭在经历了被反抗、被消解、被重构的一系列过程之后，作家们所面对的不仅仅是简单的、扁平的家庭体系，传统与现代相冲突的家庭价值、边缘化的家庭功能以及全新的家庭模式，还有越来越淡漠和疏远的家庭与家族潜意识以及血缘与地缘的联系。破不全而立不够，新世纪的家庭文学所反映的社会环境与所能够深入的精神世界也许比近现代以来的任何时期都要复杂和沉重，如何书写家庭或许不是当下作家们重点关注的对象，但他们对社会、对人性、对世界的思考都无法脱离他们对家庭的描摹和书写。在我看来，传统家庭叙事的母题——婚姻、代际和宗族仍然是作家们的首选，但在这些传统母题中，我们却看到了新的变化。在本文中，我将沿着这三个母题对新世纪家庭叙事进行探讨，并对在新问题的书写中所产生的新的写作技法和叙事结构做简单的探讨。

首先是婚姻母题。婚姻规则在新世纪呈现出更为务实的状态。在过去的二十世纪中，对婚姻生活的书写或明或暗一直贯穿始终，而这一题材在新世纪的文学中更加丰富了它的内容物。相比五四新文学中与传统婚姻的决裂，对以爱情为基础的婚姻生活的向往，或是五六十年代对婚姻生活的回避与淡化，抑或七八十年代对爱情的重拾与对婚姻伦理更深入的探讨，新世纪以来的文学要复杂得多，形形色色的婚恋描写，林林总总的家庭结构以百花齐放的形式呈现出来。这一时期的主要特点，主要体现在爱情与婚姻关系的务实化与世俗化上。在新世纪的爱情书写上，我们看到了更多的暧昧、一夜情、临时夫妻等等在以往的爱情叙事中并不主流的模式，在情爱对象的选择上、在情爱交流的过程上都呈现出一种匆忙的、实用的而又戒备的特点，爱情甚至性爱越来越成为私人化的、快餐式的情感体验，无始无终，来去自由。而面对婚姻，新世纪家庭叙事则更多了现实的考量，仿佛与爱情无关，婚姻生活中双方物质条件对等与否逐渐成为婚姻生活幸福与否的新指标，这一点在年轻作家的笔下显得尤为突出，比如《顾博士的婚姻经济学》《异乡》《家道》等等。这种婚姻价值的唯物化是当下社会巨变最敏感接地气的体现，阶层的分化、城乡的差异，社会价值观的物化与精神生活的乏善可陈几乎都可以浓缩在对一桩婚事的书写中，年轻一代的婚姻面临着前所未有的彷徨与茫然。

其次，代际关系也发生了重大的变化，儿童与老年人成为了作家关注的重点。首先正是因为计划生育的大环境影响，第一代独生子女已经成为社会的中坚力量，但他们在文学中的形象却显得越发孤独，不论是与长辈还是子女，他们都以渴望依恋而又充满断裂的姿态出现。生育率的降低使得家庭关注的重点不断向子女倾斜，儿童已经成为每一个家庭的重中之重。我们不难发现，孩子、生育在新世纪文学中也已经有了举足轻重的地位。《生活秀》中的来金多尔，《蛙》中历经千难万险出生的孩子，《新结婚时代》中艰难求子的夫妻，《六人晚餐》中重组家庭的子女，还有一系列短篇小说中的未成年人形象，都展示着这个时代对生育和子嗣的极端重视。其次，与之相关的，同辈人之间的亲情逐渐淡去，代际关系也出现了相应的问题，《我与父辈》《挂在墙上的父亲》等探讨代际关系的作品层出不穷，并出现如《彩虹》《CHINA DAILY》这样关于空巢老人的作品，以及《家事》《家道》《亲爱的深圳》《愤怒的小鸟》等等反映独生子女孤独一面的作品，揭示着这个时期父子亲情、新旧家庭伦理在理想与现实层面的悖论。而婚姻关系的扩大化，则是这个独生子女时代所特有的家庭表现：父母对子女婚姻生活的介入极其深刻，并弥漫在日常生活的所有角落。但这种干预并不是传统的家族封建作祟，而是一种这个时代所独有的父母对子女的过分依恋。然而正如前文所说，已经成家立业的独生子女对这种依恋感受十分复杂，从小备受呵护导致他们成年后也十分依赖父母，而改革开放之后逐渐西化的思想氛围又导致他们极其重视自由、民主和个人空间。这种矛盾，使同样是在传统与现代中挣扎的两代人几乎站在了对立面上。这已经不仅仅是两代人之间的战争，更是传统家庭与现代家庭的战争。由于缺乏同代际的亲情，子女与父母的情感联系往往更为紧密，无论对哪方而言，都更难以与对方割舍，成为新的独立的家庭，因此这一时期的“婆媳大战”“家庭闹剧”都带有强烈的时代烙印。

此外，新宗族与故乡面临坍塌与重建。如果扩大讨论的范围，那么我们也不难发现家族、宗族文学其实正在以另一种方式展开。在血缘日渐稀薄的当下，地缘及宗姓关系成为构建家族与故乡的主要脉络，然而在对这一松散结构的处理上，新世纪文学也同样产生了理想与现实的悖论：一方面，他们渴望一种精神寄托般的家族桃源；另一方面，却又着力于描写这一松散组织内部的分崩离析。这方面的作品一般以农村题材为主，展现着乡土中国在当下的举步维艰。

总体来说，新世纪的家庭文学在延续经典家庭叙事的同时，更多的是对当下新的家庭形态和家庭结构以及宗族、国族背景的新讨论和新叙事。从上文所归纳的、我将在博士论文中探讨的三点都可以看到它们身后二十世纪家庭文学的沉淀，婚姻与爱情，子女与父母，家族之间的复杂关系都在二十世纪有广泛的探讨，然而我们也不难看出新世纪家庭文学对过去格局的杂糅与重组。就以婚姻生活为例，经历了为爱情的五四时期与为政治的十七年、“文革”文学时期，乃至再次进入为精神的新时期文学。新世纪的婚姻家庭文学可以说同时蕴含了上述的所有因素，但对上述任何一个阶段而言，都面临着新世纪文学对它们的颠覆。因此新世纪的家庭叙事是丰富的、包容的，然而又是怀疑的、否定的。它们比过去任何一个阶段的家庭叙事可能都要更加复杂。当然，在创作形式、风格上，新世纪的家庭文学也有诸多创新之处，我们可以看到一种“轻”小说的新形态，我将从小说结构、人物塑造和小说叙事调子三方面进行讨论。难能可贵的是这一阶段的文学形式创新不仅仅只是形式革命，更是将主题与形式有机结合在了一起，使得两者能够相得益彰，甚至成为其所想要描述的家庭关系与家庭主张的拟态。

诚然，新世纪家庭小说也有自身的独创性，经济的发展、阶层的分化、地缘界限的模糊、计划生育的推行，都是这个时代所特有的创作背景。然而正如上文所说，新世纪的家庭文学是兼容并蓄的，在思考和解释当下社会对人产生的影响时，它们也同样夹带着对二十世纪家庭文学的回忆与追溯，这就造成了这个时期家庭文学的内部碰撞。加之这一时期老中青三代创作者同场竞技，三代人的对比更增加了新世纪家庭文学的意味。传统与现代的碰撞、唯物与唯心的争辩、理想与现实的冲突，都在这个时期展现出了前所未有的荒诞、虚无与深刻。值得注意的是年轻作家的创作，虽然还显得青涩幼稚，往往受到评论家的诟病，但他们的文字所展现出的与前代作家截然不同的姿态却值得思考与探讨，作为新世纪婚姻与家庭生活最深刻直接的在场者，他们的声音是不该忽视的。

本文拟以新世纪以来的家庭文学作为基本的考察对象，关注改革开放以来文学创作中家庭意象的变化及衍生出的人物形象、情节架构与主题立意的断裂与转型。并分析不同年代的作家在面对家庭主题时的不同态度与书写角度，对比他们在养老、教育、婚恋及乡土等亚题上所展现出的趋同与差异，探寻新时期以来不同世代“家庭问题”乃至故乡主题流变与人口政策及其带来的社会巨变之间的呼应与冲突，以及当下对家庭生活书写的探索与思考。

第二章

来去自由：对爱情、婚姻母题的重新书写

第一节　抱团取暖与若即若离：当代爱情观察

二十世纪的中国是充满变革的中国，作为社会最小单位的家庭，也不可避免地随之产生了变迁。从二十世纪初的反家庭书写和对独立的爱情、婚姻和家庭的期待，到中期对一切家庭的根本性消解，再到二十世纪末婚姻家庭乃至家族的重新回归，中国现代文学的家庭书写深刻而敏感地反映着共时性的社会变革。至二十一世纪初，动荡的社会环境渐渐平静，更为深层次的改革正潜流涌动，当下家庭文学又呈现出另外一种风貌。而爱情作为其中的重要主题，其内涵、外延乃至于叙事角度与表达方式，也产生了许多值得讨论的新质。去除爱情的象征意义与理想内涵，重新定义爱情的社会意义，真实地还原当下的两性关系，并在关系中观照自我，剖析自我，反思自我，是新千年以来爱情故事的主流。

新世纪文学爱情母题的核心价值观，已经悄然偏离了五四新

文学以来一脉相承的道路。在近现代中国文学的爱情观中，相爱的两人首先要确认和坚持的，是自身思想和人格的独立，以及在相互关系中对彼此的尊重。无论在现实层面这种爱情准则是如何地受到阻碍与束缚，至少在文学层面，这种对抗式的、彼此势均力敌的两性关系始终是一种爱情的理想形式，或者说，以二十世纪整体而言，爱情是具有超越性价值的、精神性的。其实从古至今，爱情本就是很难下定义的一个概念，它具有多面性，更具有不确定性："诚然，全世界语言中'爱'的写法与内涵有许多类同之处，爱是全人类共同的话题。但不能就由此得出结论（正如爱情普世论支持者那样），在同一情况下爱的表现形式和价值观都是一致的，是没有文化界限的"。[1]

在中国现当代文学的爱情叙事中，每一个阶段都有不同的侧重，二十世纪初启蒙主义色彩的新青年的爱情观，"文革"文学消灭个人隐秘情感的阶级感情观，新时期文学放飞自我、确认个人价值与自我存在的人道主义爱情观等等不一而足。而新世纪文学中的爱情是复杂的，是现实与浪漫交融的，是盘算与欲望共存的。换言之，这一时期的爱情叙事是日常化的、世俗的，这就是作家在新世纪对爱情所做出的新的定义与阐释。在这个时代，爱情的时效是短暂的，它的终点是未知的，甚至我们会觉得这种新的爱情是暧昧的、模棱两可的。这是因为当代人的日常生活机能正处在"后现代"的理性化的、物化的变革之中，因此对待感情

---

[1] [德] 乌尔里希·贝克、伊丽莎白·贝克－格恩塞姆著，樊荣译：《全球热恋：全球化时代的爱情与家庭》，北京大学出版社，2014 年 7 月，P69。

的态度使得爱情不太可能获得纯粹的、精神性的描绘："现代性的一个重要特征是，官僚化的程序在某种程度上为我们的日常行为以及我们在某种明确的情境下如何控制我们的情绪设置了规范。理性化的规则和规章已经渗透到我们内在机能的形式中，甚至在某种程度上塑造了我们的情感生活，是我们在一般意义上向现代西方文化、特别是要向工作文化提出的一个关键问题。"[1]在新世纪爱情母题中的人物是孤独而物质的，我们已经不能在当前的爱情故事中寻得支撑与依靠，每一个处在爱情中的人物似乎都是功利的、自利的。他们已不仅仅将爱情作为一份情感寄托，而更多地看作他们获得生存资料的砝码，或是他们寂寞无聊时的消遣，甚至他们早已经不愿以这种浅薄而即时的爱情作为自己的遮羞布，而将性爱赤裸裸地搬到台面上，并由此延伸出新的两性关系，乃至于更广泛的人际交往与交换关系。

首先，让我们从不同于以往的爱情形式开始谈起。在新世纪文学中，爱情的时效似乎大大缩短了。快餐式爱情、一夜情、周末爱情等等千奇百怪的短期爱情大大地蓬勃起来。这其中固然有现代生活节奏加快的因素，但作家对这种情爱方式的偏爱，其内涵更多的是通过这一主题，展现当代个人生活的孤独处境与个人命运无法把握的绝望。齐美尔将现代社会，尤其是城市生活中个人保持安全与掌控的范围缩至个人，亦即唯有封闭自我，感到孤独才是安全，这一点我们在新世纪文学颠沛流离的爱情场景中也

[1] [英]戴维·英格利斯著，张秋月、周雷亚译，武桂杰、苑洁译校：《文化与日常生活》，中央编译出版社，2010年6月，P55。

不难发现。[1]城市生活的高度个人化，使得爱情不再成为扩展人际关系，乃至扩展亲密范围的手段，相反，新千年后的爱情叙事呈现出一种高度个人化的样态，爱情为个人服务，当个人不再需要时，爱情便退场，似春梦一般了无痕迹。王安忆的中篇小说《骄傲的皮匠》便是如此，男主人公根海是苏北来上海讨生活的小皮匠，在一处弄堂口摆一个修鞋的小摊，鞋摊背后屋子的女主人根娣同情他的辛苦，便每日与他方便，用自家的微波炉给他热一顿午饭。根娣的老公小弟是出租司机，常不在家。一来二去，将老婆孩子留在老家孤身一人来上海闯荡的根海与祖籍同是苏北，说话做事都耀眼器张的根娣有了恋情。这恋情有两处根据地，一处是弄堂口，是白天两人粗茶淡饭的相互依偎，二是根海城中村的出租屋，是夜晚男女情事的热辣与温存。然而一次性事后根娣离开出租屋时，被楼下居住的河南打工仔错认成妓女。根海辗转一夜，决定将自己的老婆孩子接来上海，以此委婉了断与根娣的情思，而根娣在听说此事之后，什么也没说，便转身回了家，小说至此戛然而止。王安忆的这篇关于婚外恋情的小说继承了她一贯的上海叙事风格，但又带有这个时代的鲜明特征。小皮匠与根娣的爱情起时温情，浓时热烈，却在高潮时戛然而止，人物悄无声息地各回原位，他们从未想过离开各自的家庭，却也能够全心全意地投入到这场恋爱之中，两者互不干涉，这样反而令他们感到安全和依靠。根海与根娣之间似乎是有爱情的，但这爱情却是模

---

[1] 参见［英］戴维·英格利斯著，张秋月、周雷亚译，武桂杰、苑洁译校：《文化与日常生活》，中央编译出版社，2010 年 6 月。

棱两可的。根海需要根娣，是老乡的亲切，是中午热饭热菜的恩情，也是妻子不在身边的异性慰藉。根娣对根海，是弥补小弟常年出车的空虚，是填补无人说话的寂寞，也是遏制自己因为小弟不能人道而无法排遣的性压抑。总之，对于根海与根娣来说，要说他们之间的关系是爱情，显然太奢侈了，他们活得艰难，没有时间、没有空间，也没有资格享受，他们只是各取所需、抱团取暖，因此在一方结束时，另一方便即时离开。

这种临时性的、短暂的情爱关系，也构成了叶辛的《问世间情》的叙事主体。但相比王安忆尚且有些许浪漫与得体的克制描写，叶辛则选择更为直白和现实。索远与麻丽是同一间工厂的车间主任与女工，也是厂里人心知肚明的临时夫妇，他们之间的关系是依靠，是慰藉，也同样是背井离乡的打工仔对生活成本计算后的无奈选择。但索远的家乡遭受了洪灾，一夕之间村庄荡然无存，他的妻女千里迢迢前来投奔后，索远与麻丽不稳定关系的麻烦开始了。索远一方面对遭灾的、再无依靠的妻女有责任，然而又对朝夕相处了三年的临时伴侣产生了爱情，他腹背受敌，两个女人一个近身攻击，一个远程冷战，让他无所适从。在这部小说里，临时伴侣的强势入侵使整部作品与《骄傲的皮匠》南辕北辙，如果从现实关系看，索远、麻丽与但平平似乎纠缠不清，其实，在这场复杂的男女纠葛中，连人物都尚未意识到，爱情已悄然退场。如果说《骄傲的皮匠》着意刻画的是底层人内心的底线，那么《问世间情》展现的则是更为真实、也更为残酷的对生存所需的物质资源与情感资源的争夺与捍卫。两部作品的相通之处在于爱情主体的高度个人化。根海、根娣、索远、麻丽，这些人物形象无一不是从自我出发，从自身的需求与寄托出发，不论这需求是性，是安慰，还是生活成本的算计与生存资料的索取，都是当代人孤苦无依的例证。

东紫的《白猫》中，离了婚的单身男人将与自己有暧昧关系的女性根据他设计的各种“考验”分类排序，以便挑选出最喜欢他、最能懂他的一个：

> 以后我会不会有BCDE？我不知道。或许她们出现了，就会有吧。其实不止我一个人这样对待感情，很多人的爱情都像选择题，有时觉得哪个都像，仔细推敲又觉得哪一个也不像。其实对A，我内心里一直有点愧疚，我知道自己不喜欢她，只是把她当做了人情冷暖里的一根稻草而已。但，一棵稻草的温暖也比没有强吧。[1]

这几句借人物之口说出的喟叹令人深思。这样的慰藉与短暂的相处究竟算不算爱情呢？根海等人的内心是否也曾发出过这样无奈的感慨呢？这便是新世纪爱情母题的复杂之处，这种临时性的关系看起来虚伪且敷衍，却又让人不能不认同在这短暂关系中的真情实意。这种奇特的爱情关系实际上是源自于中国家庭结构的剧烈变化。社会现代化与高度的城市化不断推进家庭个人化、原子化，城乡迁徙、异地生活也不断成为许多中国人日常生活的重要组成。马克思·韦伯认为：“一个城市的物质基础结构如果

---

[1]《2010中国小说学会排行榜》，二十一世纪出版社，2011年5月，P443。

处在持续改变的状态，那么城市的文化情境也概莫能外”[1]，对于个人同样如此。如果生存的主题是颠沛流离的，那么个人对情感的选择也一定会是短暂的、世俗的、务实的。比如金宇澄的《繁花》有一半的篇幅讲述沪生、阿宝、小毛等人在当下的遭遇。沪生的妻子白萍二十世纪九十年代初出国留学，从此再也没有回来，两人之间无夫妻之实，只有一纸结婚证书维系法律上的关系；阿宝流连女人堆，却从来不谈婚姻与爱情；小毛青年丧偶，之后便鳏居一生，甚至给未婚先孕的X小姐做假丈夫。男女关系的随意，露水夫妻，单身家庭，包二奶，一夜情，在金宇澄的这些故事里，女性角色来来去去，没有定数，而男性角色则形容轻佻，内心懦弱。彼此之间都心照不宣，互不负责，每个人实际上都是孑然一身。在《繁花》中，家庭作为社会基本构成单位的职责几乎消解殆尽。社会结构已彻底原子化，仿佛每个人都是孤独来去，自己之外，便再无别人。作品看似热热闹闹，人物繁多，然而却是尤为孤独，尤为冷清的一部小说。

在通过务实的快餐情感慰藉漂泊的心之外，对精神恋爱、理想爱情的想象及失落也出现在作家的笔下。在魏微的《乡村、穷亲戚和爱情》中，“我”是个地地道道的城市姑娘，性爱、男人对“我”来说，都是暧昧和游戏，已经逐渐失去了趣味。而“我”和穷亲戚陈平子一天的爱情，只在两人的眉目传情和暗示中交换，没有表白，没有拥抱和牵手，说过的话甚至不超过十

[1] [英] 戴维·英格利斯著，张秋月、周雷亚译，武桂杰、苑洁译校：《文化与日常生活》，中央编译出版社，2010 年 6 月，P70。

句。魏微在这一天中用足了笔墨，也无法描绘出他们爱情的轮廓，因为实在是太过缥缈和虚无，又是那么的苍白和乏善可陈。过了这一天，他们便回到各自的生活轨道上，再也不会有交集。这一天的爱情会让他们铭记终生吗？虽然魏微想把它描述成一朵凄婉纯美的花朵，但却无法再增加这昙花在他们生命中的重量——这一天实在是太微不足道了。

方方的《树树皆秋色》则更为直白地戳穿了这种暧昧的游戏。知识女性、高校教授华蓉中年未嫁，醉心学术，却因为几通电话而恋上了一位未曾谋面的男生。然而最后男生不再来电，往日的点滴温存也灰飞烟灭，华蓉人生的第一次恋爱以她的自作多情与自取其辱而告终。她如此盼望一场精神的恋爱，她的地位与条件足以让她不在乎对方的物质基础，然而这一切对于对方来说却是调笑，是玩乐，做不得真的。金仁顺《彼此》中的黎亚非和周祥生是医院内的手术搭档，他们的婚外情是彼此不幸婚姻的慰藉，他们在专业上势均力敌，在经济上各自独立，相互吸引的本该是精神。抛开他们婚姻的束缚，他们的确是合适的灵魂伴侣。故事的最后，两人各自离婚，并在亲友的见证下结为夫妻，但在两人交换戒指的时候，周祥生的婚戒却奇异地滚落并失去踪影，温馨的结婚典礼变为满地找戒指的狼狈闹剧。最终戒指找到，可当他们站在教堂，面对神圣的婚姻时，几乎没有人能感受到愉悦和幸福：

> 神父合上了手里的《圣经》，分别打量着周祥生和黎亚非，自始至终，他的脸上一点儿笑容也没有，严肃地吩咐他们：“您吻您的妻子，您吻您的丈夫。”

他们的嘴唇都是冰凉的。[1]

这些细节的象征是明显的，谁又能说他们对这爱情的结局是充满期待与希望的呢？他们的爱恋与激情，惺惺相惜与知根知底看上去都是真实的，但就是无法找到精神的证明，无法找到属于自己的安全感与归宿感。

相比较爱情的世俗化与务实倾向，性爱在新世纪家庭文学中则反而承担了更为复杂的使命。在传统的家庭观念中，性爱是爱情和婚姻的结果，只有确定了恋爱关系乃至婚姻关系，性爱才可能发生，并且连接着下一代的出生和新的代际关系："生殖作用在人类社会中已成为一种文化体系。种族的需要绵续并不是靠单纯的生理行动及生理作用而满足的，而是一套传统的规则和一套相关的物质文化的设备活动的结果。这种生殖作用的文化体系是由各种制度组织成的，如标准化的求偶活动、婚姻、亲子关系及氏族组织。"[2]因此在传统的主流家庭文学中，性爱是水到渠成、不言自明的，是附属于恋爱关系与婚姻关系的，因此也是可以省略的，不会大张旗鼓地恣意渲染。但在新世纪家庭文学中，性爱却作为一种独立的人际交往被频频推到前台，在爱情变成一种轻质的、浅薄的、靠不住的感情之后，它已无法承载更多的意义，性爱反而变得语义丰富、意味深长。这样说，并不意味着传统家庭小说中的爱情负载被打包转移到了新世纪家庭文学中，毋

[1]《2007 中国小说学会排行榜》，二十一世纪出版社，2012 年 4 月，P16。

[2] 费孝通：《乡土中国 生育制度 乡土重建》，商务印书馆，2011 年 12 月，P144。

宁说是作家们将新的语义植入了新世纪家庭文学的性爱之中，因为许多新的个体与社会功能只能由性来承载。而性爱也已不再完全与爱情和婚姻挂钩，也早已谈不上什么忠诚、贞洁等传统的性道德，它成了一种新的话语符码。一方面，一部分作家将性爱行为功能化，他们谈论的性只存在于物质和欲望层面，但对于另一部分作家而言，性所能负载的情感需求反而远远超出了单纯的爱情，它成为了一种隐秘的安慰，但这种安慰是自足的，甚至是自私的。当下文学作品中的性爱，与其说是爱对方，不如说是对自己的爱，对自己的怜惜。在经历了1980年代热烈的个人解放与1990年代快速的个人物化之后，新世纪文学似乎已经将自我看作客体来描绘、呈现其所经历的压力、无助、绝望和窒息。在个人高度物质化的当代中国，精神恋爱，凭爱情走进婚姻，相敬如宾、白首偕老，这些命题似乎通通已经变成奢望。精神层面无法灵犀，个人命运颠沛流离，唯有做爱，也只能做爱。做爱是过程，是结果，是起点，亦是终点，它是快乐，是安慰，也是绝望人生的一剂吗啡。我们历经百年的新文学，似乎从未以这种角度谈论性爱。毕飞宇的短篇小说《相爱的日子》，就是新世纪性爱题材的一个典型。男女主角在酒会上相识，散场后他们便上床了。这段一夜情并没有随着白昼的来临而画上句号，它成为了两人之间的小小习俗。他们不谈恋爱，只是做爱，他们在性爱中感受彼此、称赞彼此，在性爱中获得短暂的自信与自尊。在城市中无业的、只能干些临时活计的两个人，连饭都吃得有一顿没一顿，自然也无钱约会，恋爱与一起“过日子”对他们来说简直就是天方夜谭。他们互称兄妹，以兄妹之名，掩盖着内心对彼此爱情的渴望，再通过性爱，饮鸩止渴般表达对彼此的迷恋与思念。性的慰藉作用，性与爱情、婚姻的脱离，在这篇短短的作品中得到了充分的诠释。笛安的《圆寂》中，这种慰藉更是以极端的形式表现出来。在八零后的作家中，笛安已经非常出色地将这种慰藉深入到人性的层面，使这种时代性的性爱有了更为普遍的价值。作为残疾人、乞讨者袁季来说，普云给予自己的唯一一次性爱，不是怜悯，不是同情，而是对他作为一个人正常需求的尊重，并且是对一个无法自理的人的照拂与关爱；而对普云来说，那一次性事是自己妓女生涯唯一的救赎，是她不为钱、不为生存的唯一一次做爱。在两个底层人的内心，这一场性事所带来的，是他们一生都感念和珍惜的温柔。而在程青的《发烧》中，小陶作为大龄未婚男青年，接连相亲了好几个女子，他与这些对象没有进一步发展的需求和渴望，却奇异地与她们保持着性爱关系。他们之间没有爱情，但他倾听她们的苦恼，抚慰她们的欲望，帮她们解决诸如不孕、堕胎这样的难言之隐，甚至帮她们照顾小孩。这错位的、临时的家庭关系就这样莫名建立，小陶也因此扮演着男友、丈夫、父亲这种错杂的角色。这可说是单身家庭描写的典型，男女双方不需要建立相对稳定的伴侣关系，仅通过性爱的隐约牵绊，便可以体验到家庭生活的全部滋味。

相对来说，小陶承担的还是太多了，如果换做魏微笔下的郭小海或是盛可以笔下的李喊，可能就会觉得这负累太重了。性爱本就是好时你情我愿，恼时一拍两散的关系，双方互惠互利，各自解决需求，只要自己满意便达到了目的，如果对方也在性爱中获得了享受，那便是额外的奖赏。至于感情或是对未来共同生活的承诺，是不在这样的性爱关系考量之内的，如果有一方提出进一步的要求，倒反而是逾矩了。在魏微的《异乡》中，文员子慧孤身一人在外地打拼，她与本地人郭小海曾有一段恋情。不过如果真说是爱情，郭小海是不认的：

> 如今这世道，上床本不是什么大事，这个子慧也知道，然而上完床以后的事，子慧就不得不看重了。那天晚上，郭小海把她搂在怀里，腾出手来点了一支烟，他有点累了，又不便马上睡去，只好迷迷糊糊地说了一些话，大意是：他不想结婚，也不想恋爱。她是个好姑娘，他不想伤害她，所以更要把话说清楚，他们的关系是哥们的关系，他们上床，是为了各自取暖。

恋爱不能独自界定，而取暖也同样不是一个人说了就算，更何况这“取暖”其实不过是好听的说辞，安慰的是郭小海生理的空虚，和子慧没有半点关系。子慧在听过郭小海的话之后也表明了态度，大家好聚好散，自己从没想赖着他。这是被以取暖之名抛弃的女子最后的尊严，还是子慧的心底话，我们也无从得知。但从魏微的叙事口吻中，已经在这个时代参透了其中的虚伪与悲凉。盛可以的《手术》也同样如此。李喊对唐晓楠是温柔的、亲昵的，但却同样是陌生的。李喊虽然万花丛中过，却从不与那些女子上床，因为怕被要求负责，怕与她们走进婚姻。唐晓楠以此认定，李喊与她发生了关系，便是要与她结为夫妻。然而事实并非如此，李喊之所以与她发生关系，只是因为她早年的不婚宣言，因为她方便省事，没有麻烦。所以李喊在无尽的敷衍塞责中并没有半分内疚，在他看来，唐晓楠反悔逼婚反而是不地道、不守约。在两位年轻女作家看来，将性爱说成是相互慰藉、抱团取暖，或者是一闪而过的暧昧情感，不如说是对欺骗和欲望的一种粉饰与遮掩。这种粉饰并不无性别之分，方格子的《像鞋一样的爱情》就抛开了女性主义的批判，转而探讨在一夜情、萍水相逢的性爱中虚伪的爱意。作者用大部分篇幅讲述陈小纳对伯年的想象，她与伯年不过是出差时的一面之缘，她所见的不过是伯年的热情温柔和一副好皮囊，但在回家之后，陈小纳便在自己的脑海中完整了伯年，并寄托了自己不甘于平淡生活的一份隐秘的激情。故事的最后，伯年和小纳真的疯狂了一次，而这唯一的一次也便成了终结，小纳终归还是回到了丈夫徐政的身边，决定为他生儿育女，好好过日子。这样的选择我们在上面已经讨论过，在新世纪文学所描写的爱情生活中，究竟还有爱情的几分地位，人们愿意为爱情付出什么，牺牲什么，结论是：无。无论爱得多么深，无论小纳已经在想象中将伯年编织得多么完美，无论真实的伯年如何符合她的想象，结果不过是一次交欢，一滴眼泪而已。对于小纳的丈夫徐政来说，他从头到尾都毫不知情，他没有感应出小纳的变心，他只是觉得“好像少了一点什么”[1]，仅此而已。与其说小纳与伯年谈了一次隐秘而轰然的恋爱，不如说是他们给自己的欲望进行了相当的美化，让它看起来纯粹和温柔一点而已。当然，更为极端的，也只属于当下这个时代的，是对性爱的

[1]《2008 中国小说学会排行榜》，二十一世纪出版社，2012 年 4 月，P112。

虚拟化，比如曹军庆的《云端之上》。无业青年焦之叶在现实生活中一无所有，全靠父母供养，但他在网络上的“云中之城”却是身份高贵的大人物，有七个妻子：

> 棋夫人住在第93城市。焦之叶在她那里是个海员，每隔上三五个月或更久他才能回来一次。回来的时间也极不规律，有时在白天，有时在深夜或凌晨。书夫人也在第93城市，她甚至还是棋夫人的闺蜜，她们经常在一起喝茶美容，夜里在网上下跳棋。她告诉棋夫人老公在国外，常年不回家，她没说在国外经商、做医生还是担任外交使节。等到老公回国度假，书夫人就把手机关上，不和任何人联系，安心地沉浸在两人世界。那种时候并不多，真到了那时候，焦之叶便和其他夫人谎称他出差了。画夫人在第78城市，她丈夫焦之叶是个黑帮老大，他杀人越货，无恶不作。做黑帮老大在时间上更自由，想回来就回来，不想回来就不回来，说一不二。梅夫人在第34城市。竹夫人在第26城市。兰夫人在第88城市。焦之叶的夫人们都住在云中之城，分布在不同地区。[1]

他每日忙着编织自己的虚拟生活，甚至为了不混淆七个不同的身份，他还仔细列了表格，当然，他还要与七个妻子进行虚拟的性爱。但一旦这些妻子提出要线下见面，他就对她们立刻失去了兴趣。直到小说的最后，焦之叶的母亲假扮妓女约他去酒店开

[1]《2015中国小说学会排行榜》，二十一世纪出版社，2016年5月，P668。

房他也无动于衷，并最终悄无声息地死在自己的房间里。如果连性爱也能虚拟，那么说明人类几乎已经到了连欲望都要退化的阶段。这无疑已经以一种终极方式触及到了当代性爱的重要问题：它究竟是属于一个人的感受，还是属于两个人的关系？不仅是爱情，可能连性爱人们也懒得经验。

事情就是这样起了变化。虽然在很多情况下，性爱需要两个人配合完成，但在当下的文学描写中，作家显然更看重性的独立与个人化，即使双方存在恋爱关系、婚姻关系，性也只属于个人："'性'在今天得以被发现、开发和用于不同生活方式的发展。它已是我们每一个人都'拥有'或培养的东西，而不再是被个人视为注定的事物状态而接受的自然条件。在一种可以被调查的意义上，性似乎发挥着自我的一种可锻性功能，是身体、自我认同和社会准则的一个基本结合点。"[1]因此在新世纪家庭文学中，家庭关系与性关系并非共存，更多形式的性关系与性体验存在于家庭关系与家庭经验之外。正如齐美尔所言，当代人注重对自我的关注与消遣，因此对性关系高度物质化，甚至对性对象高度物质化，只有将性作为个人感受、个人需求乃至个人娱乐来看待，才能了解此类作品的内在伦理逻辑。[2]苏童的《香草营》中，梁医生与女药剂师产生了婚外情，为了维持各自家庭和社会地位

[1] [英] 安东尼·吉登斯著，陈永国，汪民安译：《亲密关系的变革——现代社会中的性、爱和爱欲》，社会科学文献出版社，2001 年 2 月，P20-21。

[2] 参见 [英] 戴维·英格利斯著，张秋月、周雷亚译，武桂杰、苑洁译校：《文化与日常生活》，中央编译出版社，2010 年 6 月，[英] 本·海默尔著，王志宏译：《日常生活与文化理论导论》，商务印书馆，2008 年 1 月。

的稳定，梁医生在外租了一间出租房，但当他们来到出租屋准备翻云覆雨的时候，却发现房东就住在窗外的鸽棚里，将他们的行为看得一清二楚。梁医生与女药剂师几乎没有纠缠，就立刻因为这个潜在的威胁放弃了这段婚外恋情，回归到了正常的同事关系。“梁医生心里清楚了，不是她不方便，是她不需要他了。他们炽热的私情已经被一阵风吹冷了，房东小马就是那阵冷风。”[1]刘玉栋《幸福的一天》中，菜农马全被撞死之后，过上了他人生中最幸福的一天，而他的“幸福生活”中的一个重要组成部分就是去享受一次性服务。他很喜欢为他服务的女孩，觉得她漂亮可爱，但当服务结束之后，他们便再无瓜葛，他没有任何留恋，他更希望在享受之后，回到自己的家，守着自己的老婆孩子。更直接的如王手的《本命年短信》，妇科中医乐蒙遇到的一位病人柯依娜，她去乐医生处的看诊时间是私密的，一对一的，但这并不直接关乎男女情爱，乐医生更多的是一位倾听者。柯依娜向他倾诉着自己的婚姻与性，但她的谈话内容甚至不牵涉他的丈夫，她关注的只是自己个人的感受，她的自慰，她的高潮，她对自己身体的喜爱与欣赏。即使有伴侣，即使有婚姻关系与稳定的性对象，性的欢愉、困惑仍然属于私人，属于自我。

诚然，在高度物质化和功能化的性爱描写中，占比相当高的是对女性高度物化的反思和悲悯。潘向黎的《白水青菜》中，把爱情全部刨除，只剩性与占有。毫无疑问，将性作为一种占有，是将性与爱剥离的重要步骤，也是将性物化的证明，男主人公与

[1]《2010 中国小说学会排行榜》，二十一世纪出版社，2011 年 5 月，P21。

年轻的女子有了婚外恋情，但人到中年的男主角爱的似乎更是年轻可人的肉体，而他们的精神世界是完全格格不入的。一个守旧怀古，充满烟火气息，另一个时尚前卫，唯我独尊。他们虽然有种仿婚姻的相处，但不过各取所需，除了性爱时间，他们各自煎熬。葛亮的《过客》中，女主角来到香港密会男友，男友身家富裕，带她住的是高级酒店，吃的是著名餐厅，甚至在公司上市的发布会上高调纪念他们相识的日子，然而这一切都是过眼云烟。当黑夜过去，太阳升起，男友又回到了他自己的家庭，而女主角作为情人，独自搭上离开香港的东铁。之前奢侈的吃喝玩乐高调表白，可以说是一次占有的价码和酬劳。毕飞宇的《睡觉》向我们展示了女性物化的最高境界。主人公小美是一个“二奶”，而她的情人却没有与她同居，只是想利用她生一个男孩。他将她丢在郊外的别墅中不闻不问，如果不是按时打来的生活费，她几乎就是被丢弃的一个物件：

> 意外到底还是发生了，它发生在银联卡的内部，换句话说，是数字。小美在ATM的显示屏上意外地发现了一件事，先生打过来的款项竟然不足以往的二分之一。小美在ATM的面前愣住了，脑子里布满了泰迪的体毛，浓密、幽暗、卷曲。没有一根能拉得直。
>
> 小美至今没有完成先生的预定目标，对先生这种目标明确的男人来说，他的这一举动一点也不突兀。既然小美没有给他回报，先生就没有必要在她的身上持续投资。他会转投小三，再不就转投小四。他这样富有而又倜傥的男人又何必

担心投资的项目呢。这年头有多少美女在等待投资。[1]

她没有朋友，没有工作，她所住的小区都是与她相同身份的女子。她们被厌弃的理由多种多样，而小美是因为生不出孩子。在庞大的金屋藏娇的社区里，感受不到丝毫爱的存在，她们与情人完全是一种交易，不需要感情。王手的《自备车之歌》从男性的角度描绘了这种交易背后的心路历程。崔子节有了一辆私家车后，便幻想着能在车上来一次“车震”，在每日进出车库的过程中，他结识了看车的女子李美凤，决定以极小的代价，换取与李美凤的一夜春宵。在他付了小费，给她的孩子送了课外书，并决定以解决孩子的幼儿园就读问题一举拿下李美凤时，她却被崔子节的情意打动，决定要与他私奔。不出想象，崔子节被这一举动震惊了，并当机立断离开了李美凤。因为在他看来，李美凤的举动是不可思议的，如同妓女想同嫖客私奔。崔子节认为对来自以“浪荡女”出名的秦县的李美凤来说，花点小钱，不破费，便能做一次皮肉生意。在崔子节的眼中，李美凤的“商品”价值之低，甚至还不如一个真正的性工作者。

这样的描述是否可以见出新世纪爱情的样貌？个人生活的去尊严化，个人情感的去精神化，即时排遣式的抱团取暖，以及不可避免的物质与功利的考量，构成了如今新的爱情与性爱法则，也成就了新世纪爱情叙事独特的言说方式。如果稍作深究，我们可以看到，无论是相互利用、各取所需，还是将女性作为提供性服务

[1]《2009 中国小说学会排行榜》，二十一世纪出版社，2012 年 4 月，P80。

的工具看待，无论是慰藉，还是需求与欲望，背后站立的都是孤独、怯懦而又警觉的灵魂。在新世纪关于爱情与性的叙事中，我们无处不能觅得这种孤独、卑怯与防范。家庭结构的简单化，家庭规模的缩小，亲族关系的疏远，宗族关系的坍塌，都是形成个人孤独状态的基础。而城市化进程的加快，市场经济的急速推进，以世俗生活与日常生活的成功作为个人价值的终极目标，传统中国人际关系的式微与乡土中国的不再，新的信仰又难以建塑等等，更是造成个人孤独化与个体物化的社会动因。所以，孤独是被动的，又是主动的，这竟然成为个体的选择，成为一个社会最本质的人的存在方式。所谓爱情叙事亮出的是这样的底牌，无疑是值得深思的。

第二节　消解神圣的誓言：务实的婚姻观

在新世纪家庭文学的爱情观里，我们已经看到临时性、功利性的特点，而在婚姻观中，这一特点依然非常突出。在经历了一百年为爱而婚的尝试后，新世纪的婚姻观和择偶观又重新变得世俗和务实起来。《家庭革命》一书中这样写道："依传统，理想的配偶是从自己的伦理、社会阶级、宗教、人种或邻里团体中选择的，门当户对是起码的要求，也是我们平常经常说的'同类婚'。十分明显，这个传统一直到今天仍然很有影响。"[1]我们也可以看到，在新世纪文学中，所谓"门当户对"的择偶观重又出现。但这里所说的门当户对与传统并非完全相同，在过去，这种

[1] 陈功：《家庭革命》，中国社会科学出版社，2000年1月，P54。

“般配”除物质基础之外，还有相当的社会地位和彼此和谐的亲属关系：“我国的家庭在结构形态上具有一种网络式的特点。从这个意义上讲，家庭成员并不只限于生活在一起的有血缘和姻缘关系的人。因此，只有一对夫妻及其未婚子女组成的核心家庭，其实只是家庭网络上的一个纽结。就这个纽结本身而言，似乎不存在夫妻与亲子关系以外的其他各种亲属关系，但从整个网络来看，它与亲代或子代家庭之间，同样也存在着各种亲属关系。无疑，这些亲属关系的好坏，也会影响家庭的和睦与否。”[1]但我们在本节中所要讨论的“门当户对”，是新的经济与社会环境与当代人的心理状态乃至欲望需求结合之后的产物，这种“门当户对”与上文中的爱情观相似，对婚配对象的考察，不仅是出身家世生长环境，甚至高度个人化的性格样貌身材收入都外化为了可以量化、可以对比挑选的所谓“条件”，而婚姻关系则是挑选出能够完美整合的条件，将两个人的组合收益最大化。

按照这样的择偶方式，爱情常常排到非常靠后的位置，在新世纪家庭文学对择偶的描写中，拥有爱情的情侣未必能终成佳偶，相信爱情，为爱赴汤蹈火走入婚姻的人物往往没有好的结局，反倒是这些“条件”支配着、甚至诱导着人们的婚姻。这一点似乎贯穿着中国新文学史的婚姻叙事，尤其是在女性作家笔下，但不同的是，在新世纪，阻挡相爱的人们组成和睦家庭的原因，远不是封建礼教与“吃人”的社会环境，而是对物质的需

[1] 刘英、薛素珍主编：《中国婚姻家庭研究》，社会科学文献出版社，1987 年 10 月，P28。

求，甚至可以说是对生存的基本需求。婚姻是生存的附丽，而物质条件成为决定生存状态的最重要因素，也因此成为了择偶与组织婚姻的重要条件。如毕飞宇的《相爱的日子》，男女主角虽然彼此依偎，有着若有若无的暧昧感情，甚至也有了实质性的亲密接触，但他们都没有经济实力来给自己的“爱情”一个“名分”，在每一场酣畅淋漓的性爱之后，他们都心照不宣地回到一般朋友的位置。在一次绝望而猛烈的做爱之后，女主角突然以一种向哥哥征求意见的口气，向男主角介绍了她正在接触的相亲对象，而男主角也似真的哥哥一般，为其谋划，这一幕真是荒诞极了：

> 她突然“哦”了一声，想起什么来了，弓着腰拽过上衣，从上衣的口袋里面掏出了她的手机。她握住手机，说：“哥，商量个事好不好？”他的双手托住了她的乳房，下巴搁在她的肩膀上，脑袋一抬，说：“说吧。”她从手机里调出一张相片，是一个男人，说：“这个人姓赵，单身，年收入大概在十六万左右。”她噼里啪啦摁了几下键钮，又调出一张相片，却是另外一个男人，说：“这个呢，姓郝，离过一次，有一个七岁的女儿，年收入在三十万左右，有房，有车。”介绍完了，她把手机放在自己的大腿上，握住了他的手，她把她的五只手指全都嵌在了他的指缝里，慢慢地摩挲，“我就想和你商量商量——你说，哪一个好呢？”
>
> 他把手机拿过来，反复地比较，反复地看，最终说：“还是姓郝的吧。”她想了想，说：“其实我也是这么想的。”他说：“还是收入多一些稳当。”她说：“其实我也是这么想

的。”商量的进程是如此地简单，结论马上就出来了。她就特别定心、特别疲惫地躺在了他的怀里，手牵着手，一遍又一遍地摩挲。[1]

可见无论是内心的情感，还是和谐的性爱，都无法将他们送入婚姻，他们甚至对这个问题全然回避，只因为没有足够的物质基础。徐则臣的《居延》中，居延是停薪留职来北京寻找爱人的女子，而唐妥是毫无业绩的房产中介，两人在寻找居延消失的情人胡方域的过程中相互依偎，同吃同住，但很快唐妥被公司辞退，两人萌发的爱意又被现实打回了原处。裘山山的《野草疯长》中，“我”在美容院工作，收入不错，也渴望着爱情，但“我已经二十五岁了，我得考虑以后了”[2]，以后就是婚姻，是稳定的生活，是依靠一个有物质基础的男人。纵观“我”的婚恋史，她过去挑选男人的标准很简单，就是有钱，条件好，她在知道第一任男友不是乡镇企业厂长的儿子之后便离开了他，而委身于比她大五岁的推销员。与推销员不得不奉子成婚的时候，对这个自己不怎么满意的结婚对象她自我安慰“虽然赵推销收入不太稳定，可他有房子，再说比我大五岁，总该有点儿积蓄吧”。但赵推销的房子是租的，没有积蓄，并在她生下了女儿之后一走了之。对物质已经不抱希望的女主人公遇到了松林，她试图谈一次真正的恋爱，她想要抛开经济条件，全心全意为感情恋爱一次，

[1]《2007 中国小说学会排行榜》，二十一世纪出版社，2012 年 4 月，P29。

[2]《2007 中国小说学会排行榜》，二十一世纪出版社，2012 年 4 月，P45。以下同篇目引文均出于此。

结婚一次，但结果也同样悲惨。面对爱情与婚姻，小城镇的打工女显然无所适从，以她的条件，她无法找到经济条件尚可的男人，她识人不清，看不出别人是否阔绰，但“谈感情”对她来说也同样是奢侈的，因为在和她谈感情之后，男人并不会选择她作为婚姻的另一半。作品结尾借网友之口说：“野草妹妹，不要沮丧。其实你也就是遇见了几个不负责任的男人。大多数男人还是负责的。”但事实上，将每个人都置于物质的天平上考量、平衡，作为个体的男女，其实是很难产生所谓的责任感的，无法在实用性上讨到便宜的人们，很容易抽身而出。裘山山此作不仅写出了底层女性的婚恋困境，更写出了这个时代每个人对情感和精神需求的无奈舍弃。北北的《寻找妻子古菜花》讲述的是乡村的婚姻故事，在这里，我们可以清晰地看到当下的“门当户对”观念与传统的不同。古菜花的母亲不同意这门亲事，是因为她觉得李富贵所在的桃花村较为贫穷，是从村落和家族的环境出发，认为两人并不般配，而古菜花被李富贵锲而不舍的追求打动，却是因为李富贵个人优越的条件，与他所在的大环境无关。但这门婚事中，北北反复渲染古菜花对李富贵的复杂情感，她享受着李富贵的钱财，过着相当滋润的生活，却始终没有爱上他。她为什么与木匠私奔，小说里没有交代，只有李富贵的百思不得其解。她的物质生活是全村最优越的，体力劳动是全村最轻松的，这样的生活古菜花还要离开，这让李富贵觉得难以接受。在他看来，只要有钱，他就应当是理想的对象，古菜花的母亲就应该满意，而古菜花也理所应当要与他产生爱情。

而王蒙老先生的《奇葩奇葩处处哀》则以调侃的笔调，描写老年丧偶的司局级干部沈卓然的相亲故事。连亦怜以其温柔的样貌和无微不至的关怀俘获了沈老，却在即将领证的光景抛出了要沈老将全部身家赠与自己及自己儿子的天价条款；教授聂娟娟则以渊博的知识和不凡的谈吐征服了沈老，却对沈卓然避而不见，最终化为一场骗局；歌唱家吕媛不请自来，迅速占领了沈卓然的房子和日常生活，却被沈卓然扫地出门；乐水珊靠着青春逼人的身体和粉丝一般对沈卓然的崇拜打动了沈老，却只是为了能够白吃白住，节约成本以便尽快实现自己事业上的抱负……虽然每段恋情的开始都是甜蜜而愉快的，但无奈结局总是刺刀见红。经验丰富的沈卓然也不免显得有些过于理想化，毕竟想要与他共结连理的，往往并不是出于对他的了解和爱慕，而是对他的金钱和地位虎视眈眈。在老年人再婚这个问题上，传统道德已经不再具有约束力，最大的阻力来自于经济纠葛："按照我国法律有关规定，夫妻关系和亲子关系都有财产（包括房屋）的继承权。比如我国2001年颁布的婚姻法第24条规定：'夫妻有相互继承遗产的权利。父母和子女有相互继承遗产的权利。'老年再婚客观上就意味着父母的原有财产中的一部或大部要被新的配偶继承，作子女的自然有一种相对剥夺感。"[1]王蒙的这部作品，不仅写出了当代老年人的情感困境，更多的是展现了一个来自上一个时代的作家对当下时代择偶观的困惑与批判。同样描写老年人婚恋的，还有黄咏梅的《父亲的后视镜》，父亲在遭遇骗婚女"碰瓷"被骗

[1] 潘允康：《社会变迁中的家庭：家庭社会学》，天津社会科学院出版社，2002年6月，P340。

光财产后，不仅没有幡然醒悟，反而感到了无尽的迷茫。

不光是女性，男性也在婚姻关系中追求自己的利益最大化。俗语所说的“嫁汉嫁汉，穿衣吃饭”，展现的是传统女性角色的婚姻期待：“在这些社会规范和行为道德的约束和塑造下，男性成为社会和家庭的主人，而女性终身成为男性（父亲、丈夫和儿子）的附属品。从语义的角度来看，‘夫’的原意为扶持、主持的意思。从词源的角度看，古代的‘男’字，是由‘田’和‘力’构成的，而‘力’指的是一种古代农具‘耒’，这意味着男性的职责就是在田间耕作。古代的‘女’则是一个跪坐女子，双手温文地放在胸前，意味着温顺、听话。而古代的‘妇’字，就是一个跪着扫地的妇女的形象，妇女的职责就是操持家务。”[1]而随着社会的发展，男性对择偶的要求也变得务实起来，传统的操持家务已经不足以唤起他们的欣赏，夫妻间的权力天平也在发生着变化，在当代婚姻关系中，妻子不仅也要承担起赚钱养家的责任，更因为可以与娘家保持较近的关系，也能够利用娘家的资源为丈夫寻求更富裕的生活和更高远的发展。

程青的《最温暖的寒夜》中，宋学兵少年离家，寄人篱下，在舅舅的五金店内打工勉强度日，他除了努力工作，并包办舅舅家的大小家务事，还要努力为自己将来的终身大事操心。他内心有自己的女神刘冰清，朋友中有知冷知热的交际花顾正红，但他对自己未来妻子的定位却非常单纯，他只要找一个家境优越的本地姑娘，唯有这样的家庭和妻子，才能让他真正在这个城

[1] 刘梦：《中国婚姻暴力》，商务印书馆，2003 年 11 月，P12。

市落地生根。他最终挑选了本地苗圃大户的独生女樱桃，她长得不出众，工作没前途，性格强势有点“作”，还有剪不断理还乱的前男友，但这些都不能阻挡宋学兵。虽然在追求的过程中他对樱桃的爱意已经慢慢消退，但对宋学兵来说，婚姻关系对他的帮助，已经远远超过妻子本人对他的吸引。阿袁的《顾博士的婚姻生活》也是如此，博士顾言和妻子陈小美看起来并不相配，丈夫高大帅气风流倜傥，并且学术科研能力超强；而妻子娇小平凡，身无长物，也没什么事业心和成就事业的能力，唯独能做得一手好菜。这样的组合听起来有些互补的意味，两个特质不同的人的确有相互吸引的可能，但事实上他们的结合与魅力和爱情无关，只是一种经济利益最大化的“组合”。顾言虽然能力强，但家底并不丰厚，需要陈小美这样对物质没有要求，又能精打细算过日子的女性，陈小美对顾言可能还有几分崇拜，但说到底，没有顾言，她便无法在大学任教，也无法完成高校的科研任务，她通过日复一日对顾言的照顾，对家务琐事的操心，换取了一份安稳的职业。顾言的两任前女友，说起来一个重物质享受，一个重精神追求，但说到底，顾言对她们不满，还是觉得“花得多”，将经济作为第一考量，将婚姻作为经济实体来经营，我们固然在阿袁的笔下感到这种让人心寒的精明，却又诡异地读出一种平和与安宁，在婚姻中看似被动的陈小美，也让人感到一份扮猪吃老虎的狡黠与镇定，婚姻经济化为这对看起来八竿子打不着的夫妇赋予了一种微妙的平衡。而她的《鱼肠剑》中，孟繁心机算尽，只为了同时保卫自己的婚姻和事业，但丈夫却在她的眼皮底下与她的室友吕蓓卡暗度陈仓，而吕蓓卡所握有的最大筹码，就是能够给孟繁的丈夫通过关系获得一个大学的教职。葛水平的《比风来得早》中，吴玉亭与陈小苗的感情是小说中着墨不多却贯穿全文的一条线，虽然不比吴玉亭下乡时描写乡亲势利嘴脸的篇幅要多，但这条感情线却展现了一个“凤凰男”对待感情的典型心理。吴玉亭与陈小苗是师范同学，吴玉亭中年丧妻之后，有人便把离异的陈小苗介绍给了吴玉亭。原本一个离异一个丧偶，又是同学，工作职位也相当，这样的“相亲”可说是门当户对、般配极了，但吴玉亭却迟迟不接茬。他对这件事的犹豫与回避，并非是与亡妻鹣鲽情深，他在私下里对陈小苗是很满意的，只是他害怕妻子尸骨未寒他便另觅新欢，会让人说三道四，影响政治形象，甚至陈小苗来单位找他的时候，他也撇清关系，让陈小苗心寒。对于吴玉亭来说，婚姻、家庭固然重要，作为一个曾经的文学青年，他过去也向往浪漫的爱情，但现实逼得他只能务实，不能务虚，他新的婚姻最好能为他的仕途锦上添花，至少不能是拖了后腿。人到中年快要升任政府办主任的吴玉亭，将自我异化为了一个职位，活得谨小慎微，步步为营，在他心目中，不论是亲情还是爱情，婚姻还是家庭，都排在事业，或者简单说升官之后了。在陈希我的《我疼》中，年轻的医生与主任的女儿恋爱，一方面是同情，一方面是出于对主任的尊敬，更多的却是一种门当户对。在主任尚未去世时，年轻的医生一直羞怯地站在主任的身边，主任的女儿未曾对他加以青眼，他也不曾妄图高攀。而他们恋爱关系的开始，不仅仅是因为主任去世后，女儿成了无依无靠的孤女，不再是高高在上的天之骄子，而小医生却是有“真才实学”，一路考学、考证，有能力的“潜力股”。年轻的医生将对方物化为家庭背景的产物，而女子本人如何已经不在他的考虑范畴之内。而同样的，他对自己的自信与自满，也并非出于对自我的认同，而是建立在一堆证书与文凭之上，在这一过程中完成对自我的物化。在这些人物的反复琢磨中，我们看到的不光是算计、评估，更重要的是在这一婚配过程中对自我、对彼此的不断物化。压抑自己的感情，忽视自己内心的渴望，而将婚姻看作市场，将自己看作商品，将自己的人生不断换算成可以展示的价值。虽然看起来这里的择偶是自主的，是自由的，但实际上即将完成自己人生大事的双方反倒是对自己的命运掌握最少、对自己的人生进程最无能为力的两个人。对自己的人生失去掌控，对私人情感与思想的难以捕捉，将所有人的人生都压进单一的标准流水线，这本就是后工业化、后现代人类所面临的普遍处境。而通过将这种平面感与失控感与中国传统的婚配价值观的交融与冲突表现出来，新世纪家庭文学更为深刻地展现出了当代中国所面临的严重物质化的社会状态。

其实这种物质化倾向不仅展现在择偶观上，更渗透进婚姻生活的方方面面。在新世纪家庭叙事所描绘的婚姻场景中，对日常生活的描述已经从一地鸡毛的苦闷，转变为一种更为客观的、务实的书写方式。在婚姻关系的维持上，共同利益成为最主要的因素，更重要的是，一旦缔结婚姻，那么婚姻状态与婚后生活也将成为个人价值的一部分：拥有高水平的婚姻生活，时刻展现无瑕的婚姻状态，甚至成为个人成功的重要标志。瑞典学者奥维·洛夫格伦和乔纳森·弗雷克曼在《美好生活：中产阶级的生活史》中曾经这样概括一个人人称羡的家庭：“19世纪瑞典，发生改变的不是家庭和家户群体的组成，而是家庭关系中情感和心理结构的变化。这一时期，家庭开始从社会景观中脱颖而出，建立在一个三角基础之上——恩爱夫妻、慈爱父母、美好家屋。”[1]这与新世纪婚姻叙事中所展示的完美婚姻似乎非常契合，包含着安全的亲密关系和良好的物质条件。奥维和乔纳森在著作中也表明，家庭生活是神圣的社会活动，因此应当完全属于个人，但在新世纪家庭叙事中，我们却处处发现对私人生活的公开评判，令作家们感到残酷而冷峻的是完全公共化、标准化、展示型的婚姻关系，其中不论是情感还是物质，都带有空洞而虚假的表演性质。因此他们致力于挖掘出在这种人人称羡的婚姻关系下，个人所面临的巨大的情感虚无与足以令人发疯的窒息。

铁凝的《小嘴不停》中，包老太太可说是一位成功女性，事业有成，婚姻幸福，儿女孝顺，这使她面对早已离婚的小刘时底气十足，谆谆教诲她如何守住自己的婚姻。然而通过包老太太的叙述，她婚姻的真相也渐渐展开。她与丈夫并非恩爱有加，早在她丈夫三十岁时，便向她提出过离婚，她没有答应，之后她生命的每一年，都要收到一次丈夫户老先生的离婚申请，而她照例不同意，并在与所有人的交谈中，单方面塑造自己美满的婚姻，和对自己体贴入微、关爱备至的丈夫。她对自己的婚姻充满完美主义的苛求，她不断地粉饰自己的婚姻状态，并非她对自己的丈夫怀有多么深刻的感情，而是她“爱的是自己的婚姻本身”，她可

[1] [瑞典] 奥维・洛夫格伦、乔纳森・弗雷克曼著，赵丙祥、罗杨译：《美好生活：中产阶级的生活史》，北京大学出版社，2011年1月，P124。

以接受他的丈夫不爱她，但不能接受他要解体自己的婚姻。为了保住自己的婚姻，她也没有在两个人的关系上做文章，试图修复和挽回他们的感情，而是在每一次户老先生提出离婚时，将这句话“扼杀在喉咙里”，并自己塑造、装扮出一个假想的丈夫来：

小刘又作感叹了：把一个人喉咙里的一句话扼杀四十多年，那该需要多么顽强的意志和多么坚韧的神经。可见包老太太这两样全不缺少，三十岁那次的谈判若说是即兴的救急，三十岁之后的所有抵挡便可称作是持久的战略了。包老太太用多于常人千倍的话语灭了户老先生一条小小的喉咙。……

户老先生学校的领导看望病中的户老先生来了，包老太太望着眼睛微闭的户老先生，跟领导讲述户老先生的美德，说户老先生为什么身体这么虚弱，都是为这个家所累。他的胃不好，是因为孩子小的时候把细粮留给孩子了，自己尽吃些高粱米山药面。

儿女们回来了，包老太太跟他们说，你们五个人对我好是好，可你们对我的好，加在一块儿也抵不上你爸一个小手指头。

孙子外孙子一见面，包老太太又说了，爷爷可比奶奶疼你们，知道什么叫疼吗？就是打心窝儿里惦着呀！

……

谁也不知道户老先生怎么琢磨包老太太这些好话，也许他想，你说的那个人他不是我呀。也许他想，这是哪儿跟哪儿啊。也许他想……他想什么有那么重要么，再不是那个人，说了四十多年也被说成是那个人了，那个没有丁点儿瑕疵、根本不知离婚为何物的好人。[1]

但她没有想到的是，即使户老先生已经瘫痪在床不能言语，他还是用最后的力气，写下了“我想和你离婚”的宣言。对于户老先生而言，这一生是痛苦的，他渴望离开这段没有爱情的婚姻，而包老太太却不然，她不需要丈夫的爱意，她的婚姻甚至不需要一个真实存在的丈夫，只要假象和外壳不被戳穿，她便是胜利者，是幸福的。叶弥的《猛虎》中，妻子崔家媚人如其名，是一位妩媚动人而又宜室宜家的完美女性，她的婚姻看起来也很完美，丈夫忠诚，妻子美丽，女儿可爱，即使丈夫身患疾病，妻子也是不离不弃，侍奉左右。但这婚姻的内里却是一团乱麻，她的丈夫老刘“不行”，这种“不行”是生理的病痛造成的，但更多的是因为丈夫对强势妻子的心理拒绝。然而崔家媚对丈夫却有强烈的性需求。这种性需求与其说是出自于她对丈夫的爱意，不如说是她长期求而不得产生的强烈逆反。老刘越是希望她放弃婚姻，放弃他们的夫妻生活，她就越是贞洁，越是守身如玉，不给丈夫一点话柄，甚至连丈夫对女儿的喜爱，都被她看作乱伦。在她无法忍受无爱又无性的婚姻生活时，她也没有放自己和丈夫一条生路，她不惜在老刘发病时束手旁观，冷静地看着他死去，也不愿主动结束这错误的婚姻。盛可以的《白草地》中妻子看起来温柔贤惠、小鸟依人，丈夫在外拈花惹草也从不怪罪，但丈夫最后却发现，妻子每天早上在他出门前递给他的温开水里放入了小

[1]《2004 中国小说学会排行榜》，二十一世纪出版社，2012 年 4 月，P98。

计量的雌激素，从根本上杜绝了丈夫有实质出轨行为的能力。

在上文中，我们曾经提到了“高娶”的择偶方式，也讨论了包老太、崔家媚等具有坚强意志与决绝个性的婚姻捍卫者，可见在新世纪婚姻母题中强势的女性角色已经越来越多。很多作家都关注到了当代婚姻生活中男性话语权的某种衰落，我们不能用男女平等、妇女地位提高等概念性的短语来涵盖这一现象的复杂性，虽然女性主义兴起已历经一个世纪，但“男主外，女主内”的婚姻构成仍然很难被撼动。在新世纪家庭叙事中，女性形象往往比男性更为复杂。在婚姻的方寸之间，作家们企图展示主妇在家庭与婚姻生活中的主导地位，将她们塑造为婚姻利益的持有者和经营者，婚姻制度的改革者与婚姻强权的反抗者。她们往往拥有比男性更为果决的气质和更为卓越的远见，成为婚姻生活的指挥家，然而她们所能够施展才华的，也只有在围城之内，这为她们的强势蒙上了一层阴影，也使她们的目的变得虚无和软弱了。鲁敏的《方向盘》与《铁血信鸽》中，展现出两个强悍的妻子，《方向盘》中的叶春春，为丈夫刘开强的事业出谋划策，辅佐他挣得了跑长途带货的第一桶金，又在客运车运货政策收紧时及时指挥丈夫应聘成为政府机关的小车司机。而当机关车改来临时，她又积极筹划，力争丈夫不会在车改中被裁撤。而《铁血信鸽》中的妻子则是养生达人，她关照着丈夫的身体，仔细琢磨各种食物的食补效果，以便使自己和丈夫的身体通过饮食调理达到最佳状态。蔡东《断指》中的余建英，在丈夫因为经济问题与作风问题落马之后，她毅然挑起了支付欠款的担子，她非但没有愤怒地与背叛了自己的丈夫一刀两断，反而加倍地惯着他，宠着他，不让他吃苦；《木兰辞》中的李燕不仅为自己的职称奔忙，更为丈夫能够获得更好的工作鞍前马后，忙里忙外，不舍得他抛头露面受人轻贱，自己就算再苦再累，也要让丈夫能够悠闲地生活，保持那种艺术家的天真与纯粹。邵琴看似清心寡欲为人淡漠，但其实也是一生替丈夫操劳的糟糠之妻。她们以自身的努力满足了家庭的温饱，她们以琐碎的操劳维持了家庭的体面，她们更以一己的牺牲换来了丈夫的尊严。虽然难以摆脱传统夫妻关系中“夫为妻纲”的阴影，但我们可以看到，这些女性形象对此不甚在意，并自认为达到了和丈夫平分秋色的地步。更重要的是，她们决心抛弃夫妻间虚无缥缈的爱意，转而务实地将与丈夫的婚姻关系看作一种双赢的契约合同，她们现实而理智，果决而勤奋，她们将婚姻开成了一家公司。

因此她们可以如包老太、崔家媚一般将伴侣逼上绝路，也可以如叶春春、李燕一般鞠躬尽瘁，但总之她们将婚姻更多看作了公开的、个人展示的舞台，而无暇或是不愿触碰原本是婚姻核心的两性关系，正如前文所言，她们在这里有一种奇特的软弱。须一瓜的《淡绿色的月亮》中，芥子和桥北原是一对恩爱夫妻，生活条件也较为优越，但在一次入室抢劫案后，他们的夫妻关系却面临分崩离析。芥子无法释怀人高马大、看起来孔武有力的丈夫被两个只有一米六左右的歹徒轻而易举地制服，连歹徒意图猥亵芥子都能忍受。他窝囊的表现让芥子完全失去了安全感，更别说在她的不断追究下，还发现了丈夫粉饰自己形象的谎言。而桥北却不觉得自己做错了什么，他认为自己及时理智地分析了现场的状况，使这个家庭仅仅蒙受了一点财产的损失，而没有人身安全之虞。虽然我们在最后的留白里可以看到这段婚姻慢慢死亡的过程，但在芥子对丈夫的行为有不满和怀疑时，没有人支持她探究丈夫本性的真相，他们认为芥子在折磨自己，折磨丈夫，在折磨与这场事件、这段婚姻相关的所有人。他们认为这是傻，这是作，而不认为这是足以结束婚姻的条件，只要他们还能体面地生活下去，这一点苍蝇吃了也没什么关系。

潘向黎的《奇迹乘着雪橇来》看起来温柔雅致，讲述了一个中产阶级女性一天的奇特遭遇。女主人公生活优渥，丈夫多金帅气，公婆开明，自己工作稳定，可以说是十足的“人生赢家”，但她却无法沉溺在这样慵懒而平静的生活里，她渴望一场轰轰烈烈的、离奇的感情经历。她在圣诞节的前夕独自出门，化了妆，做了头发，买了衣服，而女主人公的丈夫却丝毫不关心她今日的奇遇，他甚至没有把过多的目光投向妻子的新造型。潘向黎善于塑造接近中年却在心灵上保有纯真的女性角色，《白水青菜》中的妻子，《永远的谢秋娘》中的谢秋娘，还有这一篇《奇迹乘着雪橇来》中的女主角，她们天真烂漫却又世事洞明，如此充满温婉魅力的女性，也不过是困在物质堆砌而情感缺乏的婚姻中，如温水煮青蛙一般，默默地承受着这样的婚姻现实，只在自己快要窒息时，做一点小小的、并不出格的反抗。在这些女性作家的笔下，女性角色可以杀死自己的感情，杀死自己的伴侣，但绝不会让别人看自己婚姻的笑话。在他人面前，她们仍然优雅、得体、漂亮，家庭幸福、美满、可靠。她们杀死了自己的婚姻中不想要的部分，而留下了光鲜的躯壳。

我们不能小看的，是在这样的粉饰之下对个人生活的标准化压缩，更不能忽略作为女性所面临的更为深刻的压力。正是女性社会活动空间受到的压缩，使她们不得不维持自己在婚姻中的面子和地位。在斯继东的《你为何心虚》中妻子在旅行归来时目睹了丈夫的出轨，她的婚姻与爱情瞬间变成了笑话，而更让她觉得荒谬的是，丈夫出轨已不是一天两天，而是成年累月，屡教不改，尽人皆知，唯独自己被蒙在鼓里。但所有人不是劝她放弃这段没有了忠诚与爱情的婚姻，相反，她的朋友、姐妹、姑姑甚至母亲都似乎将爱与性、婚姻与性分得很清楚，即便没有了性的忠诚，爱也依然存在，婚姻更不是依赖这两者构建而成，妻子要做的便是忍耐，等待丈夫回到身边，确保婚姻外壳的完整性："男人再大，也还是孩子，总会时不时地犯糊涂。这个时候你得拉他一把，他头脑一激灵身体就回来了。我那时没脑子，不但没拉，还踹了一脚。你父亲就是这样被我撵出门的。"[1]小说以丈夫对妻子的强暴作为结尾，这更让我们看到妻子在婚姻中的尴尬地位，她本是丈夫错误的受害者，但她在强暴中对丈夫的接纳，使她觉得她成为了错误婚姻的同谋。

在许多关于婚姻的社会学著作中，我们都可以看到关于离婚率节节攀升的叙述。根据国家统计局的统计，2000年之后，每年离异的夫妻对数以几何级数在增长。看起来离婚是一件过分简单的事情，然而落到每一个个体身上，便几乎成为生命中无法承受之重。如何结束失败的婚姻，离婚后又该如何继续自己的人生，这一命题在新世纪几乎和鲁迅笔下的娜拉出走后同样重要。东西

[1]《2012 中国小说学会排行榜》，二十一世纪出版社，2013 年 3 月，P96。

的《猜到尽头》中的妻子十分神经质，她盯梢，查手机，从丈夫外派过程中的各种蛛丝马迹对丈夫进行出轨的有罪推定，最终从各种不太站得住脚的证据中拼凑出了她自认为的真相，使她能够从道德的制高点谴责丈夫。叶兆言的《马文的战争》以马文与杨欣的离婚作为开始，杨欣与新的丈夫李义仍和马文住在同一套房子里，为了将马文赶走，杨欣与李义积极为马文介绍对象，但最终马文却与李义的姐姐李芹走在了一起。目睹马文新的感情生活，杨欣心中升起了满满醋意，她抛弃了李义，转而与李芹争夺起自己的前夫马文来。在四个人的排列组合中，我们似乎看不到什么感情的存在，四个成年人如同过家家一般，将自己的婚姻与伴侣随意处置和更换，但核心却是为了能够在一套房子中立足。张怡微的《度桥》中，"我"的婚姻是失败的，但这失败"我"并不愿意多说，并与有点疯癫的前妻还保持着若有若无的联系。这场婚姻隐匿在小说的阴影中，作者未着太多笔墨，但我们仍然能够从中看到些许忧伤、不甘和难以启齿的意味。通过社会学中节节攀升的数据，看似已经非常普遍和简单的离婚，在新世纪家庭叙事中却仍然显得那么艰难。这让我们惊奇，这些"离婚案例"，或者是为了爱，或者是为了利益，或者只是为了一点不甘心、不服输的意志，但都百转千回，极尽复杂。似乎只有在文学中，在充满感性理解的世界中才能窥得新世纪情感与婚姻状态的心理样态。

因此，婚外情的描写也变了味道。既然离婚并不真的是一件简单的事情，新世纪家庭叙事中所描写的婚外情就更向着一夜情和性交易的方向发展，这种临时的情感状态既是上一节所描写过的速食爱情所产生的结果，也同样是对我们在这一节所讨论的“婚姻保卫战”的某种妥协。一个完好的、正常运转的婚姻不仅给人以情感的安慰，也同样是稳定的财富大后方，因此婚外情转正的几率大大降低了，为婚外情“负责”的人也越来越少了：“从影响着婚姻与个人生活的巨大变化与转型开始，男人就大致把自己排除在发展着的亲密关系领域之外。浪漫之爱与亲密关系之间的联系被抑制了，而恋爱行为紧密地与接近行为纠合在一起：接近一个德性和声誉都受到保护的女人，至少要到缔结婚姻。也仅仅在引诱或征服的技巧方面，男人才容易成为恋爱专家。”[1]潘向黎的《白水青菜》中男主人公有自己的婚外情人嘟嘟，但他却从未想过离婚。他可以给嘟嘟买房，但是嘟嘟却让他住进了自己的房子。嘟嘟不缺钱，不缺品位，她之所以爱上男主人公，可能只是因为他衬得起她。既然相配，那么不管怎样也要得到。他喜欢嘟嘟，但他和妻子都默契地维持着这个早已名存实亡的家庭，因为他是公众人物，应该要拥有一个这样贤惠的、不显山不露水的妻子，一个众人口中的“白金家庭”。魏微的《化妆》则反其道而行之，许嘉丽在十年前的实习中与单位的科长产生了婚外情，而在实习结束离开时，她却终于发现他只不过是一个非常吝啬的嫖客。十年后的许嘉丽光鲜亮丽，身家不菲，而她内心却为自己曾经贫穷的出身感到痛苦和自卑，觉得别人尊敬追求的不过是自己的外在，而真正的许嘉丽是不值得被爱

[1] [英] 安东尼·吉登斯著，陈永国，汪民安译：《亲密关系的变革——现代社会中的性、爱和爱欲》，社会科学文献出版社，2001 年 2 月，P79。

的。就在这时，科长辗转打听到了她的电话，暗示她再续前缘。这个电话打在了许嘉丽最敏感的那根神经上，她认为科长才是爱着真正的、卑微的、如尘土一般的许嘉丽。她把自己装扮成落魄的样子，希望能唤起科长往日对她的怜惜，不料科长却将她视为妓女，恼羞成怒甩手离开。在科长的想象中，许嘉丽应当已经小有成就但夫妻不和，他们会有一场体面的聚会和好聚好散的一夜情。可见传统的“救风尘”戏码在当代已经不再适用，落魄的女郎再也不能激起男性的保护欲，婚外情也不过成了男性狩猎行为的社会化，门当户对、旗鼓相当的优秀婚外情对象才是值得夸耀的风流事。戴来的《茄子》则更为直白地展现了当代速食婚外情的样貌，拍得如胶似漆照片的却遍寻不到主人，证明这段婚外恋情早已结束，而彩扩店父子对费小姐恋爱生活的劝解也只能收到当事人“有病”的评价。大家明码标价，好聚好散，婚外情在新世纪婚恋主题的小说中再也不是真爱至上、唯爱是从价值观的代言人，而渐渐成为一场交易，或者是你情我愿的短暂游戏。而与之相对的婚姻也不再是爱情的升华，甚至不再是爱情的坟墓，婚姻是一件配置，结婚对象也是一件配置，就连婚外的情人也是可以被评估的项目，如同汽车、房子，是个人价格的组成部分，这是我们能够在新世纪婚姻主题作品中读出的全新的内涵，是文学对现实生活的真实反映，也是给婚姻做出的新定义。

爱、婚姻与性的分离，似乎已经成为现代人的基本认知之一，但在这种分离的背后，我们在中国的家庭文学中看到的并非是人性的解放，更多的是一种传统的延续。不论这些作品披着怎样的外衣，我们仍然可以看到婚姻生活中丈夫的主导地位——

不论他在外有多少情人，只要他还肯回家，便是好丈夫。但我们也不能据此就否认新世纪家庭文学在婚姻关系上的创新与进化，在这些作品中，我们还是可以看到女性逐渐发展起来的主观能动性。她们不仅不再保守，更有了主动出击的意味。例如阿袁的《郑袖的梨园》，郑袖年少时父亲出轨，抛弃了自己的母亲，另娶了年轻貌美的陈乔玲，郑袖长大后，出于某种报复的心理，她不断地出轨那些抛弃原配另娶新欢的“成功男人”。她不爱这些男人，却施展自己的全副功夫，尤其是那一双保养得当宛如白莲的纤纤素手，将他们从二婚的妻子身边夺来，让他们为自己神魂颠倒。而郑袖报复的高潮，不是与成功人士双宿双飞、缔结良缘，而是在他们的妻子捉奸的那一刻。她乐于看男人的张皇失措，更乐于看那些撬了别人墙角的新妻看到自己已成旧人时目眦欲裂的扭曲表情。故事停止在郑袖的一次报复上。沈俞城府颇深，郑袖费尽心机才终于成功。而当她即将迎来她的“捉奸高潮”时，沈俞的妻子叶青却突然车祸离世。郑袖的一腔热血全部转成了茫然。没有叶青作为观众，她与沈俞的关系便完全没有了价值。郑袖的悲剧，在于她目睹父母的离异，继母的势利与伪善，从而对爱情与婚姻充满排斥。她的感情生活固然丰富，但却是技术层面的，她内心的情感世界则是一片荒芜，她恨这些男人，她更恨这些女人，最终她带着他们一起，为自己童年的创伤、成年的爱无能陪葬。阿袁的小说常常以一种夸张而极端的手段，描写当代家庭生活与男女关系中爱情的缺位。

但农村及农村出身的妇女所面临的婚姻状态则令人深思。在铁凝的《春风夜》中，一对相爱的夫妻因为要为生活和下一代奔波而不得不聚少离多，只能在同居者善意的避嫌时温存一刻，在小旅馆背风的墙根下说说体己话，之后便再次转身，各自投入为生存进行的奋斗中。孙惠芬的三部中篇小说《致无尽关系》《歇马山庄的两个女人》《天窗》分别描写的是农村婚姻的三种形式。《致无尽关系》中，贞子和大庆夫妇来自农村，但他们生活在城市，并在城市站稳了脚跟，脱胎换骨成了体面的城市白领。但我们可以看到，丈夫大庆对于婚姻的观念，对婚姻内夫妻二人身份地位与分工的看法与他的农村亲人们并没有什么不同。在老家，他是完全的“大老爷们儿”，十指不沾阳春水，家务全部抛给妻子，并对妻子着急回娘家十分不满，也不愿意去给妻子的父母兄弟拜年。从大庆身上我们惊异地发现，在新世纪展现夫妻关系的作品中，男性的形象比二十年前，甚至六十年前更为守旧，他们不仅不再饰演对女性进行“解救”和“启蒙”的角色，反而是将走出传统家庭、婚内地位不断升高的女性压回受压迫的、低贱的、服务与奉献的地位与角色中。如果说《致无尽关系》中的大庆还维持着一点现代人的基本风度的话，《歇马山庄的两个女人》《天窗》中的丈夫角色与方方的《奔跑的火光》中的贵清，则展现出更为传统和愚昧的一面。《歇马山庄》中，丈夫是缺位的，他们在外打工，几个月，甚至几年才能回来一次，与留守在农村的妻子匆匆相聚，至于妻子在村庄内的生活，他们毫不知情，也毫不关心，因为全村的老老少少都代其行使丈夫的监督与观察职能，并对新媳妇的生活作全方位的指导与干预。《天窗》中，丈夫是说一不二的，从不聆听妻子的话语，动不动就拳脚相向，当挖地窖的工人死在地窖时，妻子竟不敢也无法将这天大的事情找机会告诉丈夫。而《奔跑的火光》中的贵清则是乡村丈夫传统男权婚姻行为的大集合，他吃喝嫖赌，不事生产，家暴妻子，只为了将美丽而能干的妻子踩在脚下，成为他俯首帖耳的全职保姆、赚钱工具与性奴隶。而让我们感到失望的是，在这样的身体暴力与语言暴力中，婚姻中的妻子也只能忍受，传统“夫为妻纲”的婚姻道德阴影还没有全部散去，现代婚姻将夫妻二人的经济利益与所有社会关系都相互捆绑的经营模式更让这些出身乡村的妇女在婚姻中受到进一步的束缚，面临更大的经济和精神困境：“受虐妇女必须在拥有一个家、获得经济保证与没有家、没有收入之间做出选择。由此可见，很多时候，妇女选择留下来，是出于经济的考虑，而非喜欢受虐。”[1]

婚姻是躯壳，是面子，是条件，也是利益，是财富，是对外展示的窗口和判定人生价值的筹码，它对于个人来说重要极了。但这重要性是空洞的，量化的，标准化的。在量化和务实的婚姻中所有个人的体验，不论是好的、坏的，幸福的、不幸的，这些切肤感受反倒微乎其微、不值一提了。因此在这些作品所展示的婚姻关系中，我们常常看到一种分裂的状态，人物常常在个人需求与社会外在评价中游走，然而他们别无选择，努力维持住了自己优良的社会评价。但他们内心对婚姻又有多少敬畏与负责，又能否坚守住自己的感受呢？答案显然是否定的，他们衷心捍卫的婚姻关系是虚假的，一败涂地的。

[1] 刘梦：《中国婚姻暴力》，商务印书馆，2003年11月，P42。

第三节 一点女性主义的补充

在家庭文学中，女性是非常经典的描写对象，女作家也常常会将自己的目光投注在这个题材上，但经过上两节的讨论，我们不禁会产生这样的困惑，经过了百余年女性主义洗礼的中国，女性形象是否还是困于家庭、困于生理结构所带来的天然身份如妻子、母亲，或是更甚，仍然被视作身体？那么女性作家在面对自身的性别处境时，又抱有怎样的态度，发出怎样的声音？在二十世纪下半叶的中国文学中，我们可以看到许多独立自强的女性形象，或者关注自身性别解放的女性作家。但随着改革开放的大潮席卷中国，商品经济给社会带来前所未有的物质条件时，我们却看到社会在女性主义上的某些倒退，或如第一节所说，对女性的物化和社会角色的固定化正在潜移默化中慢慢升温，在这里，我们针对这一章的主题，对“性”与“性别”对女性的否定与污名化，做一点补充。

首先，传统的贞操观仍然束缚着大多数女性，在孙惠芬《歇马山庄的两个女人》中，李平成为成子媳妇之后，小两口一直恩恩爱爱，但在与姐妹淘潘桃的交往中，李平将自己在城里做过“三陪”的往事告诉了潘桃，而潘桃又在一次偶然的对李平的嫉妒中将这件事告诉了自己的婆婆。可想而知，这“丑事”瞬间传遍了歇马山庄，在年底成子回乡时，也传到了他的耳朵里。于是，曾经的爱情，李平的体贴、孝顺、贤惠都化为乌有，成子将李平推倒在墙上，“后脑勺与墙壁砰地一声撞响之后，成子大喊，你给我滚——”[1]在方方《奔跑的火光》中，英芝是“三伙班”的台柱子，人长得好看，家境又富裕，原本是个好命的姑娘，然而她与贵清发生了性关系，并怀上了孩子，便“没办法”了，她只能什么都不要地嫁给了贵清，只因为“你是个女人，女人跟男人不一样。你自己也晓得，女人没结婚就大了肚子，脸面往裤裆里夹呀”？[2]而英芝“一想到自己肚子大了的消息行将满村满乡流传，一想到她走到哪里就被哪里人指指点点，英芝便不寒而栗”。[3]然而英芝在以低廉的聘礼嫁入贵清家之后，贵清的父母却没有想象中的高兴，他们反倒认为，英芝之所以要价不高，是因为她“不会是什么好货色”[4]。陈希我的《我疼》中也有一位将性视为堕落的医生，他以自己细水长流的爱情观为标准，把已经有过性经历的姑娘视为堕落和无耻，与他先进的技术，傲人的文凭形成了鲜明的对比。孙频的《丑闻》中，主人公张月如出身农村，家庭条件并不富裕，可想她的求学之路也应该并不是一帆风顺，但她博士毕业之后成为了大学老师、知识分子，虽然只是学术江湖中地位最低的小讲师，也已经非常不易，然而作为一个城市知识分子，熟读波伏娃《第二性》的女性主义者，她要求自己开放、自由，不要将性看得太过严重，正如她的好友解燕青所说，为什么只能是男人把女人睡了，不能是女人把男人睡了呢？但是农村出身的张月如无法像解燕青一样洒脱，她童年的乡村生

[1]《2002 中国小说学会排行榜》，二十一世纪出版社，2012 年 4 月，P357。

[2]《2001 中国小说学会排行榜》，二十一世纪出版社，2012 年 4 月，P135。

[3]《2002 中国小说学会排行榜》，二十一世纪出版社，2012 年 4 月，P135。

[4] 同上，P136。

活带给她根深蒂固的传统观念，她对性与感情的尺度与要求是纯情而守旧的，同时是男权化的，她总是对男性采取臣服和讨好的态度。麦家的《两位富阳姑娘》则讲述了一位女子在参军时被检查出处女膜破裂，从而在单位的羞辱下，在家族的苛责下选择了自杀以证清白，但最终部队医院却发现，处女膜破裂的是另一位姑娘。故事虽然发生在二十世纪七十年代，但在新千年将其写出，则有另一番滋味。作品的留白之处，在于另一位姑娘，如果她最终被追查出来，命运又会发生怎样的变化呢？有过性生活的姑娘假报了他人的名字，是出于恐惧，被误解的姑娘的死去，同样也是源自恐惧，恐惧这集体无意识的对性的污蔑。作品哀叹了两个姑娘的遭遇，主人公“我”后悔自己没有给自杀姑娘申辩的机会，但却没有对这两个姑娘悲剧的根源作深入的探讨，即使姑娘的确是有了性生活，也不该算是什么错处。故事发生得久远，但三十年后作者的描写仍停留在命运的阴差阳错这样的层面上，只能说“女性必须守住自己的贞操”这样的观念，仍然根深蒂固地存在于中国当下的性别观念中。

虽然对女性的贞操还有着强烈而偏执的苛求，但由于色情业及色情影视的发展，女性身体商品化的程度增强，人们对女性又常常有着超乎常理的“荡妇推定”：一方面，她们自身的性需求仍然是不被主张，不被正视的，而另一方面，她们又被认为是假正经的，是随时随地能满足男性的性需求的，她们的一切举止，都会遭到猥亵的想象。在孙惠芬的《一树槐香》中，二妹子是一个爱美的女性，她很明白也很满意自己的魅力，也喜欢与充满雄性气息的男性交往。她在公路边开了一家小餐馆，这本是展示她魅力的梦想职业，小馆因二妹子而生意兴隆，二妹子因小馆而满足自己“好浪”的内心，她不需要和男人有什么实质性的接触，她更享受热热闹闹而又众星拱月的氛围。然而她的小馆遭到了全村妇女的抵制，认为她新死了丈夫就这么打扮，不守妇道，她在小馆里迎来送往，是将窑子开在了家门口。当然，来自异性的看法更打击了二妹子，她原本以为与自己相好的男性是为自己的魅力所折服，但他们最终却只是将她当作妓女，认为她那样的做派，就是为了“做鸡”。乔叶的《取暖》中小春也同样是开小饭店的。刑满释放的男主人公在大年夜来到了小镇，却找不到投宿之处，所有人都说让他去小春家，并带着暧昧、放肆的微笑说她家“方便得不能再方便了”[1]。而男主人公也就接受了这样的暗示，在小春的饭馆住下后，她所做的一切都被认为另有深意。但其实小春的丈夫也是服刑人员，他是因小春被强奸却上告失败，失手将强奸小春的男人打成了重伤而被判入狱。实施强奸的男人仍然逍遥法外，更可能在全城散布着小春淫乱的谣言，整个小镇却真的对小春做了“荡妇推定”，而对她受到的伤害视而不见，对她们孤儿寡母艰难的生活置若罔闻。

更进一步的，女性虽然在当代社会已经依靠自己的努力，在社会生活的方方面面闯出了自己的“半边天”，但社会却将女性所获得的成就，看作是她们通过身体交易所获得的收益。甚至真正逼迫或诱哄女性，将自己的身体作为自己的资本，但在她们最终出卖自己的身体之后，事先的许诺又成了竹篮打水一场空。可

[1]《2005中国小说学会排行榜》，二十一世纪出版社，2012年4月，P7。

见即便将自己作为商品，将自己物化、商品化，在男性眼中，女性或是其身体也不具备成为筹码的交易价值。《白头吟》中的韩秋月在周老家做保姆，却被周家的儿女告上法庭，闹上电视节目，认为韩秋月勾引了年迈的老父，妄图将周老的遗产据为己有，她勤勤恳恳的工作得不到周家人的认可，却可以在无凭无据的情况下将她认为是“狐狸精”。而这场闹剧中，知晓真相的周老并没有为韩秋月挺身而出，而是默许了儿女的行为，这说明在很多中国家庭的观念中，保姆，尤其是照顾空巢鳏居老人的保姆，是带有性意味，兼顾性工作的，她们从没有单纯地被作为家务劳动者来看待，甚至她们的自我定位也是如此。滕肖澜《美丽的日子》中姚虹原是卫老太从江西乡下挑回上海，为自己跛足的儿子预定的媳妇，但她在邻里面前给姚虹的身份却是保姆，姚虹不单要完成保姆分内的工作，忍受卫老太的挑剔，还要应付卫老太儿子的暗示与挑逗。余一鸣的《种桃种李种春风》中的大凤受到主家两次明显的性骚扰，但她却不得不默默忍耐，甚至自我安慰说没什么。然而当她们被推到前台时，却要承担全部的罪名，成为“不要脸”的“狐狸精”。

魏微的《异乡》中，女主人公子慧凭一己之力在外打拼，但她想要在当地安顿下来，却只能依靠与本地人的婚姻关系。恋爱被甩，相亲失利，工作又毫无前途，她最终只能回到故乡的小城镇。她没有想到的是，迎接她的不是亲人的安抚，故土的亲切，而是所有人针扎般的指指点点。她回来的那天晚上，全城便传遍了她在外市做妓女的流言，她的父母也完全不相信她，只是一味指责她干下丑事，是家门不幸。子慧做妓女，这样令人无法翻身的谣言压在一个年轻女性的身上，却完全不需要任何证据，她甚至不像《两位富阳姑娘》那样，需要被检查处女膜，而仅仅是在外地，这帽子便可铁一般扣在她头上。性爱在小城镇依然是耻辱的，甚至想要打扮得漂亮一点，也是“妖艳”的，这样深刻而诡异的性歧视出现在新世纪两性关系的作品中，而女主人公没有任何办法去反抗，去辩解，只有深深的无奈与麻木。方方的《奔跑的火光》中，英芝想要南下打工，但被贵清阻止，贵清之所以不允许英芝外出打工，是因为他认为出去打工的女性，都是“不干净”的：

> 贵清叫了起来：“你莫跟我开心哟，绕了半天，原来你是想出远门呀！我是个苕？你在家里挣挣我保证支持，到那边去？你休想。我还不晓得你们女人到了南方靠么事赚钱？”
>
> 英芝一下子就明白他说话的意思，她简直不知道应该对贵清说什么才好。英芝说：“你你你……你怎么是这么个人！”
>
> 贵清说：“我就是这么个人！我别的什么都可以马虎，可我老婆的裤带子我不能马虎，我就得管得紧紧的。到南方打工，恐怕没一分是干净的。”[1]

在范小青的《女同志》中，万丽不管做到多高的官，她与上级领导的绯闻都从未停止，她依靠身体上位的传闻始终伴随在她左右。孙频的《丑闻》中，张月如本是安安分分的小讲师，但

[1]《2001中国小说学会排行榜》，二十一世纪出版社，2012年4月，P181。

当她被院长李文涛约谈时，内心却是雀跃的，她知道自己终于可以凭借让李文涛“睡一次”来换取些什么。然而即使她已经将他们之间的交易放到了如此物质的层面，却仍然没有估算到她在李文涛眼中物化的程度，李文涛没有给她任何好处，甚至没有去宾馆开房，仅仅是在办公室里把她“使用”了一次而已。在张者的《唱歌》中，当梦欣被宋总派到老板身边作为“联络员”时，老板和老板的学生，无一不将梦欣作为宋总送来的玩物看待，他们毫无顾忌地狎玩着她，认为她即使在宋总那边，也不过就是如此待遇。在石一枫的《世间已无陈金芳》中，“我”与陈金芳是旧识，是她窘迫过去的见证者，然而在陈金芳改头换面成为新贵后，我们却能在字里行间读出“我”对陈金芳的某种鄙夷，觉得她来路不正，面对她的示好，也立马撇清关系。但在对陈金芳的描写中，我们又能显而易见地读出某种流动着荷尔蒙的，肆无忌惮的审视与狎玩。虽然小说本身写得很克制，陈金芳也的确是空手套白狼的投机分子，但她之所以能选择投机，是因为她认为自己的身体、自己的女性身份就是自己的资本，她可以在男人中周旋，获得自己的利益，甚至能够将男人比如胡马尼踩在脚下，为她所用。然而她还是错了，在这场游戏中，男人全都全身而退，他们在收下了陈金芳的色相之后，将她推上了破产的风口浪尖。余一鸣《种桃种李种春风》中的大凤，先后用自己的身体与一中的食堂大厨和特级教师做交易，以换取儿子清华的入学名额，然而她付出了自己的身体和尊严，一切也还是徒劳。

而在描写妓女的作品中，对女性商品化的描写更是登峰造极。巴桥的《阿瑶》讲述的是妓女的故事，阿瑶对客人的喜欢固然因为她职业的原因只能藏在心底，但阿瑶的朋友小群的男友也将她视为妓女，甚至这种看法是小群默许和诱导的，这让她难以忍受。性作为一种职业，究竟要承担多少道德谴责，作为性工作者的女性究竟要承担多少欺侮，短短一个中篇似乎难以盖全，但阿瑶最后的哀求“木头，戴个套吧……”[1]却已经让人感受到无尽的酸楚与逆来顺受。北川的《你们去卅城》这篇小说，像是对性工作者的一份调查报告，这份报告细致入微，客观冷静，差不多完全揭开了这个神秘行业的面纱，公司化管理，品牌化营销，标准化生产……看起来并不和别的产业有什么大的不同，只不过生产和销售的商品是女人的身体。但就是这样的产业化，让从事性工作的女性失去了自己最后的人格和尊严。小说中并没有议论和抒情，只有完全的写实，只是这样的写实，却更让人觉得触目惊心：“能在这样规范的酒店里做桑拿，比起一些不知底细的桑拿沐足场，还有那些被桑拿行当淘汰的站街妹和发廊妹，真是好很多了，至少安全些，稳定些，至少公司还每月组织体检。”[2]英国散文家阿兰·德波顿在《身份的焦虑》中将哲学与宗教列为解决当代人身份与阶层焦虑的途径，[3]但我们发现对于这些女性形象却很难适用，不论是农村青年，还是小镇居民，又或是大城市的知识分子，她们不仅要面对越来越固化的社会阶层，感受到外来者在城市游戏规则中的绝望与无助，还因为她们的女性身份而面

[1]《2003中国小说学会排行榜》，二十一世纪出版社，2012年4月，P190。

[2] 韩寒编：《独唱团》，山西书海出版社。2010年7月，P65。

[3] 参见［英］阿兰·德波顿著，陈广兴、南治国译：《身份的焦虑》，上海译文出版社，2009年4月。

临更多的拒绝与潜规则，同时这二者并非相互孤立，而是交叉融会，形成更大的恶意。时代女性究竟怎样才能获得真正的社会认同与自我认同？她们何时才能真正从性别的枷锁中解脱出来，获得性别角色与社会角色的平等与平衡，我想这是一个太过宏大的命题，但在这些作品中，我们已经看到了女性在一个男女平等已成为政治正确的世界里，仍然在遭遇着苦难，在反抗，或是向男权妥协，迎合并臣服于时代的潜规则。但不论如何，她们身为女性即为弱势，不论她们家境如何，生活在哪里，受过何种程度的教育，都是束手无策的。可见我们在女性主义的道路上，还有很远的路要走。

第三章
新生育政策下的代际叙事

第一节　计划生育：被政治化的生育书写

二十世纪八十年代，对中国人生活影响最大的国策，除了改革开放之外，便是计划生育。1980年，中共中央发出了《关于控制我国人口增长问题致全体共产党员、共青团员的公开信》，计划生育政策开始在党团员中展开，随后的十年，这一政策逐渐扩展到全国，成为政府主导下的全民参与的国家政策；1991年《关于加强计划生育工作严格控制人口增长的决定》，一胎政策进一步加强，原先执行不到位的地区开始加强管控；到2000年《关于加强人口和计划生育工作稳定低生育水平的决定》，我们可以看到，控制总人口数与低生育率，仍然是我国生育政策的主要目标[1]。从一对夫妇只生一个好的鼓励，到“打出来，流下来，坚

[1] 参见陈胜利、魏津生、林晓红主编:《中国计划生育与家庭发展变化》，人民出版社，2002 年 12 月。

决不能生下来”的强制，中国自此陷入了三十余年的生育低谷。但从近几年开始，老龄化、少子化的人口结构随着计划生育政策的严格执行慢慢凸显出来，生育政策也开始悄然宽松起来，随着2016年1月5日《中共中央、国务院关于实施全面两孩政策改革完善计划生育服务管理的决定》下发，全面二胎政策正式施行，以强制一胎化为核心的计划生育国策可谓彻底画上了句号。但独生子女作为这一国策下的历史产物，其个人命运和与之息息相关的家族命运，在新世纪家庭文学中，成为被反复摹写的重要主题。少子化与老龄化的主题在二十世纪的世界文学中并不罕见，但对于中国文学来说，却是全新的、令人猝不及防的新题材。几乎是毫无过渡的，中国由一个崇尚多子多福的传统文化环境里一脚迈入了少子化的现代语境中，在政策之下的犹疑、彷徨、挣扎与接纳使得这一主题在中国文学中变得更为复杂。我们可以看到，出现在新世纪文学作品中宏篇大作的家族叙事变少了，取而代之的是篇幅较为短小的核心家庭叙事；也可以看到，被纳入“家庭”范畴的人物关系越来越简单，传统的多代同堂所产生的冲突情节难觅踪迹；在这样的家庭叙事中，代际关系、代际伦理也在不断地被改写和重构。

在面对计划生育政策时，作家面对这一母题时的角度与创作心态与他们的年龄有着绝对的相关性。对于1960年代及以前出生的作家群体来说，当计划生育政策颁布之时，他们正处于生育需求和能力旺盛的时期，他们是第一代被强制执行一胎化的生育人群，是第一代独生子女的父母，他们是这一政策所带来的全新代际关系的第一批成年体验者，是传统多子女大家族向独生子女小家庭转变的过渡者，因而他们的代际母题书写常常有一种承上启下之感：对传统大家族的回望与缅怀，对身边兄弟姐妹的珍惜与争执，对子女的怜爱与担忧，种种复杂的情感交织在一起，构成了这一代作家的代际主题。而对于1970年代出生的作家来说，他们可能有兄弟姐妹，也可能曾在年幼懵懂之时见证父母生育机会的夭折，从而成为了独生子女，同时他们对自己的未来也有着清晰的判断：他们也只能有一个孩子。对这一代人来说，自己作为独生子女的体会可能还不具有普遍性，但在他们达到结婚生子的人生阶段之前，自己的后代及代际关系就已经被人为确定，这种对人生、对命运乃至对隐私感的无能为力，是他们代际书写的重要思想基础，也是他们通过这一母题所想要表达的重要内容。在情感与思想上，他们更贴近80后，而非60后。而对于1980年代之后出生的作家群体来说（还包含因政策成为独生子女的部分“70后”，因年龄跨度较大在后文将统称为“80后”作家群体，不再一一作特别说明），独生子女开始成为一种社会常态，很多人别无选择，一出生便是家中独苗，不再拥有血脉至亲的兄弟姐妹。对于独生子女来说，家庭成员的减少以及家庭重心的下移是他们在新代际关系中最切身的体验，他们被中心化，却被指责过于自我中心，他们的同代亲情被友情、爱情替代，却被认为必然孤独乖张，他们早已习惯一胎化的家庭环境，但在二胎政策开放之后，开始承受可能原本并不属于他们的生育压力。因为父母一代一般缺乏独生子女的童年经验，因而这一代人在备受关注和宠爱的同时，也备受误解与争议。在新千年之后，独生子女的一代逐渐长大成人，在文学领域里开始拥有自己的一席之地，并开始不断强调自身的话语权，为自己正名，并展示他们的家庭观与代际观。作为独生子女政策重要的体验者，“80后”作者关注家庭生活的并不少，但他们笔下的家庭却往往单薄简洁，面对家庭的态度也迥异于父辈。在父辈仍在追寻传统家族的余温时，年轻一代已经正如他们在现实生活中常常感受到的那样，将代际书写的重心转移到了自己这一代身上。他们以最直接的体验，书写他们在家庭中的地位，他们的孤独与幸福，他们对父辈祖辈的感情，他们对孩子的期待与焦虑。在这一代作家的作品中有一个有趣的现象，他们笔下的家庭在不断缩小，七大姑八大姨，祖父母乃至父母和自己的孩子——虽然他们因为年龄的关系对子女本就着墨不多——都可以排除在“家”的范围之外而成为一门“亲戚”。在很多情况下，他们甚至可以“自成一家”。他们一方面追索他们缺少血缘伙伴的童年，哀叹父母的老去，而另一面，他们却不断强调甚至制造自己孤独的处境，不论是在现实场景中还是心理场景中，他们将孤独感日常化、常态化、中性化。他们开始颠覆家庭的意义，撕裂原本格外牢固的血缘与代际联系。他们是新生育政策下代际关系书写的新角度与新力量。

在新世纪家庭文学中，不乏关于生育政策本身的探讨，遏制人口增速的政策与民间多子多福的传统也一直处在紧张的角力之中。但这种角力并非一成不变，在经历了三十年的计划生育之后，这一政策已经渐渐深入人心，对人们的生育观念造成了巨大的影响。重男轻女、多子多福、儿女双全、金玉满堂、“不孝有三无后为大”等观念越来越淡出人们的视野，再加之生育成本和养育成本的不断增高，计划生育，甚至是一胎化几乎成为了中国人自觉的选择。在阎云翔所著《私人生活的变革》中，他以多个案例阐述了下岬村人在计划生育上所经历的由惊讶、对抗、应付到调整的过程，而在总结中，他认为：“伴随着新生育文化的还有另一种重要变化。正如本章开头的两个案例所显示的那样，人口控制已经从国家推行的节育政策变成了更多是以个人选择和家庭发展为基础的家庭生育计划。……就这个意义来说，尽管计划生育最早是由强大的国家机器来推动的，最终却开始形成了一种相对自由的家庭生育计划。”[1]在《中国计划生育与家庭发展变化》一书中，学者们也通过统计证明，中国的实际生育数量与所调查的人们主观的理想生育数量并没有太大的差别。[2]进入新千年后，人口的老龄化使得政府不断放松政策的紧张度，民间的生育欲望与生育能力却明显下降。因此在新世纪家庭文学的生育主题中，虽然直面这一政策的作品并不多，但在针对这一政策的作品中，我们看到的多还是对计划生育初期政策性结扎所带来的民间生育意愿与国家意志之间的强力对抗，以及这一对抗在之后几十年中的袅袅余音。我认为，在社会学的主流观察与文学的主流表达中，个人的生育意愿与变迁的生育观仍然处在或多或少的遮蔽中。与之相对，城市中传统的生育道德与现实的生育欲望背反，并遭遇了生育能力的下降与养育成本的升高问题，处在萎缩的状态。

[1] 阎云翔著，龚小夏译：《私人生活的变革——一个中国村庄里的爱情、家庭与亲密关系》，上海世纪出版股份有限公司，2017 年 2 月，P242。

[2] 参见陈胜利、魏津生、林晓红主编《中国计划生育与家庭发展变化》，人民出版社，2002 年 12 月。

直面生育政策的作品中，最著名的莫过于莫言于2009年出版的长篇小说《蛙》。作品以一个乡村妇产科医生的一生作为载体，书写了中国当代乡村复杂的生育史。

《蛙》以“姑姑”的一生作为主线来展开，姑姑万心是新中国培养起来的第一批基层妇产科医生，她接受过科学的新式接生法的培训，与乡村的旧式“老娘婆”接生法进行了斗争，成功地挽救了很多产妇和新生儿的生命。但是，随着计划生育国策的提出和推行，万心作为一名党的基层妇产科工作者，自然而然地也就承担起了计划生育工作的执行任务，通过结扎、流产、引产等方式，姑姑降低了乡村的新生儿出生率，却因此背上了“杀人”的罪名。改革开放之后，退休的万心重操旧业，在私立医院做了妇产科医生。万心是全书的灵魂人物。小说的开头，莫言以细腻的笔触描写了一场姑姑万心与旧式接生婆之间的战争，她以非凡的魄力和果敢，凭借科学的知识和方法，成功地打败了野蛮接生的“老娘婆”，一跃成为“高密东北乡”首屈一指的接生大夫。万心接生的成活率很高，甚至接近完美，这使她在当地几乎成为了民间的“送子娘娘”。不止于此，在接生的同时，万心是“男女平等”观念积极的宣传者，她通过各种不同的方式劝说乡民接受这一观念，阻止男人为了追求生儿子而伤害自己的妻子，使她们长期因过度生育而受到妇科病的困扰，并造成新生儿的病弱；阻止他们忽视自己的女儿们：重男轻女之下，她们得不到父亲的关爱，不能够健康地成长。所以说，万心不仅在保证孩子的生命权上做出了贡献，也为提高他们的生存质量做出了自己的努力，她是“娃娃”们的守护神。

然而，万心神话般的接生婆故事只是《蛙》的一部分，她的经历并不仅止于她的“接生史”，小说的重头戏实际上是在万心担任了当地的“计划生育工作者”之后展开的。作为一名共产党员和长期在基层工作的妇产科医生，姑姑理所当然地成为了“计划生育”国策的一名具体执行者。但在长期浸润了传统的“养儿防老”、重男轻女思想的高密东北乡，姑姑在执行国策时异常艰难：男人们既不愿意使用避孕套，更不愿意结扎，甚至连妇女们对万心的工作也很不理解，“超生游击队”比比皆是。无奈之中，万心不得不使用对付罪犯的方法，不断追捕身怀六甲的“超生疑犯”，而那些怀孕的妇女，也在父母和丈夫的帮助下，进行着艰苦卓绝的“反侦察”斗争。不过，魔高一尺，道高一丈，姑姑常常是最终的胜利者，孕妇们遮遮掩掩，躲躲藏藏，却始终难逃万心的手掌。这场生育战在莫言的笔下显得无比的残酷和凄厉，甚至带有悲壮的色彩。无论是在水中垂死挣扎嚎啕大哭的耿秀莲，手术台上悄无声息全身冰冷的王仁美，还是耗尽全力拼死一搏的王胆，都令人生出对母亲、对女人、对生命的无限同情与敬佩。这时的万心是村民眼中的“活阎罗”，是她将两千八百多个孩子扼杀，是这些娃娃的性命终结者。万心一面保护着已经出生的孩子，一面又在不断地扼杀还未出生的胎儿，在万心身上所体现出的，是人类的繁衍本能和社会的发展之间所产生的巨大矛盾。这样的矛盾会引发读者更深层次的思考：我们对生命的尊重，应该从什么地方开始？一个未出生的胎儿，是否不具备生命的意义？是否就可以任意决定他的生死，决定他是否“应该”出生？这究竟是人类过度繁衍犯下的罪行，还是社会过度发展所导致的畸形？

小说的后半部分进入到了改革开放之后，在这段时期里，大的政策环境并没有改变，“计划生育”依然是基本国策，但是在民间，这一计划的执行已经相当松动，并且出现了很多非法的，或是打着法律擦边球的超生办法。此时的万心在反思和回顾自己的一生时，她感受到的不仅仅是她曾经迎接新生命时的喜悦，还有自己没有成为母亲的遗憾，更多的，是对于亲手“杀害”两千八百多个婴儿的愧疚与恐惧。当时代的狂热逐渐退去，她逐渐意识到自己已经成为了两手鲜血的刽子手，她通过“女娲造人”的方式，将自己曾经扼杀的胎儿以泥塑的形式制造出来，并以祈福的名义送给渴望孩子的妇女们。

在作品中，“蛙”这一意象的终极意义实际上是一种以“蛙”为图腾的生育崇拜。小说对“蛙”这一形象也有过多次描述，它因为鸣叫和谐音被赋予了生育图腾的地位，这种生物因超强的繁殖能力而被人们用来表达对“多子”的向往。万心之所以在高密东北乡的地位一落千丈，显然是因为她过于野蛮的节育办法，因为在生育传统浓厚的高密东北乡推行计划生育，从乡土文化层面上，这是对生育崇拜的反动。

除了《蛙》之外，李洱的《龙凤呈祥》与荆永鸣的《大声呼吸》也同样把目光放在了乡村。在《大声呼吸》中，在北京打工的王留栓和妻子带弟每三个月都要请假一次，检查带弟是否仍是未孕状态，子宫中的节育环是否安好有效，并将检查结果寄回村里，即便老板以开除威胁，这检查也必须要去。我们似乎很难想象，对一个背井离乡千里之外的农民工来说，这样繁琐而折腾的措施为何能够如此坚决地得到贯彻和实施，但在王留栓来说，不做检查的效果是具体而立竿见影的："要是不把证明寄回去，他们就在家里抓我妈！"[1]可见在新世纪，计划生育仍然是作为一项乡村的政治任务在执行，即使人口的流动使得乡村青壮年的生活获得了更多的机会和自由，他们在生育上仍然是毫无自由可言的。中国农村"香火"的观念仍然较为普遍，很大程度上保留着对"多子"，尤其是对生男孩的渴望，但对于还生活在乡村的村民来说，"抓我妈"这样的惩罚性举动似乎是用不上的，村干部们已经能够以较为温和而有效的方式来防范超计划生育的可能性。在《龙凤呈祥》中，在任的村支书繁花要密切关注村民的生育动向，以期能够圆满完成"上级"所布置的节育任务，保住自己头上的乌纱帽，在村支书换届改选时连任。在她眼中，村民仿佛已经简化成了指标与数字："官庄村一千二百四十五口人，分五个村民小组，育龄妇女一百四十三个，结扎过的七十八个，再刨掉四个生不出来的，那么肚子随时可能鼓起来的就有六十一个。其中政策允许鼓起来的有三十七个。这么刨下来，还有二十四个肚子呢。这二十四个肚子就是二十四颗炸弹……"[2]因此她对疑似怀孕的村民雪娥的肚子格外警惕。她威逼过，利诱过，生了两个女儿的雪娥却为了保住这个可能的男胎而逃跑。繁花又想要以软禁的方式逼迫雪娥的丈夫交代出她的下落，然而她的高压政策并没有奏效，她仍然对雪娥的位置一无所知。反倒是

[1]《2005中国小说学会排行榜》，二十一世纪出版社，2012年4月，P488。

[2]《2004中国小说学会排行榜》，二十一世纪出版社，2012年4月，P199。

在村委会打杂的小红，通过在日常工作中积累的好人缘获得了雪娥的消息，并给躲在造纸厂的雪娥送饭打动了她。最终雪娥同意流产，小红也在村民中树立了威望，改选时当上了村支书。在这场斗争中，有一个人物的作用令人深思，裴贞作为曾在繁花的高压政策下被迫流产的一名村妇，不仅第一个发现了雪娥的孕象并向繁花告发，而且在小红与雪娥偷偷联系时再次告状。在更为人性化的执法中，我们发现村民已经转变了身份，从被监督、被计划者变为了监督的参与者。“我不能生你也别想生”的“约定”弥漫在乡间，颇有一种共同断子绝孙的悲壮。他们不再“同仇敌忾”地共同抵御计划生育政策，而是在内部奇异地产生了一种类似仇富的心理，成为政策的坚决拥护者与有力的执行者。强烈的生育渴望与延续香火的生育道德在强大的政策面前无能为力，却转化为了对他人生育需求的干预与阻碍。这可说是这部作品所带给我们的新视角，不长的篇幅中深刻地展现了当代乡村的生育悖论。

普玄的《酒席上的颜色》讲述的是一个二奶的故事，其独特的视角与叙事方式给人耳目一新的感觉。随着改革开放和计划生育的深入推进，传统的中国式家族和家庭价值观受到新观念的严重冲击，但普玄的这部作品所展示的却不仅仅是冲突，还有在新的社会环境与法律环境中，传统价值观如何以更为残酷的方式呈现。只拥有一个女儿却无法继续生育的原配妻子，背负着“无后”沉重枷锁的男人，无法得到合法地位也无力抚养孩子的“二奶”，还有得不到父母疼爱和自身正当权利的私生子，都是在现代婚姻道德与法律中无法寻得慰藉与支撑的人群。因此他们选择

“曲线救国”，将自我从宗族与家庭的关系中剥离出来，用“国法”来惩治犯下“家法”的人。看似逐渐式微的传统家族法与家庭观的生命力远比我们想象的强大，看似早已取消的带着残暴与野蛮气息的“家法”也正在以另外的形式持续着它的威严与作用。在这部作品中所展现出来的传统与现代家庭价值观的对冲已经有了鲜血淋漓的展开，并呈现出一种巨大的悖论：为捍卫家族所展开的惩罚与抱负最终的结局却都是妻离子散，家破人亡。刘背头的故事、矿老板的故事、酒厂厂长的故事，从一个私生子的满月酒延伸开来，每个人的故事都带着那样凛然的杀气和烈士般的悲壮，让我们看到在离开封建社会已经百年有余的当下中国人仍然被过去牢牢捆绑，甚至于被新时代逼迫到无处可逃的灵魂。

实际上，即使在计划生育最为严格的1980年代，农村的独生子女率也只有不到30%。阎云翔的《中国社会的个体化》阐述了国家政策、村干部与村民之间的博弈过程，认为自改革开放联产承包责任制展开之后，农村的集体化程度迅速下降，村干部面对政策欺上瞒下，并更倾向于与自己直接利益相关的周边村民。[1]因此对上述的三部作品而言，《龙凤呈祥》更贴近乡村政治的真实面貌，繁花的落败，小红的上位，无一不凸显着中国乡村政治格局的变迁。但《蛙》与《大声呼吸》则以虚构的形式，从人道主义的角度观照中国当代的生育革命，提醒人们乡村生育政治的宽松氛围，国家生育政策的不断调整，都是由曾经的严厉甚至是残酷换来的。

[1] 参见阎云翔著，陆洋等译：《中国社会的个体化》，上海译文出版社，2016年2月。

而在城市里，计划生育则贯彻得更为彻底。70%以上的城市儿童成为独生子女，并在三十多年间缓缓改变着城市的人口结构，教育配比、养老模式乃至于代际关系。[1]城市青年人口正在不断下降，而城市青年因为婚姻诉求降低，婚恋关系多变，生育要求变得越来越低，生育功能似乎也在退化。在有关婚姻家庭的长篇通俗文学中，怀孕与流产已经成为一个主要的矛盾点。《双面胶》中丽娟怀孕两次，流产一次，占去了四五章的篇幅，在小说体量上占据了五分之一，而《新结婚时代》的后半程，几乎就是顾小西的备孕史。总之，怀孕生子似乎已经不是一件自然而然，水到渠成的事情，而是大张旗鼓又小心翼翼，百般虔诚方能如愿。这样的症状也感染了乡村。城市劳动力的缺乏给予了大量农民进城务工的机会，而生活在城市缝隙中的他们，虽然可能还保存着乡村生活中的传统生育观念，但在客观上已经失去了恣意繁衍的可能。他们或如《大声呼吸》中的王留栓与带弟，虽然工作在同一个城市，却没有同住的可能；或如铁凝《春风夜》中的夫妻，一个跑长途，一个做保姆，唯有在春寒料峭的晚上，在背风的小巷里偷偷温存；而更多的则像叶辛的《问世间情》中的麻丽和索远，孙惠芬《歇马山庄的两个女人》中的玉柱与潘桃、成子与李平一般，一方留守乡村，一方在外打工，一年只有短暂的几天可以相见。见面尚且为难，何况生育孩子呢？年长一点的，累上时间或许还能留个孩子，而更多的年轻夫妇则和他们的城市同代人

[1] 参见陈胜利、魏津生、林晓红主编《中国计划生育与家庭发展变化》，人民出版社，2002年12月。

一样，陷入了生育的低潮。

当然，在更多的作品中，作家们所关注的并非生育本身，而是生育常态的变革所导致的家庭代际关系之间的变革，在上述的作品中，生育可能也不是最重要的主题，但我们已经能够从作家的只言片语中，窥得当代中国生育环境的变化。当原先的本能成为被刻意提起的话题，新世纪中国的家庭代际主题也会随之产生更为深远的变化。

第二节　独生子女时代的亲情焦虑

以父母为中心，以家族、宗族为中心，可说是百年中国新文学在看待家庭关系时的不变原则，我们在前章也有讨论，但在新世纪家庭文学中，这一原则似乎悄无声息地便土崩瓦解。由于生育政策的紧缩，生育意愿的降低，生育成本的增加，都使得一个家族的子息繁衍愈加艰难，因此生育、养育成为大部分家庭生活的重心。正如阎云翔所言，当代中国家庭生活的主题，已经从对祖先的崇拜，转向对后代的哺育。黄润龙在《中国独生子女：数量、结构及风险》中也提到："独生子女家庭子女人数最少、家庭关系最简单，结构最单一，它不同于以往的'四代同堂，其乐融融'的联合大家庭，其重心已由过去的老年人（长辈）转移到了孩子身上，亲子关系成为联系家庭、夫妻关系最重要的链接点，孩子成为父母生活、工作围绕的焦点，是'家庭的中心’。”[1]家庭的奋斗，财富的积累，个人地位的上升，都与孩子息息相关，父母乃至祖父母为了下一代的幸福生活拼尽全力。我们不难发现，作家们对家庭的关注点也就自然而然地转移到下一代的身上。相比较二十世纪初出走式的代际批判，新中国成立后高度集中化的生活对代际关系的彻底消解，还有二十世纪八十年代对西方代际关系的引进和模仿，新世纪家庭文学在代际母题上，面临着新的问题。“父母之爱子，则为之计深远”，在独生子女成为普遍现象的时代里，抚养成本并没有降低，反而大大升高，在这提高的额度中，心理成本占了很大比重。父母呕心沥血，苦口婆心，但孩子却无法按照自己的希冀生长和发展，又没有其他的子女分担父母的期待，父母与孩子之间甚至缺乏最基本的交流与理解。独生子女的父母所面临的失落感与挫败感，可能是有史以来最为强烈的。相比较如何抚养与支持下一代，如何供养上一代，代际之间前所未有的情感与伦理大撕裂，才是这个时期代际母题所着重探讨的问题。

首先，父母一生的操劳全部奉献给孩子，将哺育下一代作为自己生命的最高职责，无论是从道德与责任上，还是从情感上，孩子的重要性已经超越了一切。只有将所有最好的都捧到孩子面前，方能感到自己人生的意义与价值，哪怕他们已经长大成人，有了自己的工作与生活，父母的付出也不会停止。诚然，一对称

[1] 黄润龙：《中国独生子女：数量、结构及风险》，《南京人口管理干部学院学报》2009 年 01 期，P9。

职的中国父母，本就“处在一种特定的道德压力之下”[1]，他们的职责推动着他们完成作为“父母”这一角色所应当承担的任务，但这种呕心沥血到失去自我的程度，在百年中国新文学的历史上都是罕见的。如李约热的《一团金子》中，刘成国与胡秀云的儿子刘远将女友失手打成重伤，父母二人当即借高利贷，甚至买六合彩，出钱治疗女孩，即使自己家被催债人搬空也在所不惜。但奇异的是，催债人在听过他们借款的缘由后，不仅将拉走的家具给他们还回来，更有的债主替他们扛下了债务，不要他们偿还。在“父债子偿，子债父偿”的传统中国经济文化下，出现这样的债务结局，不能不说是当下新亲子关系的影响，为子女借款而无法偿还的父母是可以被理解的，甚至是可以被同情和原谅的。戴来的《茄子》中，老孙盘下了一家彩扩店，但“这家店是给儿子小龙盘的，那小子眼看着都二十七了，一直都没个正经工作”[2]。然而即使店是儿子的，但实际的经营者仍然是老孙。葛水平的《连翘》中，为了筹集给寻军上学的费用，母亲不顾危险上山采摘连翘以期增加收入，最终为了能够多摘一丛而被山雷劈死。王祥夫的《上边》中刘栓柱从小去山下读书便是母亲背上背下，背不动也守在村口目送。如今刘栓柱虽然已经在城里工作，但父亲却一直守着一亩三分地，每次回家便要他背走一大袋新鲜玉米。鬼子的《瓦城上空的麦田》中父亲即使捡垃圾，也要将自

[1] 阎云翔著，陆洋等译：《中国社会的个体化》，上海译文出版社，2016 年 2 月，P198。

[2]《2003 中国小说学会排行榜》，二十一世纪出版社，2012 年 4 月，P97。

己和儿子留在瓦城，直到“活到我在瓦城买下房子的那一天”[1]。不论父母能力如何，但为子女奉献一切的精神是一样的，在鲁敏的《小流放》中，这种付出甚至带有一种表演的意味。穆先生一家原本是标准的“中产阶级”，妻子一周要捯饬许多套衣服，还要配上相应的鞋和包，而穆先生的兴趣在领带与眼镜架上，儿子则是数码产品，总之并不缺钱。然而他们为了儿子初三一年能够离学校近一点，节省上下学的时间用来复习，他们租住了学校附近的“老破小”，并扎扎实实地过起了苦行僧一般的生活，“钟点工辞了，晚报不订了，网络和有线都掐了，甚至把电视机像棉花胎似的塞到柜子里。原来家养的两只龟、一缸锦鲤以及君子兰什么的，通通寄放到朋友家。妻子的打扮也粗服简装，倒退二十年。”[2]将家庭生活缩减为只有吃喝、洗漱、睡觉。

在这些作品表现父母所付出的辛劳，以至于失去了自我本身的价值时，作品中的孩子，尤其是未成年孩子的形象却是模糊无回应甚至缺失的。从某种程度上来说，作家更想表现的，可能是父母的一厢情愿，并以此角度展现当下亲子关系天平的失衡，以及在这巨大的物质付出中所隐含的代际隔膜。刘玉栋《幸福的一天》中的菜贩子马全终日为生计奔波，他将个人生活的空间与时间挤压殆尽，只是想给刚上小学的儿子更好的生活，唯有遭遇车祸死亡之后的这一天，他的灵魂才获得自由，去好好享受了一把他向往已久的幸福生活，但最终他的灵魂还是回到了家中，唯有

[1]《2002中国小说学会排行榜》，二十一世纪出版社，2012年4月，P260。

[2] 鲁敏：《小流放》，山东文艺出版社，2014年6月，P79。

看见妻儿，他才终于重新获得了生命的重量。但在整部作品中，妻子和儿子只在结尾中出现。韩少功的《怒目金刚》中为了养活妻儿，并给被重度烧伤的儿子植皮手术，吴玉和卖血，盗墓，倒卖林木，可以说用上了自己所有可能的方法，最终过劳而死。叶辛的《问世间情》中，索远与麻丽同居，固然是情感与欲望有需求，但更重要的是这样的同居生活成本较低，可以给留守在家乡的孩子更多的钱，支付他们学习与生活的费用。但女儿索想出现的频率并不高，麻丽的儿子更是只在父母的对话中出现。须一瓜的《义薄云天》中，萧蔷薇对帮她对付抢包歹徒的管小健并没有什么好印象，觉得他既不会说话，又没有帮她夺回皮包，是个没用的老实人。但在管小健的见义勇为行为落实并登报广为流传之后，她又开始对他殷勤有加，甚至最后与他结为夫妇。但是这场婚姻并非起源于对英雄的崇拜或是感激，而是为了萧蔷薇的孩子能够在中考中利用继父管小健的见义勇为称号加上二十分，然而即使在管小健与萧蔷薇的婚礼上，须一瓜也没有给这个孩子一秒镜头。杜光辉《洗车场》中的洗车工刘狗顺，每洗一辆车只能得到微薄的十余元工资，但因为自己通过这样的零工将儿子送进了重点大学读了研究生，他内心一直是满含希望的。但与他同村出身的机关小车司机，一语戳破了这个社会不靠关系无法立足时，他心灰意冷，只埋怨自己没有给儿子更高平台的能力，而这个儿子，却从头到尾没有在作品中出现。余一鸣《种桃种李种春风》中的单身母亲大凤为了儿子清华能够进入城里的重点小学，她在村中忍气吞声，终于走通了村里出身的重点小学小梁老师的路子，为了能够进一步进入重点初中，她先去分管教育的退休陈书记家中做保姆，忍受老陈书记时不时轻微的性骚扰，与一中的大厨师傅、特级教师进行性交易，甚至赌上全部积蓄通过黑中介购买入学名额。为了孩子能够出人头地，可说是将自己仅有的可怜资源发挥到极致，然而在几万字的篇幅中，儿子清华似乎只有一个灯下默默学习的模糊背影。

这样的关系描写也许并非是作家们有意为之，但笔者认为这恰恰反映了在新世纪家庭文学的代际主题中一种新的关系状态。英国学者安东尼·吉登斯在《亲密关系的变革》中用“有毒的父母”来形容这种代际关系：“有一种普遍的说法，认为不管父母对其子女的影响表现得如何，父母都会是错误的；没有一个父母能觉察到或能完全答应子女的所有需要。然而，有许多父母总是以伤害孩子个人价值感的方式对待子女，这可能导致孩子一生中很长一段时间要与自己的童年记忆和形象进行斗争。”[1]这种说法来源于教育学家苏珊·福华德，她认为：“（有毒的父母）倾向于将反抗或个体差异看成人身攻击。他们通过强化子女的依赖性和无助性来保护他们自己，他们不是促进子女健康发展，而是下意识地暗中破坏这种发展；他们经常自以为是在为子女的最大利益而行事。”[2]在这里，子女的声音似乎是不重要的，他们的生活空间与精神空间都被父母的付出与期待挤压，他们享受着父母沉重的付出，但也同样背负着父母沉重的期待，他们要读书改变命

[1] [英] 安东尼·吉登斯著，陈永国，汪民安译：《亲密关系的变革——现代社会中的性、爱和爱欲》，社会科学文献出版社，2001 年 2 月，P137。

[2] 同上。

运，要跃出农门成为城市人，他们要在更高更远的地方立足，变得体面、变得富裕，直到让父母成为周围人艳羡的对象。在改革开放与计划生育政策并行的这三十年中，不论是父母还是子女，心态都随着社会的剧变而不断经历着惊涛骇浪。在传统的家族文学中，我们似乎也常常看到这种子女缺位的叙事结构，但同样被深重的期待所窒息的缺位的子女，背负的往往是光耀门楣、振兴家族这样的宏大使命，但在新世纪家庭文学中，父母的这种期望，却往往是出自于他们自身因为种种原因而没能完成的人生规划，也即，父母的愿景是个人化的，父母的付出也同样是个人化的，他们可能并非失去了自我，而是将未完成的自我转化为完美的超我，并投射到子女的身上。既然培养子女是为了塑造另一个自我，那么子女身影的消失，也就符合逻辑了。卢良江的《狗小的自行车》中，狗小被误认为是富商失踪的儿子，而狗小的父母也默认了这样的误解，并将狗小过继给了富商夫妇。狗小也并不留恋自己的原生家庭，很快就被优越的生活条件所吸引，不再联系自己的亲生父母，他的父母也并不怨恨狗小忘恩负义的行为，反而发出了欣慰的感叹：

> 走回住处的路上，狗小爹欣慰地对老婆说，咱们村里每个人都想成为城里人，就是没有一个成为城里人的，可咱们的狗小现在就是城里人了，他真是一个有福气的孩子呀。
>
> 狗小娘应和着说：是呀，咱们狗小真是一个有福气的人。
>
> 这时，狗小的弟弟还在抽泣。狗小娘不耐烦了，用力地打了他一个“栗子”，没好气地说，你哭丧呀，你以为每个

人都能成为城里人呀！你就没有你哥哥那样的好命。[1]

想让孩子过上幸福的生活，即使孩子与自己再无关系也愿意，这可以说是新世纪家庭文学所展现出的亲子关系的一种极端，正如阎云翔在《中国社会的个体化》中所说的“父母心”：“‘父母心’意味着父母对孩子无尽的爱与仁慈，这是父母愿意为孩子操劳的最强烈动机。不管孩子如何让他们失望，甚至辜负了他们的爱与关怀，父母仍然十分关心子女的幸福。”[2]但当下家庭文学中的父母，乃至祖父母，已经超越了这种“父母心”，他们指望孩子飞黄腾达后的鸡犬升天，但并不是期望孩子能够给予什么物质的回馈，只要孩子能够完成他们的期望，实现了父母的自我，他们便会感到无上的满足。这也就是笔者前面所提到的自我投射性的付出。毕飞宇的《大雨如注》中，姚子涵的父母只是高校后勤职工，并没有太多文化，但却将女儿培养成了气质佳、成绩好、多才多艺的“别人家的孩子”。然而姚子涵并不满足，她像狗小一样，并不感激自己父母的付出，反而觉得父母是拖累，至少是不能给自己提供更高平台的无能之辈，因此在她大病醒来之后，成为了一个满口英语的外国人，她的潜意识从语言开始，摒弃自己的出身。葛亮的《阿霞》中阿霞的父亲为了支付儿子的学费，孤身一人来城里打工，但手不幸被绞肉机绞断，为了不成为儿女的拖累，也更为了儿子的学杂费能够维持下去，让

[1]《2004 中国小说学会排行榜》，二十一世纪出版社，2012 年 4 月，P49。

[2] 阎云翔著，陆洋等译：《中国社会的个体化》，上海译文出版社，2016 年 2 月，P197-198。

儿子成为“出息人”，患有轻微精神疾病的姐姐便来餐馆代父上岗，然而弟弟似乎对父女俩的牺牲与付出毫无知觉，只怨恨他们不但没有路子给自己找关系，找工作，还要成为自己的拖累。他对残疾的父亲毫不关心，只在葬礼时出现过一次，他与姐姐更是毫无联络。但作品的最后，姐姐仍然对“我”说，她为弟弟能在南京城里找到工作感到欣慰和骄傲。令人惊讶的是，在这几部作品中，相比起悲伤和愤懑，我们看到的更多的是无奈的宽容和欣慰，这正是因为孩子已经成为另一个自我，父母已经在这个过程中获得了满足，所以即使孩子甚至要斩断与家族的亲缘关系，也没有关系，从某种程度上来看，他们完全是不求回报的。东西的《篡改的命》中汪长尺为了能让儿子大志顺理成章成为城里人，更是亲手将自己的儿子过继给了自己的仇人，自己则跳江自杀。而汪长尺的父亲汪槐对城里人也有执念，在汪长尺的骨灰被送回乡里时，他甚至作法阻挡汪长尺的灵魂，让他去城里投胎。一代代人为了子孙能够成为城里人而奋斗，这固然是为了子孙的幸福着想，但还有一重根源是在于自己进城的愿望一直求而不得。汪槐进城招工被顶替，儿子汪长尺高考被顶替，而汪大志所要实现的，实际上是祖父与父亲一直没能实现的进城梦。

上一节已经谈过，在计划生育政策实行三十年后，生育数量的减少似乎并没有淡化中国家庭对生育的渴望，但不断收缩的后代规模使得中国父母越来越处在一种“输不起”的状态。是因为没有更多的机会试错，子女成才更像是孤注一掷的赌局，他们最大的恐惧，便是失去自己的孩子。而父母个人色彩强烈的抚育方式，也往往会激起子女的反弹。在社会新闻上，我们常常看见将改革开放之后出生的孩子，尤其是独生子女称为“小皇帝”、“小公主”，以展现他们在家中至高无上的地位，和所受到的无微不至的呵护。但同时我们必须看到，在这种全方位无死角的关注与呵护下，这一代孩子恰恰是没有个人自由的，他们被沉重的家庭之爱、代际之爱所裹挟，从而也被固定在了“孩子”的位置上无法长大，也无法拥有自己的意志。因此他们最渴望的，便是不再被家庭职责与家庭角色所束缚，成为一个仅仅凭借出生权就可以拥有自主性的个体。这种对个性与自由的渴望，很可能也是他们曾经生活在高度集体化社会的父母自身愿景的投射。但可惜的是，因为长期被代劳的爱所包裹，他们内心对父母产生的依赖远比他们想象的要深刻，甚至不能在人格和精神上产生完整的自我。在“80后”一些作家的笔下我们可以看到这样的端倪，笛安的《姐姐的丛林》中，安琪施展出自己的全部聪明才智只为讨好自己的母亲，张怡微的《蕉鹿记》中这样描写母女间微妙的依赖关系：“那些要紧的事，她也不太烦我。我们彼此尊重得像外国人一样。我甚至怕下一次见到她时，她会踮起脚在我脸颊亲吻一下。我怕母亲孤单，就提出搬去和母亲一起住。母亲没有反对。其实是我比较需要她，哪怕她未必是我最想日夜相处的人。”[1]而在她的《度桥》中，母亲对已经经历过结婚离婚的成年儿子事无巨细的态度，仿佛他依旧是个无法自理的孩子：

她是个好母亲，手把手教我许多生活技能。尤其是我过

[1] 张怡微：《樱桃青衣》，华东师范大学出版社，2017 年 7 月，P5。

> 了三十岁以后，她更加勤力地训练我择菜、洗衣服、清洁马桶、整理家务。有个大冬天，她特地买了荠菜摊在桌上叫我拣选，她则在一边幸灾乐祸地刷股票。我拣得死去活来，腿酸手凉，母亲就笑嘻嘻地说："当妈不容易吧，以后可要长脑子，大冬天千万别买这种菜，去了黄叶吧，还要择头，择了头还有泥沙，冲泥沙的时候也不能用热水。妈妈看你这辈子也请不起保姆了，往后等妈妈死了，你一个人傻不溜秋天寒地冻买了难择的菜，越择越冷，越冷越想我……"[1]

因此两个残缺的自我在同一个个体上的冲突，在这里外化为了新的代际冲突。程度轻一些的，会显现出与传统的"孝顺"所不一样的态度，不耐、烦躁、嘶吼，这是我们对这种冲突最直观的印象。在王祥夫的《上边》中，刘栓柱在为家里修葺房屋时，不断拒绝母亲对自己的关怀，不喝母亲递来的水，不用母亲递来的手绢擦汗，他以一种能干的姿态为家中忙碌来展现自己的能力。但母亲却看不见，她仍在回忆刘栓柱的童年，并将眼前的大汉与那个牙牙学语的孩童重合起来，最终她给予栓柱的，是给予一个孩童关心的方式。在朱山坡的《灵魂课》中，年轻人阙小安面对自己母亲反复叙述自己死去的情节，他没有意识到母亲担心他会在大城市失落灵魂的危机感，而只是觉得母亲脑子不好，是在臆想，他甩开母亲的手，面带愠色地斥责母亲，认为母亲给自己丢了面子，让他很是烦躁。在东西的《猜到尽头》中，招玉婷

[1] 张怡微：《樱桃青衣》，华东师范大学出版社，2017年7月，P25。

怀疑铁流在外工作时有外遇，彻夜不归家，在一次铁流宣称他回家的夜晚之后，招玉婷反复逼问他们的孩子铁泉，爸爸究竟有没有回家。孩子无所适从，熟睡的他并不知道父亲是否归来，但他却准确地从父母剑拔弩张的气氛中感受到了正确的答案：爸爸回家了。然而母亲并不相信，在不被信任、不被理解、充满恐惧的感受中，铁泉终于发出怒吼，表示他再也不会“知道”父母的事情，将父母对他心理的压迫和控制拒之门外。

这种反抗也会层层升级，并达到父母也无法掌控的地步。在很多作品中，亲子之间的沟通已经完全隔膜，父母和孩子已经无法理解对方，而孩子为了逃离父母对自己命运的预设，甚至不惜毁灭自己。随着科技与网络的发达，孩子对世界的掌握只要通过电脑、手机就可以完成，父代与子代之间经验与知识的传承早已不重要，因此孩子对父辈的依赖与信任也随之瓦解，甚至掌握了最新科技的青少年可以反过来批评与教育，甚至是领导长辈。叛逆、漠视，种种只有在网络时代才会出现的少年问题也在新千年代际母题中深刻地凸显出来。东紫的《白猫》便是典型的一例，男主人公离异后，儿子跟着前妻生活，长久不生活在一起，使得“我”对儿子的生活一无所知，甚至买了日记本想要记录下每周和儿子的短暂相处都变得非常矫情。这并非是因为父亲的不尽责，而是长大了的儿子只将背影留给父亲，面前永远是点亮的电脑屏幕和噼啪作响的键盘。他拒绝与父亲说话，也没有与父亲沟通感情的欲望，对父亲声情并茂回忆他幼时故事的模样，他只觉得尴尬与无趣。“我”为了能够博得儿子的一个笑脸，不惜将自己最讨厌的猫带回家喂养，然而这样的举动也没有能持续挽回儿子的情感，“我”也只能在黑夜中与猫咪分享自己对儿子的爱。小说的最后，“我”惊悟“我竟然从未想到应该教会儿子去传承爱，我竟然从未想过应该为儿子当一个把爱坚持下去的榜样”[1]，我认为这姑且算作作家的一种愿景吧，毕竟作为孩子，他们早已不需要，也不期待父辈的传承。艾伟的《游戏房》中，老徐靠着自己的修车摊供儿子上学，一直认为儿子是一个木讷的老实孩子，但直到警察逮捕了打架斗殴的儿子，才知道儿子早已脱出了自己所能教育的范围。但在儿子看来，老徐一辈子窝囊而无能，他虽然还没有足够的能力自给自足，但老徐在他心中早已经失去了作为父亲的权威，他虽然对自己的前途还很迷惘，但“绝不成为父亲那样的人”[2]却如同座右铭一般深刻而坚定。然而正是这一座右铭，让他最终杀了人。余一鸣的《愤怒的小鸟》则更为超现实，小学生金圣木不仅扎根于虚幻的游戏世界，并且在游戏世界中成为了一呼百应的王者，并且领导了在成人中身份地位都很高的官员。在他的父母还在苦口婆心削尖脑袋研究他的奥数题时，他已经深陷在虚拟的世界中，享受着自己虚拟的能量和权力。金圣木和他的父母已经完全生活在互不交集的平行世界中，当他回到现实中时，他已经无法承受自己近乎赤贫的父母和毫无权力的家庭，并最终毁灭了自己。曹军庆的《云端之上》亦是如此，焦之叶大学毕业后失业在家，将自己锁在房间内闭门不出，在自己的云端之城中呼风唤雨，三妻四妾，父母便每日将饭菜做好，衣

[1]《2010 中国小说学会排行榜》，二十一世纪出版社，2011 年 5 月，P458。

[2]《2007 中国小说学会排行榜》，二十一世纪出版社，2012 年 4 月，P61。

服洗好，放在儿子房间的门口，后来更是只能绕出家门，将饭菜放在儿子的窗口，每天能见到的不过是儿子伸出窗外的一只手。照料着成年儿子的一切生活，但他们的付出在儿子这里得不到任何感激与回报，他们对儿子一无所知，母亲试着用纸条与儿子沟通，但她雪片般的话语与哀诉却得不到孩子哪怕只言片语的回答，父母的死也无法将他从虚拟的世界中拉回。

戴来的《茄子》中更有这样的描写：“看看邻居家的强子，和小龙同岁，念完了大学念硕士，念完硕士念博士，他的父母说起儿子，嘴就停不下来，直到有一天一辆警车停在他家门口，谁会想到一个就生活在你身边还念了那么多书的孩子是个强奸犯呢。”[1]岂不知这个乖巧听话的孩子，是在什么时候发生了心理的扭曲，以至于犯下如此深重的罪行呢？在葛水平《连翘》中的寻军也被父母寄托了全部的希望去读书，然而他却深知自己并不是这块料子。他不仅擅自退了学，更在车祸失去双腿之后，选择了去镇上乞讨。在他一步步失去尊严的过程中，我们没有看到过多的羞耻与自卑，反而隐隐有着对父亲报复的快感，在姐姐寻红找到他并责骂他时，他甚至说了一句“你挡着我生意了”[2]。李浩的《失败之书》中，哥哥喜爱画画，但却被父母责打，认为他不务正业。但哥哥最终还是走进了“艺术村”，成为了一个失败的，一无所有的画家。之后他重新回到父母的身边，但却对生活、对家庭、对父母充满了恶意。父母战战兢兢地宽慰他，鼓励他，供

[1]《2003 中国小说学会排行榜》，二十一世纪出版社，2012 年 4 月，P97。

[2]《2006 中国小说学会排行榜》，二十一世纪出版社，2012 年 4 月，P491。

养他，甚至试图用绘画来唤醒他生活的勇气，但最终都被他以狂暴的方式一一击碎。他的愤怒实际上来源于自己的无能，但是父母却成了他的替罪羊。在这里，我们可以看到，对自己的愤怒和对父母的愤怒在这些作品中其实是同构的，在他们怨恨父母给自己设定了人生轨迹的同时，也深知自己除了这轨迹别无可能，而父母在对儿女恨铁不成钢的时候，有时也是在对自己失败的人生作悄悄的总结。我们可以看到，对失败的恐惧，对成功的渴望，同时裹挟着父母与子女，他们无法接受自己的平庸，也无法直面平庸的彼此。因此这种同构不可能通达，在新世纪家庭文学的代际主题中，父母与孩子，仿佛没有修完的巴别塔，拒绝理解，拒绝沟通，每人仿佛都只在意自己的苦楚。父母即便付出再多的爱意，也很难抵达子女的内心世界。

德国社会学家亚历山德拉·茹科夫斯基在著作《家庭中世代间的照顾：关于过去和将来的老人》中写道："在代际交往中的亲密程度不仅是锚定在自身的童年，而且也会向后代传递……而这会在老年阶段发挥作用。"[1]将自己的一生都投注在儿女身上，将儿女视为家庭的中心，这样单向付出的代际关系现在也已经具有了诡异的传承感。一方面，父母在养育子女时采取不计成本，甚至自我牺牲的方式，子女成年后也会将全部精神放在自己的孩子上，而将父母永久地置于被忽视和遗忘的位置上。另一方面，在他们的童年，父母将所有的物质财富都供给他们，却很难做到

[1] 亚历山德拉·茹科夫斯基著，董璐译：《家庭中世代间的照顾：关于过去和将来的老人》，黑龙江教育出版社，P141。

倾听他们的声音，反过来，他们也拒绝倾听年迈的，或者说返回童年状态的，对生活失去掌握的虚弱的父母。

因此在新世纪家庭文学中所展现的代际关系的新问题之一，便是老年人心理上老无所依的状态，儿女不能从精神上理解父母晚景的孤寂，并产生相应的同理心，他们可以付出金钱或是物质很好地赡养父母，但又将父母隔绝在自己的生活与精神世界之外。戴来的《准备好了吗》便是典型的例子，老万的儿子万一是一名行为艺术家，而老万因为受不了万一离经叛道的行为而决定以跳楼自杀来挽回儿子，他认为儿子放着好好的油画不画，非要去搞什么行为艺术，不务正业。而万一在看到楼顶的父亲之后，并没有向老万想象的那样跪地求饶请求父亲的宽恕，而是也同样站到了楼顶，要求父亲接受他的职业，不然他就跳下去，只当父亲没有这个儿子。万一在生死对决中取得了绝对的胜利，父亲再怎么生气，也无法超过失去儿子的痛苦。儿子不想了解父亲的痛苦，他只觉得父亲仍然不理解他，他最终的报复，是将父亲仪式般的以死相逼，解构成了一场行为艺术。葛亮的《琴瑟》中外婆行动不便后，儿女给她配了轮椅，请了家庭护士，仿佛这样便完成了对她的照顾。但实际上，护士粗枝大叶难以堪用，最终照顾外婆的责任还是落到了同样年迈的外公身上。黄咏梅的《父亲的后视镜》中子女则一再强调父亲的黄昏恋是遇上了“拆白党”，最终一定是鸡飞蛋打人财两空，却不愿更进一步去体味并抚慰父亲清冷孤独的晚年。陈丹燕的《雪》中郑玲与丈夫是生活优渥的中产阶级，他们的孩子作品中并没有交代，但显然已经成年，并没有和他们生活在一起，她与丈夫的房子里一直都是冷冷清清的，他们又将这种冷清传递到了自己的父母身上。丈夫的父亲去世已二十余年，但寡母并没有与郑玲夫妇同住，郑玲的母亲患有抑郁症与强迫症，父亲病危，但子女们却仍然连家都不愿回。小说极力营造一种孤清冷绝的氛围，展现出一种掩埋在和乐融融的家庭假象下的个人的孤独感，在她笔下每一个人物都在情感上拒绝沟通，拒绝团聚，唯有理智与人伦道德感将他们粘合在一起。但小说的最后，郑玲看到与母亲年纪相仿的一位老太太，“想起母亲家总是眼巴巴的小母狗”[1]，点破了现代人在贫瘠的感情生活中生出的可怜的情感需求。毕飞宇的《虚拟》中，父子祖孙感情似乎并不亲密，祖父对待自己的儿子摆脱不了老师对学生的相处模式，父亲对儿子没有权威感与存在感，在祖父进入弥留之际时，祖父所挂念的也不是儿孙绕床，家庭圆满，他已经将自己的全部感情与寄托都投入到了桃李满天下的虚幻梦境中，唯有儿孙相对而泣，充满着对祖父精神世界无法进入的无奈与孤独。但父亲与儿子之间又有多少亲密，也是令人怀疑的，“我没有想到我会拥抱我的父亲，这是我们父子俩的第一次拥抱，彼此都不太适应”[2]。而他的短篇《彩虹》中，老铁老两口更是独自在家，整日面对着墙上不同时区的几个时钟，想象着远在世界各地的儿女的生活。衣向东的《过滤的阳光》中以“我”与父亲三个阶段的交流写出了两代人之间从怨恨到理解再到无言以对的心路历程，成年后的儿子有了独立思考的能力，也愿意与父亲沟通，但当他带

[1]《2008 中国小说学会排行榜》，二十一世纪出版社，2012 年 4 月，P103。

[2]《2014 中国小说学会排行榜》，二十一世纪出版社，2015 年 5 月，P9。

着满腹衷肠回到故乡面对父亲时，发现父亲早已没有了与自己沟通的能力，显出一副“疑惑而呆傻的样子”[1]。这些老年人早已失去了对子女的掌握，他们也无力追赶子女所面对的五光十色的世界，那他们是否就应当被遮蔽、被忽略，被如同日本传说中那样，被驱赶上精神上的“老人山”呢？“空巢老人”是当下流行的形容词，在上述作品中，我们已经能够非常具体地看到这样的一个群体。从客观上来说，计划生育政策使得老年人不论是在物质上，还是在精神上，所能得到的供养和慰藉都会相对减少，子女养老、家庭养老也越来越成为中青年一代无法忽视的重担[2]。但更重要的是，被物质裹挟的年轻人们尚且能够离开巢穴，为了更加完美幸福的自我飞往更加广阔的天地，而老人们却只能守在空门中，独自品味自己慢慢老去的躯体，和渐渐混沌、无以交流的精神世界。

更有甚者，“空巢老人”们正在孤独地死去，他们老去的人生已经被人忽视到了非常极端的程度。王祥夫的《真是心乱如麻》中，子女全家移民新西兰，将老母亲一人丢给保姆照顾，并承诺如果将老太太照顾到一百岁，工资便能翻倍。而相应的，他们认为金钱可以完全控制已经无处可去的保姆，让她尽心尽力伺候老太太。从此子女便很少打电话回来问候，即便来电，也只是问老太太的身体状况，保姆说一句“睡了”，便放心挂了电话。

[1]《2002 中国小说学会排行榜》，二十一世纪出版社，2012 年 4 月，P522。

[2] 参见王树新主编：《社会变革与代际关系研究》，首都经济贸易大学出版社，2004 年 6 月。

因此在老太太忽然去世之后，保姆仍然住在这座空房子里，而子女每次打电话来，都能得知母亲身体很好，或是出门与老同事聚会，或是正在休息，竟也没有穿帮。可见子女的例行问候，已经空洞虚假到了何等程度。面对父母的老去与死亡，他的《归来》则采用了更为超现实的方式，吴婆婆的子女常年在外打工，只剩她一人在乡村独自生活，她的日常生活儿女们几乎一无所知，而她与儿女最后的对话是通过通灵的方式完成的，也就是所谓的“领牲”。子女通过与领来的羊对话，追索吴婆婆在生命最后的牵挂。这种方式无非是给活着的人某种心理暗示与安慰，最终以“你高兴满意放心就好”[1]结尾。但吴婆婆真正的内心世界，反而被这虚妄的“领牲”遮蔽，她是如何摔倒，如何去世，一个人又是如何完成对自己生活的安排的？王祥夫在《归来》中虽然极力营造了一种温暖而感恩的氛围，但却无法掩盖儿女对吴婆婆生前生活的无知。鲁敏的《离歌》中，彭老人虽有儿女，却一直独自居住在村中，能够和他说说话的，只有为葬礼扎纸人的三爷。而彭老人意外去世后，竟三天无人发觉，只有三爷看到彭老人没有按时来修桥，才发现彭老人早已不在人间。我们能说这些子女不孝顺，或是没有尽到赡养的义务吗？他们付出了相当的金钱，在父母死后所表现出的悲伤也是真实可触的，然而父母的处境，却又是那样的可怜而可怕。这些作品都无一例外，在文本中做了大量的留白，给读者留下了思索的空间，然而我们却无法在这留白中勾勒出这些老人的晚年生活。而我们的未来也很可能将要在这

[1]《2012 中国小说学会排行榜》，二十一世纪出版社，2013 年 3 月，P8。

样无法传达的孤独与闭塞中度过，在这样信息发达，人人都在抱怨自己“没有隐私”的时代独自蜷缩在无人知晓的角落，这是怎样的悲哀，令人不寒而栗。

父母与子女，本是这世间最亲密的关系，他们的精神世界本该是相通的，是知己知彼，会心而莫逆的。然而在追寻“自我”和关注“自我”的过程中，这种关系异化了。父母将子女看作自己生命的延续，更是自我的另一种可能性，因此处处干预、控制子女本该属于自己的人生。而子女则在顺从与反抗、依赖与独立的矛盾中慢慢长大，并在漫长的人生道路中渐渐筑起与父母之间的高墙。个人价值的异化和对所谓“成功”人生的盲目追求，使每个人最终都处在无言的孤独中，度过这漫长的一生。

第三节　亲情焦虑的延伸和被干涉的小家庭

在上文，我们已经谈到了在抚育关系中对“自我”的强调。这是近年来多位学者在家庭心理学上提出的新观点，在我们研究新世纪家庭文学的代际关系时也的确有效，但在这一章节，我们不妨从传统的家族角度来观察代际关系，就可能会对这种“自我”产生新的理解。

在传统的家族关系中，父母是有职责为儿女寻找缔结婚姻关系的对象的，这就是我们常说的“父母之命，媒妁之言”，在五四运动之后，对婚姻自由的追求作为个人自由的第一次尝试，反复被新文学作家们描写。从冯沅君《卷葹》中的无力，到鲁迅《伤逝》中反抗后的迷惘，再到苏青《结婚十年》对包办婚礼现场调侃式的解构，再到《小二黑结婚》中敲锣打鼓的欢天喜地，到了二十世纪下半叶，婚姻自由在中国终于成为了不容置疑的，天经地义的个人权利。但这自由似乎非常孤单，它只有权利，却不愿尽义务，婚恋对象是儿女自己物色的，然而结婚的一应事项则完全由父母代为操办。换句话说，“包办婚姻”似乎正在以另一种形式卷土重来。因此，虽然我们在前一章已经讨论过新世纪家庭文学中的婚姻关系，但仍然不妨换一个角度。即使在新世纪的今天，家族对个人婚姻的影响仍然存在，“婆媳矛盾”、“翁婿矛盾”等代际矛盾在个人婚姻生活中也仍然是主要矛盾之一。

迟子建的《起舞》中丢丢与齐耶夫的婚姻是自由恋爱而缔结的，齐耶夫的母亲齐如云还有丢丢的父母都是非常开明的，他们没有过多参与儿女的婚事，但在丢丢与买水果的裴老太的一段对话中，我们还是可以看到父母对子女婚姻的重视程度与介入程度。裴老太是为了招待相亲的女方才来丢丢这里买水果的，丢丢根据女方是护士这一背景，推荐了香蕉、葡萄、橘子等好剥皮，干净便宜家常的水果，买不好剥皮的，怕小护士嫌弃不干净，买芒果等贵价水果，又担心小护士吃也不是不吃也不是，一不小心就被未来婆家视为不会过日子。裴老太恍然大悟，认为儿子上次相亲失败，完全是因为自己买了西瓜，脏了未来媳妇的裙子。

买水果是小事，但其中折射出的婆媳两代之间的博弈却是一个值得探讨的话题。在新世纪家庭文学中，我们可以看到在进行了一个世纪的自主恋爱、自主婚姻的革命之后，上一代对后辈的婚姻仍然具有强大的支配能力，或者说，身体力行地操办孩子的婚事，并尽自己最大的能力给孩子的婚事做好物质和经济的保障，仍然是新世纪父母们的重要职责之一。因此婆婆代替儿子出面与媳妇商谈婚事的场面在新世纪家庭叙事中也就时有发生。有学者用“母体家庭”或“子宫家庭”来解释男性在这种状态下的缺席。在结婚这件事上，作为儿子和丈夫的裴树是缺席的，因为在裴老太看来，儿子裴树和她是一体的，“女人在家庭中苦心经营她自己的小圈子，其中只包括她和她的儿子。‘母体家庭’从本质上反对该户中任何其他成员进入这个圈子，她精心培育和儿子的紧密关系是为了将来能在家庭中获得实力和晚年生活的保障。”[1]因此出现在对话中的只有裴老太和她的未来儿媳妇，儿媳妇黄了，婆婆没有想到是裴树有哪里不受女方的喜爱，只想到自己买错了水果；媳妇上门也不是为了相看裴树，反而在吃不吃水果上绞尽脑汁，生怕一步错着，破坏了自己在婆婆心中的形象。这种混杂在婚姻关系中的代际矛盾古已有之，但在新世纪适婚独生子女比例颇高的背景下，上一代的满腔爱意全部倾注在一个孩子身上，自然对子女婚姻的介入程度就更高，以至于买水果这样的小事，也成了成败攸关的大事了。而对于穷困的家庭来说，子女的婚姻就更加难上加难，父母干涉的力度也就更大。在上一章，笔者已经详细讨论过男女双方将婚姻视作利益交换与联合的途径，而在这一章，笔者对“相亲”将作垂直讨论，主要观照代际之间对相亲的认同度以及依赖程度在新世纪家庭文学作品中的展开。

[1] 王树新主编：《社会变革与代际关系研究》，首都经济贸易大学出版社，2004年6月，P148。

在阎连科的《黑猪毛 白猪毛》中，根宝因为家境贫寒，一直没有讨到老婆，长期单身的状态不仅是根宝本人的负担，更是他父母的愧疚，乃至当根宝决定替县长顶罪换取一份人情关系作为自己的婚姻资本时，他母亲连夜为他做了干粮，作为父母对他婚姻的最后支持。石舒清的《低保》中，王爪爪夫妻两人都是低保户，为了能以这样的家庭条件给自己的两个儿子娶媳妇，他们要求低到不能再低，娶什么样的媳妇不要紧，儿子上门入赘不要紧，只要“给娃上一个媳妇就成”[1]。结婚似乎和两个年轻人无甚关系，他们能不能结婚，似乎都要看他们的父母是否努力，是否尽力，王家儿子娶不上媳妇，是“叫娃跟上咱们这样的父母受累害了”[2]。付秀莹的《六月半》中俊省在乡村中操持的一切，都是为了儿子娶媳妇。而六月作为下帖的好时候，更是一家人带着亲戚朋友都忙活着这一桩婚事，连在外打工的儿子都要停工回来参与亲事的筹备与操作。但在回家的路上，儿子兵子出车祸去世，一下子让俊省的生活都落在了虚处，小说没有继续描写失去了兵子的俊省的生活，但从最后一句念白中却可以看出，这一切的热闹，生活的意义，都与这个家庭无关了。李骏虎的《五福临门》中的二福与莲二人，为了操持两个儿子的婚事散尽家财，在二福意外去世之后，母亲莲独自一人撑起了两个儿子的婚姻，她四处借债，直到老年才还清儿子结婚的债务。儿子与媳妇的婚姻虽仰仗母亲借来的钱，但却似乎没有自己支付这笔债务的义务与自

[1]《2010 中国小说学会排行榜》，二十一世纪出版社，2011 年 5 月，P113。

[2]《2010 中国小说学会排行榜》，二十一世纪出版社，2011 年 5 月，P113。

觉，乡亲讨债也是找莲，而不会去让两个儿子还钱。程青的《最温暖的寒夜》中，舅舅为了给儿子置办婚事，不惜将外甥宋学兵扫地出门。而在南翔的《老桂家的鱼》中，老桂家拼尽一家人的气力，并大肆举债，只是要给儿子买一套房子，因为没有房子，儿子便娶不上媳妇，而已经娶了媳妇的大儿子，因为没有房子，一直在忍受妻子的阴阳怪气和颐指气使。严歌苓的《谁家有女初长成》恐怕是最残酷的，农家在实在无力给儿子娶媳妇时，只好从山外通过拐卖人口买一个媳妇，并且由兄弟俩共同拥有。

但在新世纪的文学作品所描述的通过婚配完成的家族世代更迭中焕发出新的力量的，是在家族强大的婚姻支配力量下，两代人就代际边界与家庭边界定义与话语权的争夺。当第一代独生子女成长至适婚年龄的新千年，他们所面临的婚姻格局开始真正脱离出传统的大家族嫁娶模式，因此在家庭内部代际关系的处理上，也就不能不发生质变。因此在新世纪家庭文学中，这类探讨婚姻中代际关系的文学作品，或说“婆媳主题”简单归类到两个人的人际关系战争中，也不能单纯看做是媳妇或女婿对大家庭权威的反抗与斗争，这其实是一种全新的主题，是在当下中国的婚姻观、家庭观逐渐迈入现代社会时对传统家族关系、代际关系的大洗牌：“在社会主义制度下，随着妇女在政治、经济、文化教育以及社会和家庭等方面同男子平等权利的实现，以亲子关系为轴心的父权、夫权统治的旧的传统家庭，已经被以夫妻关系为轴心的民主、平等、和睦、幸福的社会主义新型家庭所代替。”[1]

[1] 刘英、薛素珍主编：《中国婚姻家庭研究》，社会科学文献出版社，1987 年 10 月，P95。

也就是说，传统的几代同堂的大家庭渐渐消失，取而代之的是以夫妻关系为主的核心家庭，母体家庭因此解体，这必然会使传统的家庭伦理受到极大的冲击。在倪学礼的《六本书》中，金河的母亲罹患癌症来儿子处治病，然而金河的妻子却坚决不让老人进家门，最后金河只能无奈地为母亲和弟弟租一间房，甚至连母亲和弟弟吃饭的米都要从自己家中使出诡计偷出来。金河的母亲并非传统文学中的恶婆婆，金河的妻子平时也是勤俭持家的贤内助，因此她们之间的矛盾，是两代人对代际关系与家族关系的不同见解造成的。母亲仍持有传统的观念，认为儿子的家便是自己的家，但金河的妻子却早已将“家”的定义狭隘化了，在她心中，唯有丈夫与孩子是“家”，丈夫可以孝顺母亲，但自己并不是婆婆的“家人”，因此没有义务出钱出力。在孙惠芬的《致无尽关系》中，贞子力争在回到家乡的第一天便去娘家看看，也是对传统家庭关系与代际关系的一种挑战，尽力将自己的家人范围缩至最小圆，将娘家与婆家放在同等的“走亲戚”的位置上。而回到娘家之后，贞子所尽力维持与讨好的恰恰是贞子的大嫂。我们可以看到，即使在乡村，在传统代际关系与家族结构保存得相对完整的地方，媳妇也已经悄然取代婆婆，成为家庭内部生活的实际掌权者。在张慧雯的《垂老别》中，关于丧偶的王老汉该在哪个儿子家养老的问题，两个儿子似乎都没有话语权，只是两个儿媳进行商榷和斗争，大儿媳将老人安置在农具间，二儿媳甚至让他睡在沙发上，与王老汉、村长和所谓“族叔”的交涉，也都是由儿媳代为进行：

……这时，坐在一边的老二媳妇说话了，“你生的什么气？村长是给咱讲讲情况，帮咱解决问题的，你生的什么气？你在这儿说大嫂，你说再多，她听得见吗？”

老二看看自己的媳妇，很驯服地低头不语了。老二媳妇转向村长说：“村长，那天情况很急，大嫂她突然打电话来，我不在，他一个人急得什么似的，又没有人商量，什么东西都答应下来了。要说，是我不好，我没有好好给大嫂讲……”[1]

在传统的家庭关系与代际关系中，父辈承担抚养责任，而子辈承担赡养责任，这是天经地义的，老人与儿子同住，作为同一个家庭也是毋庸置疑的。而在新世纪家庭文学中，我们却看到这种家庭结构的变化，传统家庭纽带断裂，家庭原子化的趋势已经悄悄渗透进了中国的每一个角落。在这部作品里，伯父与村长作为家族与亲族的代表，陪同王老汉前往二儿子家要求他们承担赡养责任，却最终无功而返，充分代表了当代大家族体制与乡愿环境的失落与凋敝，族长与宗亲对家族乃至小家庭的约束与规劝能力已经趋近于无。

但我们又奇异地发现，核心家庭对大家族的拒绝看似决绝，但又因为计划生育和独生子女的关系，夫妻双方与原生家庭的羁绊更深了，因此“母体家庭”所造成的代际联系，在新世纪也有新的解读。这一点我在社会学的论著中鲜少看到相关的研究，在社会学家眼中仿佛断裂的亲属关系，因为家庭的不断核心化而不

[1]《2009 中国小说学会排行榜》，二十一世纪出版社，2012 年 4 月，P23。

断疏远的代际亲情，在很多的文学作品中却有着深刻的勾连，甚至夫妻双方的父母都要搅和进儿女的婚姻关系中，这种干涉和入侵又进一步加深了夫妻间的矛盾，使得新世纪的很多年轻夫妇的婚姻关系在脱离了传统的封建大家族之后，仍然因为家族与血缘的联系而走上了悲剧的道路。在方方的《琴断口》中，杨小北与米加珍的婚姻因为米加珍前男友的死亡蒙上了一层阴影，杨小北想要与妻子一同南下，逃离这令人压抑的地点，挽救两人的感情与婚姻，米加珍却不由分说地拒绝说：“我哪里能离开这里？我家有四个老人啊，我是他们的心头肉。让我离开他们，不就是挖他们的心。……我要一走，估计他们两个隔不了几天就死掉了。”[1]最终两人以离婚收场。可见代际关系在很多婚姻中已经成为重要的隐患，注重原生家庭，还是努力构建小家，已经成为很多夫妻不可调和的矛盾。而在更多的通俗文学作品如《双面胶》《蜗居》《新结婚时代》等中，这种原生家庭与核心家庭的冲突甚至已经模板化，一个来自城市的受过良好教育的妻子，一个来自农村的在城市中打拼后有了一定经济基础的丈夫，蛮不讲理的公婆，委曲求全的岳父岳母，最终成就一场鸡飞狗跳、几败俱伤的婚姻。

看起来，核心家庭虽是依靠父母才能成立，但在新世纪家庭文学的代际主题中，隔代抚养成为一个新的问题。这种隔代抚养并不等同于原先爷爷奶奶在与儿子媳妇共同组成的主干家庭中，承担孙辈的照顾工作，而是在小家庭已经独立出去的前提下，将

[1]《2009 中国小说学会排行榜》，二十一世纪出版社，2012 年 4 月，P186。

孩子交给爷爷奶奶或是外公外婆。这当然有很多现实的原因，农民脱离土地进城务工，小城镇居民通过高考、下海、打工等方式进入更大的城市，随之而来的，是对事业与金钱的疯狂追逐，和对子女的无暇顾及。进城务工的农民将孩子留在遥远的乡村成为留守儿童，在大城市已挣得一席之地的白领们将父母从老家接来照顾孩子，无论下一代在什么样的环境中成长，父母的相对缺席似乎已经成为一种普遍的社会现象。一方面，祖辈承担起了养育的责任，却在养育行为上失去话语权，不仅如此，对于自己的子女，他们也丧失了干涉的权利，成为了这个家庭的“外人”，变得无所适从；另一方面，父母在养育行为上是不在场的或部分不在场的，他们是这个家庭的隐形人，然而他们却带有学识、见识上的优越感，在养育方式上站在绝对的话语高地。因此在“抚养后代”这一事件上，核心家庭与主干家庭再一次展开了战争：“分歧最大的是对后代的教育问题。据有关方面的调查，我国目前小学以下的儿童每十人中就有五至六个主要由隔代老人教育，由此可见，老年人在关心教育第三代方面负有重要的责任，但在教育抚养孙辈的观念上父辈和子辈之间往往存有较大的差异。父母对孩子的教育态度趋于理性，一般孩子的父母主张严格管教，注重智力和品格的培养；而隔代的祖父母或外祖父母对第三代的教育态度趋于感性，多为溺爱和娇惯，宁愿委屈自己，也要设法满足隔辈人的要求。”[1]

[1] 王树新主编：《社会变革与代际关系研究》，首都经济贸易大学出版社，2004年6月，P103。

方方的《万箭穿心》中马学武死后，妻子李宝莉将马的父母接到武汉照顾孙子，自己则出去接了“扁担”的活计，以卖苦力的方式维持着家庭的生计。而在她外出的期间，自己的公婆与自己的儿子已经将她慢慢排挤出了这个家庭的范围。虽然她为这个家庭提供了物质基础，但最终却因长时间地缺席家庭生活，再加之公婆有意无意地挑拨母子关系，最终儿子放弃了母亲，选择赡养自己的爷爷奶奶。这也让我们看到，隔代抚养并非大家庭中的家庭分工，而是一种替代性的父子关系，祖辈投入的情感、时间与体力成本与父母几乎无异，因此孙辈对祖辈的赡养也是这种投入的产出，是这种新型代父子关系产生的反哺。红柯的《大漠人家》中，孩子由爷爷在农村抚养，父母在城市工作，为了孩子的上学问题，父母决定将孩子带回城市，但爷爷认为孩子还没有到上学的年龄，希望孩子还能够留在自己身边。很显然，这里的父母和爷爷对孩子都是同样的关爱，但角度不同。在城市工作的父母希望孩子能早些适应城市生活，也希望自己的下一代能够彻底跳出农门，扎根城市。但爷爷对孙子则是传统的农村教育，亲近自然，亲近土地，虽然后代已经离开了乡村，爷爷仍然希望他们的根能留在农村，留在土地。从小处说，这是两代人教育观念的不同，父母觉得老人带孩子谈不上教育，言谈举止都透着土气和粗俗，爷爷则认为父母对孩子的教育没有根基，都是虚无缥缈的理念。但从大处说，两代人的冲突反映的是城乡观念的冲突，和对以土地崇拜为根基的乡村价值观念的怀念。作品不仅以各种唯美的、仪式化的语言描绘祖孙二人的乡村生活，更在作品的结尾以一句“北京太好了，就是太偏僻了”对以城市为中心的主流观念进行了抗争。但孩子还是被父母带回了城市，小家庭赢得了战争。在须一瓜的《小学生黄博浩文档选》中，外公外婆带着大女儿之子黄博浩生活在小女儿的男友家中，大女儿不仅自己对儿子不闻不问，甚至连老带小都托付给了一个陌生的男人。

对此梁鸿的《中国在梁庄》则将原因表述得更为残酷，也更为主动。赵嫂在乡间要同时带好多个孙子孙女，不单单是因为孩子的父母都在外地打工，更是因为孩子的父母将祖辈的好心看作一种“资源”，一家把孩子送回来，别的子女也争相将孩子送回，如果不送回，便是让别的子女占了便宜。更进一步的，这种隔代抚养甚至成了一种筹码，一种交易，如果赵嫂不能给子女看顾孩子，那么她年老需要赡养和照顾时，也不能再指望儿女：

> 你以为他们感谢你，感谢个屁！这里面有啥原因，老人帮他们带孩子，他们的地老人种着，这等于是交换。他们不管你累不累，想着你种他地也算给你报酬了，也不管种地到底能不能赚到钱。有许多娃们出去打工，孩子撇在家里，连一分钱都不给。有的老两口，好几个孩子，你留我也留，要不，吃亏了。还为谁留得多谁留得少打架，非得把老人撕吃了才行。
>
> ……
>
> 世道变了，原先是儿媳妇怕恶婆子，现在是婆子怕儿媳妇。有哪个是省油的灯？不把你榨干就不算完。你辛辛苦苦替她照顾孩子，回来该吵你还吵你，该不养活你，还不养活你。给他们摆一下自己的功，说那是你孙子，你想让他饿死

我也管不着。刻薄得很。[1]

由此，我们已经可以看出核心家庭的独立，实际上是一个虚伪的命题，年轻的夫妻在争取了属于自己的物质财产与独立空间之后，开始更进一步与父母的讨价还价，而父母则是在拼命拉回儿女，维持主干家庭的生存方式。在儿女成家结婚之后，何为“孝”的问题往往成为两代人间最大的争执。父母一方面希望儿女以最大的诚意和服从来回报自己的养育之恩，又对开口讨要儿女的赡养难以启齿。[2]最终，父母的赡养问题不是落得儿女的不闻不问，就是在衡量过父母对核心家庭所做的贡献之后，儿女酌情予以回报。在苏童的《黄雀记》中，保润的祖父整日在儿孙的嫌弃中生活，并最终被保润的母亲送进了精神病院，老人过去居住的房屋也被挪作他用。老人虽未去世，但已经彻底消失在了家庭生活中，保润入狱后，更是处在无人问津的状态。在张惠雯的《垂老别》中，王老汉有两个儿子，一个住在村中，一个住在城里，但两个儿子却为谁来赡养父亲吵得不可开交，老大认为当时说好了一人一月，现下一月到期，父亲必须去老二家，因此将父亲逐出了家门。而老二却认为自己在乡村的地都由老大种着，收益都是老大的，也就应该将这多出来的收入用来赡养父亲：

[1] 梁鸿：《中国在梁庄》，江苏人民出版社，2010 年 11 月，P179。

[2] 参见阎云翔著，龚小夏译：《私人生活的变革——一个中国村庄里的爱情、家庭与亲密关系》，上海世纪出版股份有限公司，2017 年 2 月，第七章：老人赡养与孝道的衰落 P187-214。

> 我们的情况你都知道，我们又不回去，村里的地全给大哥种。我们不是小气的人，一年打多少斤粮食，卖多少钱从来也不问他。这么多年了，每年都给那一点儿钱，我们一分钱也不多要他的。后来我们商量，爸在村里住惯了，到这儿哪有说话的人，我们两个又都忙，不如让爸就住村里，反正我们的地都是大哥打了粮食，就算我们给爸出了口粮。大哥大嫂只是给爸腾出来个地方住，这难道不合情合理？[1]

因为“合情合理”，他们便理所应当地在寒冷的冬夜将父亲安排在没有暖气的底楼，并只给了一床薄薄的被子，让他天亮便自行回家去。王老汉心下凄凉，在凌晨离开了儿子家，并最终踏上了孤独的旅程，不知去向。鬼子的《瓦城上空的麦田》里老四进城，想让儿女给自己过六十大寿，但三个子女没有一人能够想起父亲的生日，甚至对他的吃住都不想安排，小儿子甚至暗示父亲，他晚上要与女友做爱，因此不方便收留父亲。而在老四“假死”之后又出现在儿女们面前，儿女们也并没有失而复得的喜悦，而是痛斥老四是骗子，假装自己的父亲来骗他们，好过上城里人的日子，尽管在开篇他们的父亲进城时，他并没有享受到他们所提供的“好日子”。姚鄂梅的《狡猾的父亲》中，失去了妻子的父亲似乎一直在与三个儿子斗智斗勇，他守着自己的钱财与房产，并要求三个儿子承担他的养老责任，还要娶老伴儿，给孩子们的遗产继承增加新的障碍。儿子们对父亲或是威逼利诱，或

[1]《2009 中国小说学会排行榜》，二十一世纪出版社，2012 年 4 月，P23。

是放任不管，或是义愤填膺，却无人愿意好好和老人谈谈，去深入理解老人为何如此之“作”。最后，儿子们终于知道，父亲是患了重病，不愿拖累儿子，才找老伴儿照顾，并将自己的全部财产分给了儿子们，但此时父子之间却已无话可说，连感激之情也无从表达了。计文君的《白头吟》中，父亲周老先生更是利用保姆韩秋月与子女展开“宫心计”，为了自己的遗产问题周旋在各个儿女之间，子女也同样是尔虞我诈，将父亲视作自己谋得财产的砝码，而并非关心父亲的晚年生活。而在上一节中，我们也曾经举例父母有赡无养的状态。

综上所述，在新世纪家庭文学的代际主题中，一种对利益交换式代际关系的隐忧时不时出现，并伴随着对中国家庭现代化的某种否定和讽刺。在传统的家庭代际关系中，父母对子女的关爱、呵护乃至帮助与扶持，都是有可期待的回报的，那便是养老，父母倾其所有为儿女，在年老时则由儿女将其接到身边，共同生活，颐养天年。但在最近发表的社会学专著与田野调查中，家庭规模不但变小了，家庭内部的道德体系与交易体系似乎也走向失衡，正如学者阎云翔所言，“他们……缺少自力更生的意识，使得他们感觉自己有权利向父母要求经济上的支持来实现他们个人的幸福，同时还声称自己是独立的、个人主义的。”[1]由此可见，“父母心”和对完美自我的规划剥夺了儿女作为个人独立自主的基本权利，更是被儿女这种虚伪的功利个人主义和独立性所

[1] 阎云翔著，陆洋等译：《中国社会的个体化》，上海译文出版社，2016 年 2 月，P197。

绑架。因此一旦子女脱离父母的掌控，或是父母的使用价值被压榨干净，父母很可能就会因为失去作用而被抛弃。当然我们也不能否认，在儿女组建家庭的过程中，很多父母仍然无法从根本上承认核心家庭的独立性与合法性，这与中国的传统文化，以及前一节所说的“自我”的投射作用都是息息相关的。但无论如何，这在以往的家庭叙事中几乎是不可能的。这种复杂的、相互牵制的、纠结在个人利益中的家庭关系只有在个人价值高度物化的当下，我们才可能看到。中国家庭如何在切割了传统的代际关系，分裂出新的家庭体系之后，将核心家庭这一概念真正运转起来，并能够在此基础上维持良好的代际联系，还有很长的路要走。

第四章

消解与回望：新世纪国族母题叙事

第一节　渐行渐远的宗族亲属

在前一章我们已经从代际关系的角度探讨了新世纪以来家庭的核心化和家庭关系的扁平化，而在这一章，我将从更宏观的角度——家族、村落、城市乃至国族探查这种核心化给中国家庭带来的影响及在家庭文学创作上的体现。滋贺秀三的《中国家族法原理》一书认为："由血缘关系、配偶关系以及两种关系之间的组合而结成的近亲，被我们宽泛并无差别地称为亲族，而在中文里用'亲属'这个词来表示的确很恰当。"[1]但他同时认为，在中国，"亲属关系的规定上具有决定性意义的是'宗'的概念，并以此为中心来考虑亲属的分类和设立类似亲等的制度"[2]。与西方不同，"宗"所决定的亲属关系的远近，是根据姓来决定，并且

[1] [日] 滋贺秀三：《中国家族法原理》，商务印书馆，2013 年 5 月，P26。

[2] 同上。

是排除了女性亲属的概念的，正是因姓而成的宗亲，构成了中国大家族的主要脉络。而新千年以来，宗族的概念虽然依然存在，在中央电视台春节期间所播放的家庭类公益广告中，我们还能看到拜祭祖先、修订族谱的镜头，但在新世纪家庭文学中，除了回溯二十世纪——尤其是上半叶——的宏大宗族关系的作品，以及描写整个世纪家族兴衰史的相关作品之外，“当代的宗族”已经几乎不见踪影了。

在滋贺秀三对二十世纪上半叶中国家庭的描述中，我们还可以看到宗族的强大，如果把宗族看作一个大家庭，实际上也未尝不可，“所谓的家是指，有同一个祖先分家而来的总称为一族的叫一家，因而亦称为同宗，又叫做一家子”[1]，而我们现在所通常认为的家，实际上是传统中“户”的概念。家族的经济命脉是单一的，每个旁支对宗族的依赖，无论是经济上、精神上，还是关系网络上都是非常紧密而深刻的。然而时间进入二十世纪下半叶，尤其经过“文革”的超高集体化和改革开放以来的急速个人化，宗族所拥有的权力和地位似乎已经不复存在了。而宗族大树的瓦解，实际上是从每一根树枝的拆解开始的，也就是说，宗族的终结，是从每一“户”都成为单独的“家”开始。根据《中国计划生育与家庭发展变化》中的数据，目前中国家庭每户的代数结构以二代户为主，四代以上户的家庭几乎没有，而每户的人数从1912年的每户5.31人，降低为2000年的3.56人[2]。每一户减少

[1] [日]滋贺秀三：《中国家族法原理》，商务印书馆，2013年5月，P26。

[2] 陈胜利、魏津生、林晓红主编：《中国计划生育与家庭发展变化》，人民出版社，2002年12月，参见P50、P161-162。

将近两人，可想而知，即便是“户”，也一直处在不断的分裂之中，其一是因为计划生育的推行，使得人口再生产速度下降；其二便是我们在上一章已经涉及到的，家庭的结构由主干家庭和联合家庭，逐渐向核心家庭转变。

家庭规模的缩小，不仅仅消解了宗族的力量，也使家的界限变得狭窄。在宗族的观念中，家可以通过血缘的关系不断如同心圆一般晕开去，很难察其边界，因此在这个巨大的边界之内的人，都可以说是家人，而没有血缘关系的如姻亲，即使再近，也是远的。费孝通在《乡土中国》中对血缘亲族有这样的阐述：“血缘的意思是人和人的权利和义务根据亲属关系来决定。亲属是由生育和婚姻所构成的关系。血缘，严格说来，只指由生育所发生的亲子关系。事实上，在单系的家庭组织中所注重的亲属确多由于生育而少由于婚姻，所以说是血缘也无妨。”[1]而在最近的几十年间，这种亲属关系已经发生了质的变化。在梁漱溟的时代，亲戚仍然是家族经济的重要合伙人，也是家庭财产的共同享有者：

> “遗产均分于诸子，而不由长子独自继承，即此伦理社会之一特色，西洋日本皆所罕见，在我却已行之二千年。盖伦理本位的经济，财产近为夫妇父子所共有，远为一切伦理关系之人所分享。是以兄弟分财，亲戚朋友通财，宗族间则

[1] 费孝通：《乡土中国 生育制度 乡土重建》，商务印书馆，2011年12月，P73。

培益其共财。财产愈大者，斯负担周助之义务亦愈广。”[1]

但在阎云翔的《中国社会的个体化》中，我们已经可以看到，在核心家庭的主导下，不仅宗族内亲属与姻亲已经处在了相对平等的状态下，在过去被划归为“家人”的范畴，也已经开始进入到仅仅是“走动”的亲戚关系中，也就是说，亲戚几乎就是从“分家”开始的，兄弟、姐妹不再是一家人，而是成为亲戚。[2]而这亲戚与梁漱溟所言的亲戚也并非同一概念，他们已经被排除在家庭之外，成为“外人”。这一新的家族关系被作家敏锐地捕捉到，而在过去所谓“五服”之内的亲戚，在新世纪家庭文学的亲属关系中，几乎已经消失不见了。当然，我们还是能够在婚丧嫁娶等传统的“大事”中依稀觅得宗族的影子，比如葛水平的《比风来得早》中的十年祭奠，李佩甫《生命册》中老姑父的迁葬仪式，刘庆邦《遍地白花》中为老人画像时的儿女成行，苏童《堂兄弟》中历经破败和改建的宗祠，魏微《乡村、穷亲戚和爱情》中的合葬仪式。在必要的时候，大家族的确可以暂时团结起来，相安无事地行使某种具有仪式感的家族工作，但这些工作远离日常生活，并且在实际操作中也越来越简陋，最终传统大家族在当下的作品中往往化为了遥远的背影，在作品中的位置，早已不似过去的辉煌，“我蜷缩在后座里，就像狗一样，把自己

[1] 梁漱溟：《中国文化要义》，上海人民出版社，2005 年 5 月，P181。

[2] 参见阎云翔著，陆洋等译：《中国社会的个体化》第三章：夫妻生活的胜利：家庭关系的结构性转变和第四章：实践性亲属关系两章。上海译文出版社，2016 年 2 月。

裹起来。有时候也会摇下窗玻璃，我想再看一眼我的乡村，它们与我有着血肉的连结。可是我没有能力。我看见空旷的原野一片苍茫，这原野曾养育过我的祖父辈，也承载着我死去的亲人。我看见村人们陆陆续续地收工了，他们扛着锄头，走在混沌的天地间，走远了。"[1]

取而代之的，是分家所带来的，随着日常生活的进行点点滴滴积攒下来的，从最小单位开始的大家族的分崩离析。在李凤群的《良霞》中，良霞与大哥、二哥、父母原先是一家人，即便是随着父亲去世，大哥结婚，这一主干家庭也并没有解体，仍然是三代同堂的大家庭，良霞作为没有出嫁的小姑子，没有人可以做主让她离开，她具有依靠这个家庭生活的合法性。然而随着母亲的去世，大哥二哥决定分家。良霞身份开始尴尬，大哥二哥成为了两个家庭，她在哪一个家庭中生活都不合适。最终，大哥二哥在商量之后做了决定，良霞虽身患重病，也必须独自生活。而大哥和二哥也相继离开了家乡。这部作品跨越了几十年的时间，将改革开放后家庭规模的不断缩小与兄妹关系的由亲至疏展现得顺理成章，良霞从家中举足轻重的一份子，最终成为两位哥哥只需在年节时走动的亲戚，而通过这种从家人到亲戚的转化，哥哥们也卸下了扶养病人良霞的责任。阎连科的《炸裂志》虽然写的是一个村庄的兴亡史，但最核心的还是孔家四兄弟。在父亲孔东德尚未去世时，四个兄弟就已经是离心离德，而在父亲去世之后，他们甚至等不到安葬父亲，便立刻分了家，虽然墙上父亲的遗像

[1]《2001 中国小说学会排行榜》，二十一世纪出版社，2012 年 4 月，P48。

仿佛在大声呼喊“别分家——我给你们跪下来”[1]也阻止不了家庭的分崩离析。兄弟们也从此几乎断了来往，父亲入土时，只有四弟孔明辉守在旁边。而在兄弟分家之后，炸裂也一步步走向了衰亡，正如孔家这个家族一般。阎连科显然是对传统宗族怀有感情的作家，但他也注意到当下家族的衰落与亲缘关系的淡漠，在他的长篇散文《我与父辈》中，他细数着整个家族的辈分、梳理着宗族大树的每一根枝叶，父辈之间的手足情令人感动至深，但同辈人之间的亲情联系却鲜有提及。在方方的《刀锋上的蚂蚁》中，妹妹鲁昌玉一心为哥哥鲁昌南谋划，把哥哥当作一家人，甚至有点排斥嫂子的存在，事事都要绕过嫂子，以显示自己和哥哥更为亲密。但当哥哥出国成为知名画家并与美国人明娜再婚之后，却与妹妹几乎断绝了来往，原因是妹妹“总有些亲戚朋友托我找哥哥办事呀要画呀什么的”[2]。但鲁昌玉仍然感谢费舍尔对鲁昌南的帮助，“连连地说费舍尔是她鲁家的恩人”，并在大哥离婚后供养大哥的前妻，因为“总归以前她是我的嫂嫂，我不能扔下她不管”。在这里，鲁昌玉认为她与鲁昌南同为“鲁家人”，是一个家庭，因此即使费舍尔帮助的是她的大哥而不是她，她也没有从中得到什么好处，她也会代表鲁家感谢他，而大哥拒绝她的各种请求，她是不高兴的。前嫂嫂不管怎么说也是“鲁家人”，她作为小姑不能不管。而在鲁昌南那里，他已经与妹妹截

[1] 阎连科：《炸裂志》，上海文艺出版社 2013 年 9 月，P184。

[2]《2010 中国小说学会排行榜》，二十一世纪出版社，2011 年 5 月，P258。以下同作品所引文句皆出于此。

然分开了，觉得鲁昌玉利用他的身份给他找麻烦，说“妹妹以为是中国”，“完全不体谅哥哥的难处”，他与妹妹已经不再是一家人了，他们不来往，“也是没办法”。在孙惠芬的《一树槐香》中，新寡的二妹决定回到娘家，但在一个乡村女人的家庭路线上，“她的世界就两个地方，一个是婆家，一个是娘家。一个在眼前，一个在身后。”[1]娘家是来路，也是紧闭的门。在传统的家族伦理中，寡妇仍然属于婆家，但随着家庭的核心化，婆家的概念逐渐淡化，娘家的接纳便成为失婚妇女最后的退路：“屋子是院子的后方，娘家是婆家的后方。然而，二妹子即使做一百次梦，也不会梦到这样的结果：这个在她生活中早就变成后方的地方，会在三年之后的某一个时辰，再次成为她的眼前。她的哥哥在听了她一席诉说之后，一分钟都没停，就说，‘那就回来吧，在三岔路口开个小馆，保证天天都能看到拖拉机。’”[2]然而娘家也同样以夫妻关系为核心，二妹是否能够在娘家生活，便很大程度取决于兄嫂，尤其是嫂子的接受程度。显然，二妹即使回到娘家，也依然是孤身一人，她不能回家住，只能在路边自己的小饭馆儿中独居，她的哥哥想利用自己村长的职权来给她的饭店增加些许生意，都要受到嫂子的阻挠，认为哥哥管得太宽，肥了外人田。

在传统的家族伦理中，“兄弟”是非常重要的一伦，赵园在《家人父子》中这样阐释兄弟关系：“‘诸父’—‘犹子’，则

[1]《2004 中国小说学会排行榜》，二十一世纪出版社，2012 年 4 月，P162。

[2] 同上。

是父子关系在家族内的延展。以兄弟之子为子，以叔伯为父——家族中人的亲密无间，没有较之于此更好的表达了。”[1]这种推广性的父子关系，使得家族之间的联系更为紧密，但这亲密关系的最重要基础，乃是整个家族作为统一的生产单位。然而随着现代化进程的加快，家庭生产功能消失，保障功能减少，这种紧密的兄弟关系及跨代际的兄弟责任也就不复存在了。在孙惠芬的《致无尽关系》中，贞子的大哥“一直扮演父亲角色，父亲去世后更加如此”[2]，他将自己的亲兄弟、宗族兄弟、母家兄弟还有姻亲兄弟们都安排在自己的工厂中。但这个工厂却没有能够像传统的家族企业那般和谐运转，兄弟们为职务和财政分配都多有怨言，有些兄弟甚至在学了手艺之后便另立门户，与大哥唱对台戏。在孙惠芬的叙述中，这些兄弟们都是分了家的，分家之后，宗族也因此解散，每户只为自己的利益考虑。大哥再有能力，也无法在这些兄弟中周旋。苏童的《堂兄弟》中，德臣和道林的祖父是亲兄弟，哥哥开了棉花铺子，雇了弟弟做伙计，并帮弟弟置办了家业。因此两家的房子一直依偎在一起，“正像是兄弟俩靠在一起仰望着日落日出”[3]。然而随着时间的流逝，这对亲兄弟的子孙变成了堂兄弟，在当下的枫杨树村，堂兄弟的关系是最常见的，“祠堂里聚集的男人中有多少堂兄弟呀，一出祠堂他们就各奔东西了”[4]。德臣和道林也是如此，在修葺祖屋的事情上，他们没

[1] 赵园：《家人父子》，北京大学出版社，2015 年 7 月，P149。

[2]《2008 中国小说学会排行榜》，二十一世纪出版社，2012 年 4 月，P408。

[3]《2004 中国小说学会排行榜》，二十一世纪出版社，2012 年 4 月，P70。

[4] 同上

有如他们的祖父一般相互扶持，相互帮衬，而是攀比着，憋着火想要压对方一头。为了能让自己的房子比对方更高，他们拖延工期，迟迟不封顶，最终只好在村长的主持下，丈量了房屋高度，两家一边高，结束了这旷日持久的战斗。然而长期建房拖垮了两家的经济，使两家在日常生活上也节衣缩食。但为着谁家过得相对更好一点，两家的明争暗斗也从未停止，最后只能约定着同一天吃肉，同一天吃干饭，这才勉强化解了危机。晓苏的《侄儿请客》中，“我”回乡村去给大哥扫墓，却发现侄儿没来给自己的父亲上坟。气愤之余，“我”决定去侄儿家兴师问罪，却吃了一个闭门羹：侄儿与侄媳去外头赌钱了。“我”只好去堂叔家发牢骚，然而侄儿闻风而来，要求叔叔第二天来家吃饭，并称自己的父亲去世了，自己就把叔叔当成父亲。但到了第二天，侄儿早已忘记了自己的邀请，并认为叔叔太较真了，自己只是礼节性地请一请，没想到叔叔真的会来。在传统的宗族观念中，如果父亲去世，叔叔的确就如同父亲一般，负责子侄的抚养，而子侄也相应要赡养叔叔，但在这部作品中，从堂叔到“我”的这两代人，显然还是默认这样的亲缘关系和家族秩序，在“我”去看望堂叔时，作者这样描写：“堂叔是我父亲的堂弟，我祖父只生了我父亲这么一个儿子，我没有亲叔叔，所以就把堂叔当成亲叔叔看待了。”[1]但是在侄儿这里，这一套家族观念早已不适用，当堂叔因为背化肥体力不支要求路过的侄儿捎一程时，侄儿斩钉截铁地拒绝了，认为耽误了他麻将的工夫。“只认得钱”是堂叔对侄儿

[1] 晓苏：《侄儿请客》，《作家》2006 年第 4 期，P55。

的评价，也是作者借堂叔之口来评述当下的亲缘关系。在曹寇的《塘村概略》中，骆姓是塘村最大的姓，而七十八岁的骆昌宏“儿孙繁茂，四世同堂。家族意义上，所有人都是他这棵老树上发的芽，他德高望重，是一家之长。”[1]但事实上，因为穷困，他被几个儿子如同皮球一般踢来踢去，没有儿孙愿意赡养，甚至被像狗一般拴在院子里。他满嘴古朴的骂词痛斥儿孙的不孝，毁坏纲常，但因为佶屈聱牙，儿孙们“无人留意，全作狗吠”[2]。

如上所言，传统的家人关系转变为较为疏远的亲戚关系，是由于现代化进程的深入，使得传统的伦理道德逐渐被不平衡的贫富差距所打破。随着宗族的消失，辈分秩序也就因此失去了原有的权威性，金钱和社会资源的掌握者往往在亲缘关系中占有更大的优势。阎云翔在《私人生活的变革》中这样阐释这种新的“关系”：

> 由于经济改革与非集体化，村民们与外界打交道的机会越来越多。在与外来人打交道时，村民们通常都要依赖于他们所熟悉的人情道德与关系网络。这不但导致了旧关系网的扩展，而且也产生了新的短期且功利性的个人关系网络。更重要的是，当村民们将许多功利性的关系加入现存的关系网络时，当他们必须通过送礼才能办事时，原来的关系与人情就变了味道。“走后门”成了新的关系的代名词，新的人情则成了可交换的资源。原来含义中的情感与道德因素基本消

[1]《2012中国小说学会排行榜》，二十一世纪出版社，2013年3月，P433。
[2] 同上。

失了，它们主要变成了实现功利目标的工具。[1]

在新世纪家庭叙事对乡村的考察中，很多作家也注意到了这一现象。对有钱有势的人物来说，他的亲戚关系是丰富的，但对相对贫困的人物来说，他的亲缘关系则是单薄的，同时是攀附的。在晓苏的短篇小说《住在坡上的表哥》中，就表达了财富对亲缘关系的入侵与绑架。表哥与表弟原是亲兄弟，但早已分家。表哥因为跛脚生活贫困，表弟心思活络生活富裕，长期以来关系微妙，甚至几乎互不来往。而“我”作为两兄弟的“老表”，来到两兄弟居住的村庄参加小学校庆，表哥扫屋备菜，杀了家中唯一下蛋的母鸡，甚至不惜让妻子出卖色相去赊来一瓶酒，却最终没有等到“我”，“我”已经被住在山下生活富裕的表弟请走了。然而表弟请“我”也并非是顾念共同成长的情谊与血脉相连的亲缘，而是因为“我”在县城做局长，表弟认为如果能够结交“我”，便有面子，甚至能狐假虎威多赚钱。表弟逢迎巴结的盛情款待，最终取代了表哥真情实意的邀请。在表哥的心中，不论是对弟弟，还是对“老表”，可能都再无亲情可言。在魏微的《乡村、穷亲戚和爱情》中，小敏的父母早年离开了乡村，在城里过上了体面的生活，因此乡下的亲戚经常进城来寻求我们的帮助，带一点自产的农副产品，“有的是家里遇着事了：婆媳纠纷，兄弟失和；因为地界和邻里闹矛盾了，够得上吃官司的，来我们家托关系通融。甚至还有一些怯弱愚钝的穷亲戚，连儿女婚

[1] 阎云翔著，龚小夏译：《私人生活的变革——一个中国村庄里的爱情、家庭与亲密关系》，上海世纪出版股份有限公司，2017 年 2 月，P55。

恋、进城买台彩电，也要来和我父母商议，由我父母陪同着去买。”[1]总之，在年幼的小女儿小敏看来，自己家与这些亲戚是格格不入的，而亲戚们的造访，掀开了这个小康之家背后的老底，降低了这个家庭的格调。但在这篇小说中，我们还能看到一些来自乡村的真诚，来自乡下的穷亲戚们还在年节前来拜访，并用自己所能拿出的最好的东西维持着与城里亲戚的关系——在他们还没有确切的事情需要求助的时候。但她的另一篇小说《家道》则不然，许光明坐在市财政局长的位置上时，亲戚们纷至沓来，家里一直是门庭若市，然而在他被双规之后，那些亲戚全都与他断了联系，没人再来照拂一下他失去了生活来源的妻子和女儿。

推而广之，经济利益与宗族关系中的地位相挂钩，在当下的中国社会已经是不争的事实，正如梁鸿在《中国在梁庄》中所写的那样：“就梁庄村而言，整体的、以宗族、血缘为中心的‘村庄’正在逐渐淡化、消亡，取而代之的是以经济为中心的聚集地，虽然，作为村庄中的大姓氏，仍然会有安全感和主人翁感，但这种感觉已经被削弱到了可以忽略不计的地步。……与此同时，村庄的规划、村庄家庭之间的内在联结，都在发生变化。村庄的最好位置往往是最有钱的住户，并以此形成村庄新的等级与阶层。”[2]在余一鸣的《种桃种李种春风》中，大凤家与梁老五是隔壁，大凤曾经受过他的轻薄，与他家是结了梁子的。但是梁老五在外带建筑队挣了钱，因此他在村里的地位很高，他家的房

[1]《2001中国小说学会排行榜》，二十一世纪出版社，2012年4月，P39。

[2] 梁鸿：《中国在梁庄》，江苏人民出版社2010年11月，P199。

子上梁，全村都要来道贺，压了隔壁大凤家的房子，也没人敢吭声，“说明梁老五在村里是人物，没人肯得罪他”[1]。最讽刺的是，梁老五早先走通了门路将自己“读书迷了心窍”的儿子送到县小学去教课，成了风光的小梁老师，而大凤为了儿子清华能够去县小读书，也不得不通过梁老五通门路转学。为了她的目的得以实现，她放下尊严来给梁老五道贺，并以最低廉的价格将自己的房子卖给了梁老五。在付秀莹的《六月半》中，俊省少时之所以没有嫁给宝印而选择了刘进房，便是因为“看中了刘家的院房大，兄弟稠”[2]。付秀莹没有继续描述这个有一大群兄弟的家族，但我们从后面看出来，这巨大的、繁荣的家族没有给俊省和进房的生活带来丝毫好处，他们只是两人相互扶持，日子过得紧巴巴的。“进房这个人，老实，本分，最没有主见，倒是种地的好把式。可是，如今，谁还把地当回事？”[3]相比较而言，宝印倒是混出了头，成了个小包工头，在村里是说得上话的有钱人，俊省的儿子兵子也跟着他的建筑队做小工，打电话回家提起宝印时，“老板长，老板短，言语间充满了敬和惧”[4]。到这里，独子宝印和大家族的进房已经形成了鲜明的对比，宗族中如果没有人能够出人头地，那么在村庄里也是毫无地位的，连给儿子凑钱结婚这样的事情，都要俊省委身于宝印来完成。

对于宝印、梁老五这样的人物来说，不管是在乡村里，还是

[1]《2014 中国小说学会排行榜》，二十一世纪出版社，2015 年 5 月，P385。

[2]《2010 中国小说学会排行榜》，二十一世纪出版社，2011 年 5 月，P29。

[3] 同上，P30。

[4] 同上，P32。

在外地打工的同乡中，都具有举足轻重的地位。而他们组织这样的同乡打工网络，刚开始可能还有些许帮扶的意味，但后来便慢慢成为真正的雇主，掌握着村庄大部分人家的经济命脉，而最终能够发家致富的，也只有他们自己。在二十世纪打工潮刚刚兴起的时候，外出打工还是以家族和宗族为主要的联系，一个带一个，慢慢将族亲带出乡村讨生活。但随着在外打工的人越来越多，同乡便成为了新的身份识别系统，原本带有亲缘关系的，尚有几分情意和面子，到当下的同乡关系网，已经是赤裸裸的经济人相处模式。在陈中华的《脱臼》中，二叔带着几个同乡外出乞讨，原先是有“底薪”，旱涝保收，能者多劳多得，但随后二叔颁布了新的团伙规则，如果没有讨到钱，就没有饭吃。在之后“工作”的过程中，同乡情谊荡然无存。既然同为乞讨者，便是“同行”，虽然隶属同一个团伙，相互之间也还是有竞争，有势力范围，有火并，有阴招，若是对其他的乞讨者心慈手软，便是断了自己的生存之路。在小说中，有这样一段对话，概括了这种你死我活的关系：“二叔问，听明白了吗？俺说，明白了。二叔说，明白了给二叔重复重复意思。俺说，刘锅是俺的仇敌。刘锅说，瓜蛋是俺的仇敌。”[1]但在这残酷的丛林法则般水深火热的生活中，唯一受益的只有二叔一人。在梁鸿的《出梁庄记》中，“入伙”与“传销”两节，以一种口述的方式，冷静而具体地描述了人们是如何利用亲戚、朋友、同乡的关系，将更多的人拉进这无底深渊。他们动之以情，晓之以理，诱之以利再挟恩图报，

[1]《2008 中国小说学会排行榜》，二十一世纪出版社，2012 年 4 月，P372。

“在最兴盛的那几年，各乡各村都有做传销的农民。他们被亲戚、朋友弄进去之后，开始认同、相信，并不惜一切手段把自己的父母、老婆、兄弟都叫去，一家子一起做。梁庄传销以韩小海为典型代表。他发展了自己的哥哥、姐姐、本家哥弟和姑表姊妹十来人，发展了钱家四个年轻人，并成为其中的骨干。”[1]牺牲了这么多人，使无数家庭倾家荡产，最终只是换来了一个人的“成功”。

当金钱和物质成为超越一切的最高标准时，一切人际关系都会不再可靠，更不用说亲缘关系。在上一章我们已经看到代际关系逐渐成为一种交换，那么亲戚、宗族又怎能免俗呢？在以物质为主导的社会关系中，每个人首先完成的是自我中心化和对自我的物化，这在前面的章节我们已经讨论过，那么在亲戚关系中，“为我所用”便成为当代亲族关系的价值标准。在新世纪家庭文学中，我们已经看到作家们对这种新的亲族价值体系的敏锐捕捉，而他们笔下的家族关系，也因为这样的价值体系而变得支离破碎。不论篇幅如何，我们都很难在作家的笔下看到当代的宗族图谱。梁鸿的《中国在梁庄》深入中国乡村，但她所能描写出脉络的亲属关系没有超过三代，三代以上，便作为有亲戚称呼的一般村民来看待，在整本书中，也没有列出单独的章节来讨论亲戚和家族关系，而是立足在更小的家庭单位上。阎连科的《我与父辈》也局限在三代之内，并集中在“亲兄弟”这一概念上，他将家族长辈比作大树，比作围墙，但我们也没有在他的描述中看到

[1] 梁鸿：《出梁庄记》，花城出版社 2013 年 3 月，P97。

更多关于宗族的“根”的叙述。李佩甫的《生命册》和贾平凹的《带灯》都是点状叙事，将生活在乡村的人物罗列出来，构成复杂的关系网，但在这关系网中的亲缘联系，却不甚分明。类似的还有梁鸿的《出梁庄记》、曹寇的《塘村概略》等等。失去了亲族关系的联结，使作家们在面对亲族主题时多少显得有些悲观，他们笔下的家族也多少失去了精神上的寄托，转向了更为世俗化、日常化和物质化的叙写。但我发现，许多作家并没有因此而放弃对大家族的追索和建构。他们有的将目光投向过去，将自己的家族情结投射到更久远的时空中去，通过回溯来重建某个大家族的盛衰兴败，并以此来观照和象征整个社会的历史、文化的变化。也有的作家从更宏观的角度来更新当代中国的大家族叙事，正如杨劼所言，将家族作为“一个开放概念，它在很大程度上不再具有封闭的家庭本身的含义，只是取‘家族’的形式，而去容涵人的各种气质、社会的各个阶级以及他们之间欲望和利益的彼此纠缠又彼此冲突的关系，毋宁说，这个‘家族’就是特定环境（地理和社会的）、意志的总容器。”[1]莫言的《蛙》、贾平凹的《秦腔》、阎连科的《炸裂志》就带有这样的象征与开放气质。在此基础上，乡土、土地成为他们新的创作土壤，并试图在这样更为广阔的表达空间里，寄予家族更深层的精神意义，将家族“家园”化，笔者将在下一节中讨论这一主题。

[1] 杨劼：《普通小说学》，江苏文艺出版社，2011 年 10 月，P168。

第二节　难以为继的“乡土中国”

在费孝通的《乡土中国》中，曾经对中国的乡土性做过概括，他认为传统中国的基层社会是乡土性的，传统城市中居住的是统治阶层，而乡村居住的是被统治阶层，因而虽然乡村相对于城市，是社会等级较低的空间，但城市在社会道德、文化心理上与乡村是同构的，同属于一个文化共同体的。而乡土又与土地有密切的关系，农民的生计依赖土地，土地是牵动着乡村社会诸多问题的一个核心。“我们的民族确是和泥土分不开的了。从土里长出过光荣的历史，自然也会受到土的束缚，现在很有些飞不上天的样子。”[1]一方面，土地是农村最核心的、最重要的资源，“农业和游牧或工业不同，它是直接取资于土地的。游牧的人可以逐水草而居，飘忽无定；做工业的人可以择地而居，迁移无碍；而种地的人却搬不动地，长在土里的庄稼行动不得，侍候庄稼的老农也因之像是半身插入了土里，土气是因为不流动而发生的。”[2]土地的占有结构也决定了乡村社会阶层结构。另一方面，对土地的依赖和小农经济的劳动和经营方式，使得乡村处在聚居和人口不流通的稳定状态下，村落一般是通过土地在家族、宗族内的继承而不断形成、发展、扩大：“中国农民聚村而居的原因大致说来有下列几点：一、每家所耕的面积小，所谓小农经营，所以聚在一起住，住宅和农场不会距离得过分远。二、需要水利

---

[1] 费孝通：《乡土中国 生育制度 乡土重建》，商务印书馆，2011 年 12 月，P7。
[2] 同上。

的地方，他们有合作的需要，在一起住，合作起来比较方便。三、为了安全，人多了容易保卫。四、土地平等继承的原则下，兄弟分别继承祖上的遗业，使人口在一地方一代一代地积起来，成为相当大的村落。”[1]然而经过了新中国成立、土地改革、大跃进、家庭联产承包责任制、土地流转等一系列关于土地的历史大事件之后，费孝通笔下的乡土中国似乎已经不复存在了，中国正在进入“后乡土时代”。一方面，土地对农民的重要性降低了，不再是农民主要的生存资源；另一方面，大量的乡下人流向城镇，农村人口在近年一直处在持续向外迁徙的状态，人口的流动性非常强，城乡二元对立也因此有所消减，甚至有了一定的同构性。对自然村落的行政改造，也使得原先以宗族繁衍为基础的村落不复存在。对于传统村落来说，家族既是基础，又是核心，因此我们在讨论家族文学时，也一般会将乡土放在这一语境下，然而随着家族和宗族的失落，乡土中国也不可避免地遭遇了冲击，因此在讨论新世纪家庭文学时，故乡、乡土也仍然会是一个重要的视角和维度。

纵观二千年以来的文学创作，乡土可谓是说不尽的话题。然而在后乡土时代，作家们笔下的乡村形象也在不断复杂化。虽然改革开放以来乡村人口通过不同的方式迁徙到城镇，但许多注重乡村书写的作家，还都是来自乡村，并且对费孝通笔下隔绝、孤寂的传统乡村有着深刻的体会和认识，如贾平凹、莫言、阎连科、赵本夫、蒋子龙、李佩甫、迟子建、刘亮程等。因此他

[1] 费孝通：《乡土中国 生育制度 乡土重建》，商务印书馆，2011 年 12 月，P7。

们对乡村、对农民怀有深厚的情感，并一直关注着当代乡村的变迁史。贾平凹在他作品《带灯》的后记中这样写道："我这一生大部分作品都是给农村写的，想想，或许这是我的命，土命，或许是农村选择了我，似乎听到了一种声音：那么大的地和地里长满了荒草，让贾家的儿子去耕犁吧。于是，不写作的时候我穿着人衣，写作的时候我披了牛皮。……我还得写农村，一茬作家有一茬作家的使命，我是被定型了的品种，已经是苜蓿，开着紫色花，无法让它开出玫瑰。"[1]阎连科也曾说："人们都说大作家应该关怀的是整个民族，整个人类，我认为中国的大作家至少要对农民有充分的理解和关怀。写小说要有大爱大很，大情大义，不能愧对自己的父老乡亲，不能愧对自己的家乡。"[2]因此这些作家在描写中国乡村时，常常带有强烈的个人性和排他性，这是来自传统乡村的聚居文化，每个作家笔下都有属于自己的乡村记忆，有着自己所回忆和构建的故乡，带有当地独特的文化姿态，作品也因而呈现出有着较大地域性差异的多样化的丰富样态，并多少带有对原生态乡村文化的重重依恋。正如丁帆在《中国乡土小说史》中所认为的："地方色彩就是一种差异，差异就是魅力，差异就是文学艺术的生命力。或许，这也正是鲁迅和茅盾用'地方色彩'和'异域情调'规范乡土小说审美特征的深因。地域文化的差异性和落差性，深蕴艺术的魅力与生命力，也就永远是乡土

[1] 贾平凹：《带灯》，人民文学出版社，2013 年 1 月，P355。

[2] 转引自蔡勇：《试论〈日光流年〉中阎连科式叠字表达》，《短篇小说：原创版》2012 年第 20 期，P30。

小说表现的广袤空间。”[1]贾平凹笔下的关中平原，莫言笔下的高密东北乡，阎连科、李佩甫笔下的河南农村，迟子建笔下的东北乡村和游牧民族，刘亮程笔下的新疆乡村等等，都有着属于自己的独特的文化意蕴。并且在这样的乡村叙事中，我们也常常能够感受到作家们对传统乡村风俗文化和乡村氛围以及它们所展现的小国寡民、世外桃源、与世无争的乡村精神，和那种固定在土地上、沉淀在泥土里的乡村精神。这样的文化意蕴也绵延到了年轻作家一代，并更加具有文化个性，魏微就曾经在《乡村、穷亲戚和爱情》中有这样的抒情：

> 总之，在我28岁那年回乡途中，当我置身于乡野间，走上了一条小径；当我跪下了，目送着我的爷爷奶奶躺在这里；当我哭泣了，把手指插进松软的泥土里。
>
> 当我最终和乡亲们融合在一起，和他们交谈，说一些最朴素的话；当我直面贫穷，感觉到心疼和隐痛；当我看见他们的贫穷背后，仍有着明净的、开朗的笑容……我确实知道，我喜欢他们。有一种古老的情感在我身上复苏了。[2]

郭文斌的《大年》及其系列作品，就展现出了宁夏乡村宁静悠远的文化氛围。他显然继承了京派小说的一些传统，在大量的篇幅里，以一种风俗画的方式执着地展现着当地农村的民俗乡风，并对这些在当下已经几乎失传了的乡村仪式如大年时写对

---

[1] 丁帆：《中国乡土小说史》，北京大学出版社，2007年1月，P21。

[2]《2001中国小说学会排行榜》，二十一世纪出版社，2012年4月，P44。

联、蒸馍、送灶、泼散、贴对联、吸尘、祭祖、分年、贴窗花、打灯笼、守夜、拜年、赶庙会等，还有五月端午节时供果、祭祀、绑花绳、采香草、缝香包等等，事无巨细，娓娓道来，营造出一种其乐融融的，仿佛世外桃源一般温馨恬淡的美好气氛，使得他的作品因此带有了如沈从文、汪曾祺一般如梦境般的叙事氛围：

> 到厨房里，母亲正把锅盖揭开，一锅的白面馒头气腾腾地冲他笑。亮亮的口水都要下来了。伸手拿时，被母亲挡住。母亲说灶爷前还没有献呢，大门上还没有泼散呢。说着，向碟子里抓了三个，放在锅后面。亮亮说灶爷还没有贴上呢。母亲说贴不贴心里要有呢。亮亮想，灶爷本来是一张纸么，怎么能在心里有呢。接着，母亲拿起一个馒头掐了几小块，让亮亮去大门上泼散。曾听母亲说过年时有许多无家可归的游魂野鬼会凑到村里来，怪可怜的，就给他们散一些，毕竟在过年嘛。这样想，亮亮觉得五花八门的游神野鬼像队伍一样排在大门口。亮亮把手里的馍馍又往小里分了一下，反手向门两边扔去，然后迅速地跑回厨房。[1]

而在谢宗玉笔下的“瑶村”，又是另一番景象。地处湖南的瑶村总是将日常生活与鬼神之说糅合在一起，呈现出一种独特的神秘的温馨。他在《鬼节扶乩》中写到瑶村持续半月的鬼节，传说中祖先与孤魂野鬼之间的斗争以及通过扶乩与祖先的沟通；在

[1] 郭文斌：《大年》，宁夏人民出版社，2005 年 4 月，P7。

《喊魂》中写魂魄的活动与作息；在《行踪飘忽的捕蛇人》中写蛇的修炼与捕蛇人的神通；在《麦田中央的坟》中写祖先的轮回。[1]而他的《遍地药香》则可以看作是一本乡村植物志，也同样可以看作一部乡村的日常生活指南。植物的用途固然是多种多样的，有作为食物的马齿苋、鱼腥草、木槿花，有作为药物的半边莲、山薄荷、灯心草，还有作为玩物的苍耳子、指甲花等等。但是在谢宗玉的眼里，植物与人类的关系并不是单向的，物化的，实用主义的，更多的是共生的，灵性的，植物对于乡村来说，不是单纯的作物，而是接近神祇的存在。柳树是为爱情而亡的情圣，车前草是开山探路的忍者，棕树是奋发向上的精英，臭牡丹是特立独行的哲人，苍耳子在无意中揭穿了不伦的恋情，指甲花启蒙了女孩子爱美的心思，鱼腥草拯救了饥肠辘辘的砍柴人，牛王刺划伤了顽皮的孩子却点醒了朦胧的初恋……更有些植物，或承载着古老的仪式，或带着原始的蛊惑，一直深入村民的精神世界：端阳节驱毒的七叶樟，辟邪的艾叶，还有妩媚得魇人的莲和焰峰柴，又给原本开阔疏朗的乡村带来时隐时现的梦幻与神秘[2]。在青年作家蔡东的笔下，故乡则凝结成了一个北方小城“留州”。在很多青年作家的笔下，乡村可能已经是比较遥远的存在，他们的生活经历注定了他们与传统乡村缘分的浅淡。但他们面临着新的故乡，在北上广等超级城市的衬托和对比下，一些不甚发达的小城镇代替了乡村，并具有了某些乡村的特质：闭塞、

[1] 参见谢宗玉：《村庄在南方之南》，百花文艺出版社，2005 年 1 月。

[2] 参见谢宗玉：《遍地药香》，湖南文艺出版社，2006 年 6 月。

落后、地理范围较小、人情关系浓厚等等，因而也总结并发展出了一套属于当地的文化氛围来，如蔡东的留州，它是保守的，传统的，人情的，是有根基的。蔡东把他笔下的另一典型的人物形象留在了留州。他们有一定的才华，却算不上天赋异禀，他们看起来潦倒落魄，实际上却有自己的执着与讲究，更重要的是，他们早早地脱离了现实的社会生活，不愿与庸常的大众为伍，不仅仅是觉得自己的才华会被埋没，而是因为这样为五斗米折腰的生活如同卖艺一般失格，正如“浪荡子”不仅仅是衣着讲究流连花丛的风流男子，更是拒绝现代性、反抗现代生活的贵族遗少。正如波德莱尔所言：“一个人除高雅之外别无主张，他就将无时不有一个出众的、完全特殊的面貌”[1]，“具有同一种反对和造反的特点，都代表着人类骄傲中所包含的最优秀成分，代表着今日之人所罕有的那种反对和清除平庸的需要”[2]。《净尘山》中的张亭轩，早年是高中的音乐教师，但他认为校长根本不懂音乐，埋没了他，于是“辞官归田”，过起了闲散仙人的生活。他会唱昆曲，会泡功夫茶，亦略通文墨，吃穿用度都极其讲究审美性，颇有“肉不方不食，席不正不坐”的气派。他不工作，也不做家事，终日高谈阔论，将整个留州城的奇人异士都聚集在了身边。他周围环绕着与外界格格不入，仿佛时间静止的空间，任何闯入他空间的人都必须按照他的规则行事，必须诗意，必须文雅。

[1]《波德莱尔美学论文选》，波德莱尔著，郭宏安译，人民文学出版社2008年10月，P499。

[2] 同上，P501。

《木兰辞》中的陈江流是师专的美术老师，专修国画，他曾经做过艺术家的梦，但最终留下的只剩艺术家的忧郁气质和审美的生活习惯。他排斥进取，排斥经营，认为自己并不是不求上进，而是拒绝这种浮躁和庸俗的人生展开。他的生活态度如同国画一般讲究清淡、单调和意境，因此他厌烦志得意满积极为他谋划的妻子，中意淡雅精致举手投足都显得漫不经心又充满诗意的邵琴，而在得知邵琴八面玲珑精于世故的一面时感到破灭，看到在广场上翩翩起舞的妻子李燕时又重拾了爱情。虽然张亭轩与陈江流是自己困顿生活的“罪魁祸首”，但我们在字里行间却看不到蔡东一丝一毫的责怪。她理解他们，甚至羡慕和敬佩他们，她在字里行间保护着这样的人物，替他们的不识时务、不识抬举和窝窝囊囊辩解，他们并不是故作姿态，并不是附庸风雅，更不是逃避现实，而是自愿地遗世独立，企图达到更为自在的生活，这便是“留州”专属的精神氛围。

之所以将蔡东的“留州”生活纳入到这一节的主题范围之内，是源于我对当下乡村与城市二元结构的思考。我认为，除了蔡东之外，在城镇生活描写上更为著名的作家，也应当进入这个主题。对于很多作家来说，城市也曾经有温情脉脉、温柔和睦的面目，然而随着一个又一个“超级城市”的出现，传统的集镇人际也只能留存在回忆之中。如金宇澄的《繁花》中，多年前的上海地图尚且能够由作家手绘完成，弄堂里的孩子、青年和老年相互照拂，也不失为一幅美好的街坊图景。而苏童笔下的香椿街，也因《西瓜船》中模糊而温柔的背影，桥上目送她远去的整个香椿街的目光，也带着一息尚存的城镇良知。魏微的《流年》中描写的微湖闸，也如同清淡悠远的牧歌一般，散发着闲适的、与世无争的气息。这是因为在传统中国的城乡关系中，城市从未独立于乡村存在，“城市经济（主要是服务于城市消费）和乡村经济的命脉不是由对立的阶级所掌握，而是由同一个阶级、阶层或集团占有，显现出城市、乡村一体化的血缘关系”[1]。

然而这种同构性在城市充分现代化之后被瓦解了。当下的中国城市，尤其是大城市，已经与东京、纽约、香港等国际化的超级大都市比肩，并拥有着相似的文化氛围与精神气质，这种摩登的、令人目眩神迷的鲜艳的城市，与仿佛停滞在时间里的乡土中国构成了巨大的对比和落差，而它们对乡村的裹挟、入侵与吞并也是惊人的，首先便是对地理乡村的侵蚀，主要表现为对土地的占有和掠夺。随着工业体系的发展，城市的经济开始独立于乡村，而工业化所需要的大量的工人岗位，也吸引着在土地上不能获得足够生活资料的农民们。土地的荒芜与土地的流失警醒了一直关注着乡村的作家，他们在新世纪里发出了“救救土地”的新的呐喊。李佩甫认为：“‘平原’是生我养我的地方，是我的精神家园，也是我的写作领地。在一些时间里，我的写作方向一直着力于‘人与土地’的对话，或者说是写‘土壤与植物’的关系。”[2]因此对于很多关注乡土的作家来说，土地不仅仅是物质存在，并且承载了乡村精神的终极意象，因此土地在乡土作品中

[1] 汪政、晓华：《新时期小说艺术漫论》，中国言实出版社，2017 年 4 月，P405。

[2] 舒晋瑜、李佩甫：《<生命册>是我的内省书》，《中华读书报》2012 年 12 月 26 日。

往往被赋予神圣的意味。在关仁山的《麦河》中有对土地流转的描写，民营企业家曹双羊为了获得更多的投资和贷款给自己的方便面厂，抵押了村民们的土地证，然而他的弟弟曹小根回乡成为村干部后，发现了曹双羊的投机行为，并在村民中广泛传播，引发了曹双羊最大的一次信任危机。为了挽回自己的声誉，曹双羊举办了以小麦为图腾的大型祭祀活动，他们把堆起二十米高的麦垛作为小麦图腾，成为整个小麦祭奠活动的依托。然后请曹双羊的父亲曹玉堂主祭、全鹦鹉村的农民和来自外村甚至城里的八千多人参加这个祭拜小麦的活动。连桃儿和她已关门的清洁公司的姐妹们也来了，她们是想通过这个活动荡涤身子的污迹，变得圣洁一些。可见小麦，或者说土地在关仁山的笔下，已经成为了可以净化心灵、重塑灵魂的圣物。人们载着用麦秸编的草帽从四面八方聚集到这个立着麦垛的田野上，进行点燃鞭炮、鸣钟、“瘗埋”血祭、全体跪拜等祭祀的程序，最后还有全体跳“麦子秧歌”的狂欢。而在祭祀过程中，“瞎三”白立国还登上了一个土岗子，坐在这个“麦地的制高点”上弹奏大三弦助兴。而在赵本夫的《无土时代》中，木城出版社的总编辑石陀，他工作坐在高高的原木梯架上，在政协会议上拿出的提案是拆除城市，恢复土地，让花草树木自由生长，甚至在业余时间用小锤砸开水泥地面，寻找水泥下面的黑土；作家柴门则专注于寻找城市人的乡土之根，认为“花盆是城里人对土地和祖先种植的残存记忆”，[1]“生活在都市里的人们，离开乡野已经太久了，为什么不

[1] 赵本夫：《无土时代》，人民文学出版社，2008 年 1 月，P5。

重回大地，过一种简单的生活呢？”[1]来自草儿洼农村的柴天柱不仅在遭遇拆迁的苏子村外执着地种植麦子，并将木城枯萎的草坪开垦成了麦田。这种反城市的对土地的原始崇拜在赵本夫这里升华成了一种宗教。吴义勤在《赵本夫论》中这样评价《无土时代》：“赵本夫在小说中对城市文明和现代人的生活进行了正面的批判，表达了对‘土地’消失的‘无土时代’的忧虑。在小说中，‘无土时代’的‘土’已经不仅是实指的土地，而是宗教性的意象，是生命之源、精神之源的象征。”[2]而在小说中的人物孤儿谷子寻找到给自己起名字的金阿姨时，金阿姨说：“这名字有些土气，还有些人把土气当成贬损人的话。其实‘土气’是个好东西，土气土气，是说大地是有气息，有灵魂，有生命的呀！一个人有了‘土气’，人就厚了，就有了根基，就有了营养，就会不怕风雨，多好啊！”[3]随着大量的青壮年外出求学、打工，使得乡村逐渐成为空置的空间，而随着外出者候鸟般的回归，对于见惯了五光十色的城市生活的外出者来说，空置的乡村逐渐凋敝的形象，也让他们越来越远离家乡，同时也是远离那种在土地中讨生活的生存方式。在王祥夫的《上边》中，上边是以传统乡村的形象出现的，鸡犬相闻，曲径通幽，“外边来的人，怎么说呢？都觉得上边真是个好地方，都觉着上边的人搬到下边去住是不可思议。”[4]但就是这样一个好地方，却只剩下了刘子瑞老夫妇两

[1] 赵本夫：《无土时代》，人民文学出版社，2008 年 1 月，P11。

[2] 张光芒编：《赵本夫研究资料》，人民文学出版社，2016 年 10 月，P242。

[3] 赵本夫：《无土时代》，人民文学出版社，2008 年 1 月，P177。

[4]《2002 中国小说学会排行榜》，二十一世纪出版社，2012 年 4 月，P57。

个人居住，而他们邻里的房子，几乎都变成了废墟。这一切的原因，只是因这“上边”是在山上，交通不便，经济无法发展。在李凤群的《良霞》中，江心洲最终也成为了一座空城，只剩患有严重肾病的良霞住在村中。她掌握着村里所有人的房门钥匙，定期去给人去楼空的房子们开窗换气，防雨防霉。而每年过年的时候，拜托她的乡民便回到江心洲，给良霞带些穿用，向她讲一些外面的趣闻，顺便展示他们在城里美好的生活。然而这一点微薄的礼物，又怎能抵得住良霞一年的辛劳呢？虽然在外打工的人们回到了乡村，但他们的价值观已经留在了城市，并不自觉地将身处乡村的良霞，看作了这破败村子的具象，他们的礼物，正代表着他们内心对乡村的鄙薄。李佩甫也在《生命册》中描写着乡村景物的变化，现代化的、向城市靠拢的、不再具有烟火气息的乡村正在形成：

这次回来，我几乎找不到回村的路了。这就是生我养我的无梁村么？……是呀，村子里贴着瓷片的楼房一座座盖起来了，有两层，有三层，还有四层的。也仍有几窝旧式的老屋，像是有些羞涩地、散乱地隐在贴了白瓷片楼房的后边。可一望无际的苇荡不见了，几十亩大的深不见底的望月潭也消失了。村西是新建没几年的板材加工厂，到处是刺啦啦的电锯声；村东是砖窑厂，不停地响着“哐哐哐哐”的机器切坯声。昔日的场院里，晒着剥成一层层筒皮状的雪白树身；村里的树就快要伐光了……再也看不到站在石磙上碾篾子的女人了。

狗呢？连狗都不咬了。

是的，村街上空没有了蒸腾的烟霞，没有了雾蒙蒙的湿气，没有了可以拽住日头的老牛的长哞……村里连吃水的井也没有了，干了。……，据说，家家户户原都打了“压井”（通下去一根塑料管子）压水吃。可现在井里的水不能吃了，滋滋辣辣的，有股什么邪味，也查不出原因。如今还得跑到远处的机井里去拉水吃。[1]

谢宗玉在他的散文中描写了青壮年离开后的瑶村，仿佛一座寂静的空城。在城市的瑶村人感到孤独与无助，而留守在瑶村的人大概也有着类似的感受。原先的人丁兴旺、人声鼎沸自然早已经远去，到后来每年固定伴随着农忙季节而回归的热闹与繁盛也不知什么时候暂停了，老人们孤独地坐在昏暗的厅屋里，再也没有了几世同堂的天伦之乐，妇女们终年不得见自己的丈夫，只能独立支撑农事，抚育幼子，更有些人把整个家族连根拔起，永远地离开了瑶村。谢宗玉将一个村子比作一棵树，树上的叶子便是村人的生命，叶子一片接一片飘落，而剩下的叶子便在数着自己的气数。这种在农耕文化时期颐养天命的安详的生命姿态，在现下看来却蔓延着消极与绝望。人都走了，不回来了，离开了的瑶村人像无根的浮萍，而作为根的瑶村也逐渐衰败下来，不能再起到根的作用。

除了农民的离开，工厂、企业、房地产、高速公路铁路对乡

---

[1] 李佩甫：《生命册》，作家出版社，2012 年 3 月，P424。

村土地的侵占也是作家们所关注的对象。随着闲置土地的增多，土地变卖和转让已经成为乡村基层政治组织最重要的经济来源。在梁鸿的两部非虚构著作《中国在梁庄》和《出梁庄记》中，梁庄中的青壮年几乎都在外地打工，留在乡村中的只剩下老人和小孩，村干部忙于钻研乡村政治，并不断将乡村往商业化、工业化的方向发展。阎连科的《炸裂志》中，炸裂原本只是一个小镇，而最后却在镇长孔明耀的不断经营下成为超级城市，吞噬了周边所有传统的生活方式。白莲春的《拯救父亲》中，由于失去土地，原先的乡村生产队长只好带着村民外出打工。贾平凹的《秦腔》中，夏天智拼尽一生的气力，想要阻止乡村的土地挪作他用，并租种别人留下的土地来试图保全每一块耕地，但最终还是失败。《带灯》中，大工厂的建设吞并了樱镇下面大部分乡村的土地，并在“又打架了”一节中，工厂的建设与乡村发生了尖锐的冲突，工厂的施工队不顾农民们已经种下的豆苗强行用铲车将地面铲平，引发了村民的大规模抗议。然而这些村民的抗议原本是理直气壮的，却因为土地流转的巨大好处而显得犹豫不决。在村民们质疑卖地是村干部和镇政府与大工厂的黑幕交易时，镇长说：“现在的樱镇不是十年前的樱镇，你田双仓也不是元老海，元老海组织修高速，可樱镇成了全县最贫困的镇。樱镇引进大工厂是大事，事大如天啊，引进来了很快富强繁荣，光每年税收就几千万！亏一点是必然的，不下饵咋钓鱼，舍不得娃打不住狼，要有大局观，不要受坏人蛊惑。”[1]在镇长的交涉下，施工队妥协

[1] 贾平凹：《带灯》，人民文学出版社，2013 年 1 月，P199。

了，等这一季豆子收割之后再开工，然而这却是南河村最后的一季豆子了。在这里，我们已经可以看到土地形象在乡村的异化，村民们之所以聚集起来闹事，豆禾事件固然是导火索，但更根本的，还是村民对村里卖出土地的地价不满。因此这一场架，打的早已不是农民对土地的维护与捍卫，而是一种形式主义的讨价还价，一种撒泼式的对更大利益的争夺。在关仁山的《麦河》中，对土地流转和征用则有更为细致的描写，首先将村民个人手中的土地集中起来，采用机械化种植，采用美国化肥，然而没有多久，鹦鹉村的土地便被化肥折磨得贫瘠不堪；而曹双羊的妻子张晋芳则更为野心勃勃，她与鹦鹉村的村长陈锁柱合伙“圈地”，强占农民的土地，并派打手恐吓、威胁被强征土地的村民们；陈锁柱的大哥县长陈元庆也在暗中帮助房产商倒卖地皮。当然，在关仁山的笔下，陈锁柱圈地失败，陈元庆被双规，曹双羊的农民之魂醒悟，以麦河的河泥重新滋养了鹦鹉村的土地，但在现实的乡村中，我们又见过几回关于土地的大团圆结局呢？失去了土地的乡村，又有几分信仰，几分灵魂，几分对故土和“根”的敬畏可言呢？

伴随着土地的流失，人口的迁徙，农村包围城市的战略已经转化为了城市蚕食乡村。而新的价值体系和人际方式不断入侵并重塑传统的乡村道德与价值体系，原本就处于底层的乡村受到了前所未有的身份鄙薄，使得已经不断远去的传统乡村伦理更加无迹可寻。乡土中国在很多年中一直是以正面形象出现，它一直承载着将传统、文化、民间、精神等抽象的名词具象化的任务，在上文我们也曾经讨论了几代作家对乡村所做的田园牧歌式的阐述，试图塑造在工业文化图景背后的乡土之魂。但这样的乡村却似乎越来越虚妄，越来越成为一种超现实、精神化、哲学化的概念，一种虚拟的抒情对象。“长久的城乡二元对立的社会状况，特别是二十世纪九十年代乡土小说家多数由乡村走向城市的经历，使他们树立了一种这样的观念：城市文明，至少也是城市人际关系摧残异化人性，而乡村人情则导致人性的复苏。在他们的故事中，‘乡村’被虚化到背后，而‘城市’则被抽象和简约。”[1]令作家们更无法忽视的，不仅仅是当代乡村凋敝的、失去了灵魂的、毫无生机的景象，更是随之不断被人抛弃的，根植于乡村的乡土价值与伦理。而他们所挥之不去的，是对乡村现实的不自信，是中国现代化进程中所强调的落后的乡村的自卑与自哀。

贾平凹的《秦腔》中，夏天智所代表的乡土精神与传统文化，在小说发展的过程中慢慢被抛弃，他保不住乡村的土地，他的秦腔无人再听，他的乡规民俗慢慢失去了权威和意义，他想要召集自己的子孙过年时吃个团圆饭，都遭到子孙的反对，而夏天智最后的去世，则标志着传统乡村伦理与民俗的崩溃与终结。白雪作为最后一个倾听者与继承者，最终却是被流放，离开了棣花街。李佩甫的《生命册》中，线索人物“我”名为吴志鹏，然而在故乡的小名叫做“丢”，仿佛是他今后将逃离乡村、丢失乡村的一个预言。吴志鹏渴望逃离，成为完完整整的城里人，但他身后却是无法摆脱的乡村。乡村曾经给他精神的给养，但也给他增添了诸多的负累。小说有一半的篇幅是由吴志鹏的乡亲们给他所

[1] 丁帆：《中国乡土小说史》，北京大学出版社，2007年1月，P336。

打的欠条所串联，然而这些欠条几乎都是白条。吴志鹏背后的乡村，不仅贫穷，也没有信誉，只靠吴志鹏一人，是难以将它从不断下沉的泥淖中拯救出来的。《放下》是余一鸣作品中为数不多的描写乡村巨变的一部。乡村为了招商引资牺牲环境，牺牲世代农民和渔民赖以生存的水体，疯狂养殖蝲蛄与蟹，与当年水清山明、怡然自得的农村早已是天壤之别，商业化、政治化正一步步成为乡村生活的重要主题。人心不古，《种桃种李种春风》中锱铢必较的邻里关系，《放下》中疯狂追求经济效益的农民，《淹没》中为了利益才能重聚的虚伪宗族……一种传统的“乡愿”与现代价值观相结合的新的乡村法则，也正是余一鸣所展现的“潜规则”与新江湖。刘庆邦的《我们的村庄》也同样如此，在外打工的叶海阳闯不出名堂，回到乡村之后便四处偷鸡摸狗，搞些歪门邪道，骚扰村里的妇女。而叶桥村也已经不是原先那个淳朴的乡村，每家各自为政，一切只以金钱和利益为标杆。叶海阳的表弟是当地的片警，但他却六亲不认，任何人想要找他办事，都要付钱；黄金永家作为当地的种植大户，夜晚的蔬菜大棚永远都有人值夜，身边放着长矛和火枪，只要有人来偷菜，不是捅矛，就是开枪；叶海阳想到自己母亲开的店里去赊一点烟，也被母亲严辞拒绝，让一个子儿也不行。在石舒清的《低保》中，乡村被肢解为几个乡民的形象，他们之间似乎毫无联系，而他们与乡村的唯一联系，便是通过给村长平整果园而获得低保。他们将果园视作单位，上班打卡，盘算着怎样才能既偷懒，又保住自己的低保。而对于村长来说，收拾果园实际上是他的家务事，但通过假公济私的方式，他将这个活计改头换面，变成了为乡民做的大好事。小说就在这鸡零狗碎中展开，乡村的形象已经碎片化，分散在边缘化的吃低保村民汲汲营营的日常生活中。在张学东的《送一个人上路》中，祖父在年轻时意外使韩老七丧失了生育能力，他因此无儿无女，老婆也跑了，因此祖父决定要替他养老送终。这是乡村道义，是最朴素的人道主义的体现，然而他的子孙们却并不买账，这种传统道义在他们面前毫无意义，他们时刻盼望着流浪汉韩老七的死亡。最终只有祖父替他擦洗穿衣，送他上路，儿女们无不欢欣雀跃。祖父与儿女们大相径庭的做法，正说明传统价值观在乡村日常生活中的失落。同样的，刘庆邦的《穿堂风》也是如此，瞎子被侄媳妇以盖房之名赶去了过道，虽然他身体健康，却被要求像垂死的人一般睡在秸秆上。瞎子知道这是侄媳妇对他的“秋后问斩”，然而这种不孝的行为却没有被村民批判，他们对瞎子不闻不问，甚至为将死的瞎子不能给他们算命而不快。唯一过问过这件事的村长，也只是勒令侄媳拿来了瞎子的两把弦琴，好让瞎子在黄泉路上走得安心，而瞎子所遭遇的虐待，在他眼中却视如无物。葛水平的《比风来得早》中，吴玉亭为了去乡下给母亲上坟，摆了很大的排场。葬礼与祭祀原本是乡村生活的大事，但在吴玉亭这里，母亲的十周年大祭得以风光举办，完全是他可能升迁的官职得来，而他也接受了这一现实，并对自己所处的地位产生了无上的优越感，家乡的父老乡亲们都成了不见世面、不上台面的粗人：

吴玉亭说过吴丙国老汉好几次了，说，人活着不能不像个样子。吴丙国老汉说，轮得着你来教训我？我怎么活得就不像个样子了？吴玉亭说，都知道你有一个儿出息大，在县政府工作，天下事政府办知道得最多，上面印着保密的红头文件就有几柜柜，有什么想听的事，我告诉你就是了，你这样，是叫人笑话。吴丙国老汉说，笑话什么？我不偷不抢，就爱扎个堆堆，你说的那保密事都是官样文章，我就喜欢听大伙说出来的，也没有见有人笑话那些扎堆堆的人啊？吴玉亭咽下一口唾沫说，爹哎，你又不是普通人的爹，你就不能学得木讷谦让一些，你这样坐到人堆里听笑话，人堆里坐的都是粗俗的老农民，互相取笑，人家取笑你时，你张着大嘴哈哈，你知道不知道是在取笑你儿子，我？！[1]

而当他升官的可能性消失，村里对他立刻就转了风向，连原来约好的戏班子都黄了，在这里，传统的乡风民俗早已政治化，想要办一场风光的祭仪，也要看你的政治身份是否能当得起。鲁敏的《离歌》同样是写丧仪，三爷是为乡村葬礼扎纸车马的手艺人，他不光承接着整个村庄的阴阳，也同样掌握着传统葬礼的门道和规矩。然而他是孤独的，他无妻无子，他的手艺无法传承，他的见识无人可说。扎纸人的手艺只是一个意象，真正无法传承的是以规矩和仪式所承载的乡村价值。在独居老人彭老人的葬礼上，他的子女们对葬礼的规矩“果然不懂，但仍诧怪地应了”[2]，但他们是否做到却未可知，成长于乡村的儿女们未必不懂，只是

[1]《2007 中国小说学会排行榜》，二十一世纪出版社，2012 年 4 月，P259。

[2]《2008 中国小说学会排行榜》，二十一世纪出版社，2012 年 4 月，P73。

早已忘记，也就无从敬畏和继承。

还有一些族群，不仅仅是失落了时代传承的族群经验和族群精神，更处在现实的流散和解体之中。在迟子建的《额尔古纳河右岸》中，世世代代在东北丛林中游猎迁徙的鄂温克族最终走出了大山，完成了定居。在经历了几代人的不解和挣扎之后，他们终于放弃了千百年来的迁徙传统，开始适应在定居点居住的生活，并像汉族人一样上学、走出大山，寻求自己新的命运可能。而他们血液中流淌的迁徙基因，则选择以其他的方式宣泄和表达。肖江虹的《悬棺》则讲述了三峡移民的故事，燕子峡世代居住着来、曲两个家族，他们世代攀援在燕子峡的峭壁上，有自己独特的信仰。然而三峡工程即将淹没他们的故乡，政府决定将他们安置他乡。面对新的家乡，两个家族展开了激烈的争辩，有人认同新的故乡，认为早已受够朝不保夕，在悬崖峭壁上觅食的生活，有人则认为要守住家族的祖先与对燕子的信仰。然而按时到来的洪水已经不再给他们思考的机会，他们唯有向祖祖辈辈生活的地方，以及家族千百年来的生活方式告别，而基于生活方式衍生出的价值观，也随着新生活的到来而一去不返。南翔的《老桂家的鱼》中，老桂一家世世代代生活在船上，他们没有故乡，没有他乡，他们有的只是脚下一只船的方寸天地。然而市政府河道整治的一声令下，他们便必须搬离，而他们要去往哪里，要归于何处，却无人知晓。

在家庭规模越来越小，家庭的迁徙越来越普遍的今天，我从何处来，我的家族又从何处来，已经是一个不再值得思考的问题，乡土与每个人的地域联系将越来越稀薄。但中国是一个农业大国，乡土是我们的衣食父母，是我们共同的家与故乡，是我们文明的母体。我们的精神传统，我们的文化灵魂，我们的价值观念，都深深根植在乡土中。然而我们正在慢慢地背叛乡土、遗忘乡土，这对于古老的中国文明来说无异于釜底抽薪。这是社会发展的结果，似乎是命定的："中国传统价值观念是和传统社会的性质相配合的，而且互相发生作用的。……不论是好是坏，这传统的局面是已经走了，去了。最主要的理由是处境已变。在一个已经工业化了的西洋的旁边，绝没有保持匮乏经济在东方的可能。适应于匮乏经济的一套生活方式，我们生存在这个新的处境里了。"[1]终结的乡村最后的影子，也许是在博物馆里，也许是在作家的记忆里。在传统乡村消失时，我们又该如何书写乡村？也许将乡村精神化、桃源化是一条路径，但这种重构仍然是怀旧的，也许终有一天会像秦腔、三弦一般失去吸引力。如何建立新的乡土叙事，我想这是很多作家正在努力，却难以得到答案的事情。

第三节 超越"寻根"的国族叙事

在前两节，我们已经讨论过了宗族、亲属关系与乡土情怀，如果再将目光放得长远一点，"国族"也就自然而然地随之出现在家庭叙事的视野里。在二十一世纪的今天，家国情怀在文学作品中也时有展现，但在描写当代家庭生活的文学作品中，我们还

[1] 费孝通：《乡土中国 生育制度 乡土重建》，商务印书馆 2011 年 12 月，P346-347。

是可以明显地发现，“家国”作为一个母题，已经从前台退居背景了，而传统的国族叙事也随着不断推进的全球化进程慢慢改变和消解了。在这里，我们看到当代海外华文写作和华人写作在某种程度上保持着与中国大陆文学的高度同质性，而不再像过去那样具有鲜明的独特的海外色彩，这种变化已经得到了许多研究者的关注：在全球化的今天，海外华文文学和华人文学是怎样书写“国族”的呢？在高度互联网化的今天，千里之外也似乎近在眼前，时间与空间的差距只通过网线与卫星信号便能须臾弥合，“地球村”的说法始于二十世纪，但成为现实，似乎也就是近几年的事情。虽然地理的距离似乎已经消失，但文化的差异仍然存在，并且人们对文化差异的观念，走向了新的阶段。随着移民、侨居人口的不断增多，中国经济与政治实力的不断增强，移民人口学历的不断增高，相比起二十世纪的侨民，他们具有越来越体面的工作和社会身份，越来越高的社会阶层，以及越来越充分的话语权，海外华裔的生存也开始越来越注重自身权益的维护。同样，世界对中国的了解也越来越深刻，根深蒂固的刻板印象正在被打破，中国正在世界上树立新的形象，传统中国的文化与政治弱势正在慢慢改变。在这样的背景下，以往关于古老中国与现代化西方世界的传统文化冲突开始失去生存的土壤，而“洗心革面”融入西方文化体系与价值体系也不再成为移民为求生存而努力的方向，他们尊重西方的文化传统，入乡随俗，但却不再因此而失去自我，或否定自己的文化身份，转而力求西方世界对自己文化背景的尊重与理解，并同时站在一个新的立场和角度，对自身的文化与价值观念加以观照和反思。因此，新世纪家庭文学的海外华文部分，也展现出了新的面貌，一种坚持与宽容，肯定与反思并重的辩证的家国精神，也在某种意义上，终于实现了文化背景的平等化。美国南加州大学教授张错曾经对台湾作家的创作有这样一句概括："离乡——异乡——永远的家乡"，这个概括不仅仅贴切于台湾作家，也同样适用于很多华裔作家的创作历程和身份认定过程，从离开故土积极尝试融入异国文化，到转变视角对故国文化进行客体化对象化的批判性观照，再到最终无法摆脱的对母国文化的无尽缅想。如何在两种文化的边缘寻找到自己的位置，如何在自己的位置观照并通过自己的写作沟通原本陌生的两重文化，是每一位华裔写作者必经的疑问。

与以往的家国母题格外不同的是，新世纪家庭文学中的家国母题更注重个人的文化体验，而非集体。在这些海外华文作家的笔下，"国"的分量第一次变得轻了，而"人"的分量变得重了。比较受关注的海外华文家庭文学作品，有很多并非土生土长的华裔作者创作，"新移民作家"早已不是新名词，早在二十世纪便有不俗的创作成果，这类作家对原生文化和当地文化都有比较深入的了解，因此对两种文化的冲突也有较为深刻的体验。他们大多在二十世纪八九十年代的出国潮中离开，对祖国和中国文化，他们怀有非常复杂的情感，而对于少部分海外出生、海外成长的二代移民作家而言，中华文化更多的是一种遥远的象征，是与生俱来无法摆脱，却又不太熟悉的烙印。身处异乡的孤立感，异质感和陌生感，不仅仅是海外作者对于异国文化和生活环境的体验，也同样源自于对母国文化的遥远注视。在新千年面对迅猛强大起来的祖国，面对具有新变化的跨国和移民家庭以及他们在移民国家繁衍出的新的后代，他们显然会有新的言说。在新世纪海外作家创作的家庭文学中，爱国，或者说热爱中国文化，追本寻源已经不再是主要探讨的命题，作家所更加看重的是不同的原生文化在同一个家庭中的碰撞与争执。家庭的文化认同少有意识形态的加入，国族认同也不再被看作是不可动摇的文化原则，“新移民文学的创作队伍……摆脱了以劳工为主要角色的早期移民身份，绝大多数都是拥有专业技能的技术移民，……他们普遍熟悉居住国的语言，凭借特殊的文化环境，广涉西方的优秀作品，深谙西方现代文学的发展状态，拥有多元而宽广的审美视野。因此，就创作主体的精神建构而言，新移民作家们思维活跃，视野开阔，充满执著的艺术精神，并高度依赖母语写作，是当代世界跨国流散文化的一个重要镜像。”[1]随着二十世纪八九十年代出国热带去的新一代海外移民在当地落地生根，跨国婚姻、跨文化后代、混血儿等题材在新世纪又开始有一定热度，随着海外第二代移民的长大成人，对家族文化、国别文化的新思考也在这些年轻作家的笔下逐渐成熟。在这一节当中，笔者将着重讨论跨国爱情、婚姻和生育中的文化认同问题，因此，与此相关的婚姻主题、代际主题也将放在这一章节当中进行讨论。

首先，在新的文化背景与文化价值观的指导下，我们看到新世纪海外华文文学中主人翁的形象变得越来越自信，随着中国国力的强盛和世界文化交往的密切，传统旅居者病弱、自卑、内向

[1] 洪治纲：《中国当代文学视域中的新移民文学》，《中国社会科学》2012 年 11 期，P134。

的形象已大幅改观，他们大多有着较高的学历、得体的职业和充裕的金钱，如鱼得水地参与到当地生活中。“可以说，来自中国大陆的移民潮，之所以集中在北美、欧洲和澳洲，主要是基于晚期资本主义对尖端技术与金融资本的全球操控。这种高度专业化和信息化的操控，需要大量的技术型雇员，亦需要具有多元文化背景的团队。这促使西方发达国家不得不支付相对丰厚的酬劳，吸引大量具有良好知识背景的中国精英移民。当然，这也受惠于中国社会的开放政策。所以我们可以说，新移民作家群的涌现，既是晚期资本主义扩张的产物，也是中国改革开放后的文化结晶，它反映了中国社会变革之后的移民格局，以及融入全球化的基本轨迹。”[1]陈谦在《我是欧文太太》中写道：“这二十年来，我已从满身青涩的年轻女博士，变成了典型的硅谷人。在一堆堆的经济泡沫里游泳、挣扎，频繁地跳槽，又尝试创业，做着功成名就的硅谷梦的同时，结婚生子，样样都不肯落下，好事都想占全，生活画板落得个杂色斑斑，层层涂写之后，不再为过去留下空隙。”[2]而她的《繁枝》中这样描写当代移民的面貌：“立蕙一袭深紫色正式晚装，胸前装饰的珠片在灯下闪闪发亮，肩上一条浅紫色调的薄羊绒披巾，头发用发胶牢牢地固定了，一双同色调的长坠耳环。……一脸阳光的智健着深色洋装，打一条花色活泼的领带，体贴地微斜着身子靠向她，笑着迎向快门。”[3]事业有

[1] 洪治纲：《中国当代文学视域中的新移民文学》，《中国社会科学》2012 年 11 期，P135。

[2]《2015 中国小说学会排行榜》，二十一世纪出版社，2016 年 5 月，P55。

[3]《2012 中国小说学会排行榜》，二十一世纪出版社，2013 年 3 月，P149。

成，家庭幸福，面容、姿势和仪态呈现出良好的背景和教养，即使在西方世界，黄皮肤的他们也丝毫不显违和，这是我们当下看到的华裔族群常态。因而他们也倾向于选择更符合当地社会主流的方式来处理他们的家庭事务，《我是欧文太太》中丹文的前夫胡林逸在美国获得博士学位之后，不愿按妻子的要求回国发展，用一封冷静理智的律师草拟的离婚协议结束了他们的婚姻。张翎的《余震》中，王小灯与杨阳有了自己的中文学校与艺术学校，家住别墅，生活富足，面对自己女儿的教育问题与夫妻之间的情感问题时，他们没有吵闹，而是用冷静的谈话与分居来缓和。她的《雁过藻溪》中，越明与末雁提出离婚时，他们已经在同一屋檐下分居两年，完全依照法律的期限，平静地走完他们的婚姻旅途，即便是财产的分配，也是相互客气谦让，一人一半，而他们的女儿则对父母表示理解，并懂事地缓和了他们宣布离婚时多少有些剑拔弩张的气氛：

> 接下来的事就交给了律师去办。几年里存下的退休金，两人各拿了自己名下的那一份。车子也是一人一辆。只有房子略微麻烦一些，通过朋友找到了一个房地产经纪人，前后其实也就花了一两个星期的时间，就卖出去了——净赚了四万加币。卖房所得的钱，在银行和律师手里走过了一圈，就一分为二地归入了各自的账户。灵灵有全额奖学金，剩下的开销，半年跟爸住，半年跟妈住。跟爸住时由爸负担，跟妈住时由妈负担。没有子女监护权的混战，也没有赡养费的

纠纷，事情就很是简单明了。[1]

严歌苓的《花儿与少年》中，瀚夫瑞的家庭则更为“标配”，丈夫事业有成，老当益壮，妻子年轻贤惠，中餐拿手，小女儿气质高雅，多才多艺。如何描写海外华人的家庭生活，新世纪家庭题材已经给出了全新的答案，这样的家庭是礼貌的，理智的，生活优越的，是充分融入了当地中产阶级的主流生活圈的。

同时，海外华人群体在婚恋中也变得更为自信和张扬，更有魅力，这在新世纪家庭文学对于跨国恋情与婚姻的描写中可见一斑。在二十世纪九十年代以前的跨国婚恋作品中，我们往往看到的是一种权力的转移，不论主人公在国内是怎样的社会地位，当他移民到国外时，往往会发生地位的下降，并将处理个人事务的权力让渡给当地的伴侣，以换得更好的生活，甚至要求低一些的，只是一个合法的身份。但在新世纪海外华文文学描写这部分主题时，以往处在弱势位置的华人却拥有了更大的，对个人处境的决策权。在融融的《素素的美国恋情》中，素素与多位美国男性发生了爱情，并且在这爱情中，素素是爱的化身，她以自己热烈的感情和纯美天真的心灵俘获了男性，她所经历的爱情是平等而纯粹的。在她的另一部长篇小说《夫妻笔记》中，又以性的角度展现了佩芬慢慢绽放的性感之美。在融融的笔下，华人从边缘的角落走出来，不是因为他们的凄苦，也不是因为他们勤奋努力所换来的富裕生活，而是以纯粹的个体的姿态在世界面前发现自

[1]《2005 中国小说学会排行榜》，二十一世纪出版社，2012 年 4 月，P301。

我，展现自我，歌颂自我。张翎的《雁过藻溪》中，末雁在摆脱了与越明的无爱婚姻后，与同一项目组的德国科学家汉斯展开了恋情，他们以最简单的语言交流，灵魂的相通却流畅无比，汉斯在留给末雁的留言中说："其实不一定非要等待别人来喜欢你，你可以尝试着先喜欢自己"[1]，不仅打破了末雁心灵缺爱的魔咒，更认同了末雁是可爱的，有魅力的，值得去爱的灵魂。在施雨的《你不合我的口味》中，作家极力塑造了一个保守的以他国的角度怀着对自己文化背景些许怀疑和惶惑的移民外科医生茉莉，她为了不给自己喜爱的男人心理负担，在自己与他的初夜时说出"you are not my type"，试图缓解气氛，并给自己可能遭遇的没有未来的一夜情一个自嘲的台阶，但她所不知道的是，无论她是否与Allen发生关系，Allen都已经爱上了她，打算与她共度一生。虽然新世纪海外华文的婚恋主题中，华人形象可能仍然显得有些犹疑与退缩，但我们不能否认的是这样平等的、事关灵魂的爱情，在以往的海外华文作品中是不多见的，这恰恰体现了海外华裔作家更强大的文化自信。拥有更为幸福的生活，更为平等的爱情，超越东西方各自的刻板印象，共同构筑超越了文化差异的婚姻和家庭，越来越成为海外家庭文学中的主要趋势。

在增强文化自信的同时，海外华文文学的寻根主题，家国母题的最重要一环，相比较二十世纪而言，也有了相当的超越。跨国家庭、海外侨居家庭虽然还是主要的叙事场景所在，但孤独的个体形象却往往在这些场景中凸显出来。这似乎与五四时期郁达

[1]《2005中国小说学会排行榜》，二十一世纪出版社，2012年4月，P320。

夫等侨居作家的创作一脉相承，但仔细看过作品我们便会发现，孤独者的孤独感相比较当时变得更为具体和个人化，家国文化成为遥远而隐约的背景。“据赵毅衡的观察，中国人来到西方后有三个明显的特点：‘大部分人感到孤独；大部分人只跟中国人交游；大部分西化论者遇到挫折就变成民族主义者。’”[1]在新世纪，这三个特点或许依然存在，但我们在很多描写华人间交往的作品中，却感受不到“老乡见老乡”的亲切感与黏合感，相反，较多的作品选择在这样的题材上凸显每一个人物强烈的孤独感。在去国怀乡的主题上，新移民作家与原生华裔作家不约而同地向形而上的、人类共同的精神世界出发，展现出更为普世的孤独与对精神家园的追寻。在张翎的《雁过藻溪》开篇时，女儿灵灵作为在美国出生的华裔少女，表现出对父母解除婚姻关系的无所谓与理解，而她的父母则对这种理解表示了惊讶，这个场景虽然只有短短的千把字，但却强烈地体现了三个家庭成员之间的疏离与相互的无解。在末雁夫妇看来，灵灵展现的大度，从某种程度上来说是对完整家庭环境的不在乎，他们在女儿身上感受到了孤独，因为传统的抱团式的中国家庭观已经在灵灵身上荡然无存；而在灵灵看来，她对父母离婚的理解则更偏向于孤独个人处境的常态化，父母终将拥有自己新的家庭，而她也将离开父母，独自走向自己的生活。在作品的最后，没有了爱情的末雁认为自己“只有女儿”了，然而灵灵则因为看到母亲与自己暗寄春心的表

[1] 转引自蓝极：《走过记忆轻松向前——小说〈素素的美国恋情〉读后》，《文汇报》2002 年 9 月 20 日。原文引自赵毅衡《留学而民族主义？》。

哥的乱伦而最终走向了陌路。在末雁回到藻溪的寻根之旅中，末雁与灵灵的感悟是完全不同的，末雁在旅途中寻回的不是对故土文化的认同感，而是对自我的谅解与接纳，对父母、前夫的宽容与原谅，最终寻回属于她自己的家园，这个家园可能是藻溪，也可能是瓦尔登湖，地点是哪里，属于什么样的文化，是无关紧要的，更重要的是，这场旅行反倒让末雁卸下了如山一般的原乡阴影，从而走向更为终极的自由。同时，这次对原乡的追寻将最终在灵灵的心中了无痕迹，在她心中，藻溪只是一个地方，令她好奇，给过她朦胧的初次暧昧，她不会背负这如母亲一般沉重的文化枷锁。陈谦的《繁枝》中对家族树的梳理也同样将严立蕙带回了自己的故乡，但在对故乡与亲缘关系的纠葛梳理完毕之后，她重新找回失散多年的叶阿姨与锦芯，却没有自己想象中的安心，锦芯的生活如同寂寞的深渊，又如同充满谜团的危险百慕大，饶是与她同父异母的立蕙，也无法窥得她内心的绝望与痛苦。如张翎一样，陈谦的原乡也同样充满了少女不堪回首的往事，每一次回忆，便是与原乡的一次告别，便是一次对自己文化背景新的理解与放下。在这两部作品中，笔者发现在新世纪海外华文作家所讲述的家庭故事中，寻根虽仍然是重要的主题，但在其他作家的作品中，如严歌苓的《海那边》中的李迈克，这种不论是在心理空间中，还是在现实空间中回到“原乡”的故事，乃至于返回历史原乡如《特蕾莎的流氓犯》等作品，人物都无法真正返回故乡，并且故乡的范围也从祖国、大陆、集体，逐渐转变为了单位较小的亲族、亲属乃至父母和过去的自己，并且在寻根的过程中不断地放下。而在回到他乡之后，在幸福生活、优越地位的背后，家族也逐渐隐退，家庭中的每个人都各自为政，形单影只。这种回不去的原乡与泯然众人中的孤单自我，恰恰是新世纪家国主题的新展开——“世界家庭”的体现：“对于世界家庭来说，不存在离弃一种文化即踏入另一种文化的情况，也不能说游离在两种文化间，更不可能清楚地说出，此时我出于何种文化，正向何种文化过渡。世界家庭这个概念的意义就在于反对将文化看作自然的、人们依从天命而相属或不相属的整体。”[1]这一概念，在青年作家张惠雯的《岁暮》中体现得更为彻底，女主人公在每年新年前夜都会在加尔维斯顿的家中举办晚宴，但这晚宴的规模是在逐步缩小的，尤其在丈夫去世后，“她仍像往常一样在家里摆个晚宴。晚宴的规模比丈夫在的时候小多了，因为不需要再请他公司里的同事来。最后，它变成了纯粹的中国人聚会，住在加尔维斯顿港的朋友会来，几位在休斯敦的老相识也会开车一小时赶来参加。”[2]聚会规模的缩小，侧面说明了同乡凝聚力的削弱，虽然隔绝了外族的交际关系，这个中国人的小团体也几乎是分崩离析了。而对这一晚聚会的描写，无聊、空洞与尴尬占满了所有的篇幅，最后只剩一副牌局，和两三相顾无言却又撤退不得的客人。而出席聚会的几家人，也似乎感受不到家庭内部的亲密，反倒在这样的场合借着朋友的玩笑相互试探与算计，两位“香蕉人”小朋友更是早早躲开，将自己隔绝在遥远故乡的团体之外。

---

[1] [德]乌尔里希·贝克、[德]伊丽莎白·贝克－格恩塞姆著，樊荣译：《全球热恋：全球化时代的爱情与家庭》，北京大学出版社，2014 年 7 月，P23。

[2] 《2014 中国小说学会排行榜》，二十一世纪出版社，2015 年 5 月，P61。

朋友、亲人，在这个本该热闹温馨的跨年聚会上，我们所感受到的只有单纯的不具有任何文化归属的清冷，但这种茕茕独立却又发生得那样自然，随着时间慢慢将每个个体彼此剥离。

但由这种“世界家庭”的概念引申出去，我们可以发现海外华文文学的家国主题，已经超越了单一的中华民族的国族讨论，开始放眼世界，观照其他族裔群体在家国、原乡与世界融合中的遭遇。不能否认，融合与和解是新世纪跨文化家庭题材作品的重要主题之一，在很多情况下，种族、文化、历史开始越来越多地退居幕后，成为家庭描写中的背景，在跨文化家庭的书写中，作家也越来越关注家庭内部的戏剧冲突，而这种戏剧冲突是任何家庭中都会出现的，与家庭成员的文化背景可能并没有直接关联，但使得这种冲突更为深刻和复杂的，却是作为背景的文化联结，而最终，这种冲突又会在超越文化背景的基础上达成和解。正如王晖所言：“文化变迁是文化接触的自然结果。从文化理论上来看，文化变迁有着深刻的文化语义，文化变迁的实质意味着对异质文化的不断吸纳和采用，作为弱势文化的载体，面临着被同化的威胁，在此情况下，抗拒同化的最好办法也许并不是固守传统，也不是拒不往来——这在文化实践上是难以实现的，而应以开放的姿态，有限地、选择地吸收异质文化的优秀素质，在文化交融中实现文化的变迁，也就是实现文化的承传和新生，实现文化的突围与超越。”[1]迟子建的《起舞》中齐耶夫是齐如云与苏联专家一夜情之

[1] 王晖：《冲突·认同·变迁：全球化语境中新移民文学民族性问题探讨》，《华文文学》2004 年第 4 期，P59。

后的产物，他生长在中国，接受中国的教育，说中文，最后娶了一个中国妻子，就像一个平常的中国人那样生活着。但笔者之所以将这部作品放在这一章节中讨论，是因为故事的发生地哈尔滨是中俄交界处的最大城市，哈尔滨的俄国人数量众多，甚至有自己的聚居地，他们的生活方式也深刻地影响到像齐如云、丢丢这样的中国市民。至于齐耶夫这样的中俄混血儿，他们在日常生活中与普通的中国人并无二致，但哈尔滨使他们能够在一定程度上靠近他们血缘中的另一种文化。比如齐耶夫，他的工作单位是一家俄国餐厅，他时常与和他一样的混血儿聚会饮酒，他最爱的消闲是与妻子享受他烹饪的西式大餐。即使说着纯正的东北方言，他们格格不入的外貌也会令他们常常怀念自己的另一半故乡。因此他和纯正的俄罗斯女人罗琴科娃发生了婚外情。但这种婚外情的意境并非单纯的男女情爱，他们都在彼此的身上，怀念自己早已远离，或是从未抵达的故土。他们的爱情是属于彼此的，但他们之所以产生爱情，却是缘于他们身后的种族与文化背景："齐耶夫拥抱着她光滑柔韧的身体的时候，感动得哭了。她的脸是那么的光洁，就像俄罗斯的白夜；她的腿是那么的灵动，如流淌在山谷间的河流。齐耶夫突然有了回家的感觉，他这些年所经受的委屈，在那个瞬间，涣然冰释。他俯在罗琴科娃身上，就像匍匐在故乡的大地上一样踏实。"[1]严歌苓的《小姨多鹤》讲述了半个多世纪中日本人多鹤滞留中国，并不断融入中国家庭，为之生儿育女的故事。在整部作品中，多鹤似乎从未忘记自己日本人的文

[1]《2007 中国小说学会排行榜》，二十一世纪出版社，2012 年 4 月，P174。

化背景，她的惯用语言是日语，她的日常生活习惯是日式的，并且在潜移默化中教会了自己的儿女日语，并将小环与张俭的家庭习惯日本化。看起来，这是一部展现中日文化从对立到相互影响的作品，但千鹤与小环最终隔海相望，彼此之间成为了最亲密的亲人，这种关系与情感却是超越了民族、超越了国仇家恨、超越了文化隔阂与误解的，她们最终对彼此的理解与关心，反而是个人化的，私密的，以同一个丈夫紧密相连的，唯有在这个她们共同支撑的家的背景下，她们才能拥抱彼此，拥有共同的家园。严歌苓与将《小姨多鹤》改编为影视剧的编剧安建都从更高的层次表达了他们对这部作品家国主题的理解。严歌苓认为她“想展示的是两国人民对战争后遗症的反思，告诉大家可以用相互温暖与相亲相爱来抚平创伤。”[1]而安建则认为：“我个人的价值观是：善良是没有国界的，是超越国家、超越民族、超越历史的。在做这个片子的时候我自己也在想，我们是不是应该以一种大国的心态、一个民族的宽容去客观地看待那一段历史？”[2]作为文化大国与移民大国，以超越国族的层次去书写家国主题，并将其微缩到一个小家庭中，谱以日常的、普遍的、共通的人类情感与精神家园。

这种超越文化背景的“世界家庭”在新移民作家笔下的样态可能还相对单纯，但在经历数代移民的华裔作家笔下，就表现得更为复杂。近期对华裔家庭的最全面描述的，无疑是美国华裔作家伍绮诗的《无声告白》。这部作品2014年一出版便成为当年畅

[1] 肖执缨：《“多鹤”改国籍引争议》，《羊城晚报》2012 年 2 月 20 日。

[2] 肖执缨：《“多鹤”改国籍引争议》，《羊城晚报》2012 年 2 月 20 日。

销书，并跃居全美当年最佳图书，足见少数族裔对这部作品的感同身受。李家由中国移民父亲和美国白人母亲以及三个混血孩子组成，1981年的一天，二女儿莉迪亚失踪了，不久被发现溺死在离家不远的池塘里，在对莉迪亚的追思中，父母及兄妹都不断反思自己家庭生活中对彼此的误解与忽视，重塑了这个边缘家庭的社会身份与心理定位。在这个家庭中，父母辈与子女辈所遇到的社会与心理问题虽然在某种程度上是互通的，但莉迪亚的死和内斯的出走也反映了两代人之间的隔膜与理解障碍。对于中国移民詹姆斯·李来说，他一生未能完成的期望是融入环境，成为一个真正的美国人，为此他与白人女子结婚，并四十年没有说中文，生活习惯都与社会的一般潮流严格保持一致。然而他在学校，在社会上仍然是孤独的，他无法接受更优质的高等教育并在哈佛这样的顶级学府中谋得教职，然而就算他在本地并不出名的大学教书，他的终身教职之路也无比艰难，多年来只能教授一门课程，唯一理解他的是他的东方助教。而母亲，玛丽琳·李则受困于性别歧视，从小被母亲教育要相夫教子，做好烹饪洗衣等一系列家事，但她的理想却是当一名医生。嫁给詹姆斯之后，她的学业与事业都搁浅了，尽管她内心有着强烈的不甘，却在一次次努力之后，无可挽回地被拉回了家庭妇女的既定轨道。对于这一代人来说，文化背景还是相对重要的，对于詹姆斯来说，他从小所受的东方教育使他无法接受妻子拥有自己的职业，因为这在他的话语背景中，这意味着丈夫的无能。他宁可忍受妻子不再做菜，不再履行家庭主妇的各项职责，只要她保持家庭主妇的身份就好。而对玛丽琳来说，与詹姆斯的结合不仅仅意味着她多年为女权主义理想所作的奋斗付诸东流，更要接受自己作为一个白人从未接受过的白眼和非议，以及她的子女也因为继承了父亲的黄皮肤黑头发而受到社区和学校的边缘化。而对于子女来说，与其说这部作品展现的是文化背景的继承与反抗，不如说是对文化背景彻底的拒绝，以及将家庭内部关系抛开固有的文化冲突与民族冲突，重新回到家庭本身来解决的努力。大哥内斯与小女儿汉娜常年受到忽视，拥有蓝眼睛的莉迪亚却受到非常态的关注，这使她产生了巨大的精神压力。莉迪亚在这令人窒息的家庭氛围中表演着，伪装着，直到失去自我，直到绝望沉湖。虽说是由父亲对种族歧视、母亲对女性歧视敏感的反作用所致，但作者对莉迪亚的关注却超越了对种族主义与女性歧视的批判，把重点放在了这个家庭的自我反思上。最终他们达成和解并在更高层次上理解了彼此，超越了彼此的文化身份与背景，消解了个人身上背负太久、太过沉重的文化枷锁与民族枷锁，超越了肤色、人种与性别，成为了真正相互支持的家庭。莉迪亚成为了他们心中的伤痛，然而也成为了他们最终抛却一切偏见与误解，成为一个正常的、普通的家庭的契机。

这部作品融会了代际关系、夫妻关系、跨国婚姻、种族歧视、性别歧视等诸多宏大的话题，并将这些主题都揉捏在一个小小的家庭中，切入精巧而内容丰满，令人为之动容，可说是将这些矛盾展现得较为充分而温柔的一部作品。新世纪以来，跨国婚姻与家庭逐渐成为海外华裔作家所描叙的重要主题，然而对于土生土长的美国人伍绮诗来说，对这种家庭生活的感触可能更为深刻，经过几代人的传承，第一代跨国婚姻中还没有得以显现和展开的种种影响与矛盾也逐渐铺陈开来并深远起来，这样跨代际的家庭题材作品也因此显现出其重要的价值。

但我们不能忽视，在超越文化背景，达到世界家庭的路途中，歧视、偏见与文化自卑感仍在时不时浮现。它们可能并不那么明显，多数被良好的教养和政治正确的无偏见态度所掩盖，但它们是真实存在的，程度也并不比过去的一百年有所缓和。但这种将尖锐的种族、文化、文明的冲突包裹在温柔优雅的糖衣之中，是新世纪海外家庭文学的主要特点。陈河的《信用河》中阿依古丽为了留在加拿大周旋在各种男人之间，最终嫁给了身患癌症的老金。在老金公司打工的几位男士也徘徊在身份存疑的边缘，文森特在大陆是国企工程师，在加拿大却做着佣人和体力劳动者，老婆最终还跟着白人离开了。张翎的《睡吧，芙洛，睡吧》中的芙洛与《扶桑》中的扶桑，也是底层移民的代表。沙石的短篇小说《玻璃房子》则以其他民族的视角展现这种种族冲突。伊丽莎和丈夫彼得森因为性格南辕北辙而貌合神离。偶然的一次植物园之行，伊丽莎邂逅了华人园艺工阿德。阿德粗鄙的外表和细腻的手艺形成了巨大的反差吸引了无聊的伊丽莎，她为阿德精心安排了一次偷情活动，并满以为以自己的美貌和诱惑力，一定会达到目的。然而偷情并没有成功，阿德认为自己成了伊丽莎的泄欲工具，愤而离开，伊丽莎也同样感到羞辱，报复性地毁了阿德精心栽培的铁树花。华人男子与白人女子的一夜情似乎并没有什么值得深究的，但两人在这场性交易中的心态实在值得回味：不仅是双方阶级存在巨大差异，人种与肤色也是重要的影响因子，当伊丽莎说出“看你呆头呆脑的，像个傻子似的，这个时候你就是猪就是驴也知道该怎么做的”[1]，阿德瞬间意识到了自己的处境，并敏感地将这句话作了种族歧视的解读。从伊丽莎的角度来说，她选择阿德作为偷情对象，也的确是认为这是对他的恩赐，所以在阿德最终拒绝她时，她认为他“不识抬举”。另一方面，阿德不论是在人种还是在阶级上，都处在他丈夫的反面，对自己的轻贱，与粗鄙的下等人性交，也是她快感的构成。整部作品笔触温柔克制，但盘桓在其中的民族差异、文化偏见却是张扬而尖锐的。

综上所述，在新世纪家庭文学关于国族主题的阐释中，虽然还存在种族冲突、文化隔阂，但总体的方向是超越文化、超越种族的世界文明一体化。在这样的表达中，我们不仅看到了中国作为文化大国崛起给海外移民与华裔作家带来的文化自信，以及在这种自信中慢慢成长起来的更为国际化、更为世界化的移民族裔，更可以看到经由这种自信，展现出对超越性的、哲学性的人类共同的精神归宿的共同追求，以及对于这归宿与家园何以存在的中国答案。

[1]《2007 中国小说学会排行榜》，二十一世纪出版社，2012 年 4 月，P133。

第五章

“轻”家庭与“轻”文学

第一节　简单的叙事空间与轻质的叙事结构

在前面三章，我们已经从婚姻、代际、宗族和家族四个主题探讨了新世纪家庭文学是如何从个人的、自我的角度展开对家庭和家族的观照，在叙述中我们也发现，家庭文学的叙事结构也已经根据家庭结构的变化悄然转变。自中国小说发展伊始，家庭便是作家无法绕过的主题，而对于以儒家思想治国，以家庭关系为基石的中国社会来说，能将家族主题叙述得明白清楚，便能够把握整个历史环境和社会生活乃至于主要的社会冲突。正如杨劼所言：“家庭，特别是那些有着某种传统、庞大而悠久、在社会上举足轻重的大家族，往往是社会、时代、人际关系激起各种矛盾的一个完整的缩影。因此，在那时，描写这样一个家庭故事，或以此为背景，对小说而言就意味着诸多重大的主题、象征意义以及创造比较充分的情节效果的有利基础。这使得直到现实主义小说时代为止的作家们，纷纷垂青于这种题材，通过它达到各式各样的目的。”[1]因此无论是古典小说如《金瓶梅》《红楼梦》，还是新文学运动后产生的现代长篇小说如《家》《春》《秋》《子夜》《四世同堂》等等，都将家庭或家族作为主要载体，来展现更为宏大的时代和社会主题。这样的家族言说方式似乎自产生肇始便成为定俗，直到中华人民共和国建国后，家庭文学仍然肩负着深沉的社会使命和史诗般的长篇叙事结构，一直到新时期文学、新写实文学，家庭仍然占有重要的席位，《青春之歌》《创业史》《废都》《人生》《平凡的世界》《白鹿原》《九月寓言》《活着》等，都是在这样的叙事结构和叙事意义上进行的家庭描写。然而到了新世纪，我们却发现有关于家庭主题的文学创作开始向着两个极端滑行，一方面，部分作家仍然坚守着经典的家庭叙事，将家族故事展现得更为宏大开阔，但我们却可以发现，这部分作家在作品存在的时空背景上向后转，试图将过去的几十年乃至几百年进行全景式的展现，如《尘埃落定》《天香》《无字》《笨花》《蛙》《坚硬如水》《古炉》《平原》《远去的驿站》《麦河》《日头》《农民帝国》《长势喜人》《生命册》《赤脚医生万泉河》，包括海外华文文学中的《金山》《布偶》等，都可以说是贯穿式的作品，然而无一例外的，它们对新世纪的家庭关系都是匆匆带过，没有做过多的展开，并且在描述当下的家庭关系时，总让人觉得与真实的生活有所隔膜。另一方面，一部分作家则将作品雕琢得越来越细，越来越“轻”，他们将主要的目光放在当下，展现了家庭小说新的演说结构。笔者认

[1] 杨劼：《普通小说学》，江苏文艺出版社，2011 年 10 月，P165-166。

为，这种容量较为局限的“轻”小说，恰恰是新的家庭关系所带来，或说是所适配的小说叙事结构，也因此是新世纪家庭小说的“新”之所在。因此在这一节里，我们将以这一部分作品作为主要研究对象。

杨劼的《普通小说学》对当下的家庭小说有着自己悲观的预期：“在今天看来，家世小说更像是某种古老的传统，因为随着家庭在现代社会中的解体和缩小，这一题材的价值正逐渐被削弱；目前，大多数小说显然很少以家族为范围和背景去描写人物的生活。”[1]我们也在本文的前三个章节中具体地阐释了这种缩小与解体在新世纪家庭文学中的体现，但我并不认为家庭这一主题就因此而失去了价值。在上文我们已经对这位研究者的观点做了部分摘录，他所认为的价值的削弱，是因为家庭已经不能全面地成为社会现实和社会主要矛盾的缩影——这也是有些作家在需要这一价值时转向历史家庭和家族叙事的主要原因。但不可否认的是，新世纪以来，中国社会经历了一个多世纪的动荡之后，已经处在了相对平和和稳定的状态。因此，宏大叙事和全局视角对于新世纪的中国社会而言，可能恰恰是空洞而飘忽的，也即上文笔者所说的“隔膜感”。但在这平和与繁荣之下并非精致，中国社会在新世纪的变化是微观的，具体的，世俗的，渗透在每一个个体每一分钟的日常生活中，并内化为每一个个体精神上的改变。因此我认为，面对这种静水深流的社会现实，家庭作为日常生活最重要的载体，仍然具有观照社会现实，并内观个人与时代精神

[1] 杨劼：《普通小说学》，江苏文艺出版社，2011 年 10 月，P155。

的使命。

与这种碎片化的、日常的关注相匹配的，是微观角度的家庭文学。这便是“轻”小说的第一层含义。如果说传统的家庭文学构建的是一整座大厦的话，新世纪家庭文学则更主要的是打开一扇窗，窥视一个小小的房间。列斐伏尔的日常生活批判理论认为，日常生活与人的异化息息相关，如何将日常生活从被遮蔽的、重复的状态中解放出来，才能使个人获得真正的解放。席美尔则认为每一个日常生活的具体的点，都能栩栩如生地从内部显示出社会的总体性。[1]而新世纪家庭文学则展现了这种对日常生活的批判与重建，作家们已经不需要再思考某些远去的沉重的时代背景，他们只需要推开城市或乡村亮着灯的任何一扇窗户，便能够完成一次对当下社会的观照与解释。因此，新世纪家庭文学在体量上，有很多以短篇的形式出现，在很短的叙事时间与空间里，以一种碎片化的形式，拼凑出当下的家庭生活面貌，并最终联结成这个社会的全貌。陈忠实的《日子》就是以河堤与流水之间的沙滩为主要叙述空间，通过对话和简单的描写，便勾勒出了一心为女儿上学筹集学费的平凡夫妇。小说最后以简洁的对话作为收尾：

> “不说了。”他对我说。
>
> 女人也想对他说什么，同样被他止住了。

---

[1] 参见吴宁：《日常生活批判——列斐伏尔哲学思想研究》，人民出版社，2007年6月，及[英]本·海默尔著，王志宏译：《日常生活与文化理论导论》，商务印书馆，2008年1月。

“不说了。”他对她说。

“再不说了。”他对所有人也对自己说。

“不说了。”他又说了一遍。

我坐在沙梁上，心里有点酸酸的。

许久，他都不说话。镢头刨挖沙层在石头上撞击出刺耳的噪声，偶尔迸出一粒火星。

许久，他直起腰来，平静地说：

“大不了给女子在这沙滩上再撑一架罗网喀！”[1]

没有多余的场景，整个空间似乎都是留白的，唯有进行对话的人物如同被聚光灯照亮。阎连科的《黑猪毛 白猪毛》也仅仅描写了一个夜晚，但农村婚姻的艰难、乡村政治的黑暗、父母拳拳的爱子之心，都集中爆发在这一个夜晚。潘向黎的《奇迹乘着雪橇来》也只描写了几个小时之内发生的事情，但妻子的不甘与小小的疯狂，丈夫的心不在焉也都以浓缩的形式展现了出来。刘玉栋《幸福的一天》所描写的是菜贩子马全死后一天的经历，但人间百态已经包罗在马全最后的视线里。铁凝的《小嘴不停》中包老太太与小刘只是偶然同住一间宾馆，夜谈了半宿，但包老太太不幸的婚姻就展开在短短的聊天里。乔叶的《取暖》则在一间小饭馆里展现了人性的挣扎与最后的善意。陈丹燕的《雪》只描写了一个早晨，便将两代人之间的隔膜与老无所依的悲凉展现得如雪般冰冷透彻。方格子的《像鞋一样的爱情》通过一次暧昧和

[1]《2001中国小说学会排行榜》，二十一世纪出版社，2012年4月，P17。

一次短暂的偷情，展现了都市男女被婚姻束缚住的性冲动与性需求。张惠雯的《垂老别》中的王老汉在一个晚上遭遇了两个儿子的遗弃，寥寥数语便将老人晚景的凄凉勾勒出来。杜光辉的《洗车场》只在洗车场一个场景，通过不同的客户展现权力、金钱与关系对个人命运的捉弄与绑架。铁凝的《春风夜》通过一对异地夫妻在小宾馆一个简陋房间的约会，便道出了当下底层婚姻无奈的现实。斯继东的《你为何心虚》中赵四从发现黄皮出轨到最终被黄皮强暴只有短短一天的时间，只在自己家的小小卧室里，赵四的心路已经展开了由愤怒到原谅再到自我否定的大起大伏。葛亮的《不见》叙事时间也只有短短一天，而女主人公已经由被宠爱到独自落寞地离开。

这些短篇作品紧凑精巧，似乎多是采用经典的短篇小说技法，对于人物和事件的背景都不作过多的交代，以窥斑见豹的方式叙述，但仔细思考却可以发现，新世纪家庭叙事在处理碎片化时间和空间时与传统的小说技法是大相径庭的。“字数状况本身不说明任何问题，但是，短篇小说的情节结构确实也会在字数上表现出来。谈了一番字数问题，也是为了便于更好地认识短篇小说的情节结构——那种单一动机、直接解决的结构。”[1]相反，我们在上文所提及的小说中，无论篇幅如何，都能在有限的空间和时间里生发出多样的动机和结构来。枯燥婚姻生活的难以为继，代际关系的冷淡与疏离，以及隐藏在这些典型场景之下的个人处境的孤独与无奈——在家庭关系支离破碎的当下，家庭生活也

[1] 杨劼：《普通小说学》，江苏文艺出版社，2011 年 10 月，P142。

很难有一以贯之的逻辑，但通过作家们将日常生活本身很微小的片段截取并放大，我们就可以发现，这些作品从不同的角度和视野，以一种细分的方式，涵盖到了社会生活的方方面面，它们所织起的细密的网，已经可以打捞到最隐蔽角落里的个人处境。

当然，新世纪家庭文学的创作也并没有因为不连贯的家庭逻辑而限制了作品的体量，除了上文所说的短小精悍的短篇之外，也有内涵相当丰富的作品，但我们仍然可以在这些作品中看到“轻”的质地的存在。在这里，“轻”的第二重含义便是小说叙事技巧的精心使用，在局限的人物关系和重点场景与事件逻辑的布置中，作家舍弃了深沉缓慢的叙事方式和相对宏大厚重的叙事结构，不论篇幅长短，都试图以日常经验为基底，以灵活紧凑的情节为主体。“有些远非波澜壮阔的生活事件，哪怕仅仅涉及单个人物一天内普普通通的生活经历，但在小说中却可以把这种貌不惊人的事件分析成好几个情节动机，然后创作出一部洋洋大观的长篇小说。”[1]这些作品虽说还是以现实主义居多，但却不似传统的现实主义那样事无巨细地交代，也不像罗布-格里耶所主张的那样让人物和场景脱离解释与赋义自由地发展[2]，而是通过对人物关系、事件和场景去芜存菁，精心搭建起一座小说的七宝楼台。有些作家将人物关系维持在有限的几个人之内，并使这几个人物形成互文关系。如鲁敏的《六人晚餐》，将再婚家庭的六个成员分别两两组合，从而从不同的角度看待这一段特殊的家庭关系，

[1] 杨劼：《普通小说学》，江苏文艺出版社，2011 年 10 月，P140。

[2] 参见马原：《小说密码》，作家出版社，2009 年 10 月。

使得这种关系人为地复杂起来，并由此将叙事延伸到亲情、爱情等多个方面。再如倪学礼的《六本书》，将几位知识分子放置在同一个教研室和同一栋居民楼里，并以他们的相互观察和试探展开情节的推动。又如迟子建的《起舞》，齐如云、齐耶夫与丢丢跨越了时空，共同展现了对半月楼的追溯，又在彼此的身上弥补了自己的缺憾。乔叶的《锈锄头》则分别从老板李忠民和民工石二宝的角度看待土地与当下的婚恋关系，但在他们各自的内心奇异地达成一致时，李忠民用锄头砸死了石二宝。这些人物内部的互文关系丰富并圆满了作者对主题的表达，使从单一角度观照都会略显单薄的家庭关系再次厚重起来。当然，更多的作家选择从自己的经验出发，将叙事视野放窄、拉近，以散点叙事的方式铺陈。当然，这里的散点是由作家精挑细选的，将纷繁无序的日常生活通过某种逻辑关系串联起来。如阿袁的《顾博士的婚姻经济学》，人物进进出出看似热闹繁杂，但仔细读来却并无闲笔，顾博士的三段恋爱，顾博士教研室各位老师的婚姻，家属楼里年轻教师的婚姻，乃至渴望上位的女学生，都无不是顾言荒谬的“婚姻经济学”的注脚。曹寇《塘村概略》中通过一桩奇特的群殴致死案，警官在走访中竟发现整座村庄的人都是凶手，他们都紧密地联系在这一桩案件上，但通过案件的走访与问话，才能牵扯出整座村庄更深层次的人性的恶，这种恶平时只以微小的面貌漏出一点马脚，比如占点小便宜，背后说说闲话，对老人不那么尽心地赡养等等，这些看似拉杂如家常话一般的情节，恰恰就是他们最终施暴的犯罪动机，因此这些散点升华了小说的主题，更为深刻地揭露了当今乡村的真实面貌。

孙惠芬的《生死十日谈》在十天的访谈中，将十个自杀者作为基本点，渐次展开他们背后所面临的命运困境，并以微小的切入点描述当事人的自杀事实，再慢慢展开与之相关的周边人物关系和社会背景，使整部作品显得扎实有力。此外，用少量的人物营造复杂的关系，压缩小说的留白空间，并一再拉紧小说的节奏也是作家们在轻量叙事上做出的另一种努力。在方方的《奔跑的火光》中，英芝与丈夫、公婆乃至娘家的每一次冲突，都将她的生存体验推向更为恶劣的境地，方方在这一次又一次的争吵和殴打中，几乎不给读者喘息的机会，带给人越来越愤怒，越来越惊恐的阅读体验，并最终在英芝一把火烧死了丈夫贵清的时候达到了顶峰。叶兆言的《马文的战争》中，马文与杨欣还有李义李芹之间的纠葛反复地缠绕，每个人都纠缠在亲情、爱情、欲望和伦理之间，没有多余的人物，也没有多余的场景，一切都在马文狭小的福利房中打转。人物的极致简化与人物关系的极致复杂化，以及空间——小房子和小车——带来的逼仄和压迫感，使得小说一直处在紧张的节奏中，最终李义和李芹再次离开，马文和杨欣回到原点，这种回旋式的行文结构使得小说更平添了一份荒诞感。东西的《猜到尽头》中，招玉婷陷入对丈夫铁流出轨的无端猜测中，作者毫不停歇地让招玉婷反复刺探，深入敌后，并派出自己的妹妹招玉立监督姐夫，玉立也忠心耿耿，每天向姐姐汇报姐夫的一举一动。当读者为招玉婷反复而坚定的诱供感到疑惑和不可理喻时，小说绷紧的弦骤然松开，与铁流发生婚外情的正是招玉立。简单的人物关系，但也同样纠缠在亲情、爱情和婚姻中，消磨着对彼此最后的信任，以一种后现代的方式展现着人人自危的家庭关系。

极力压缩的叙事空间和精心构筑的情节人物，使新世纪家庭文学的“轻”小说具有了相当的可读性，这也是笔者在此要提出的第三重“轻”的含义。从“启蒙”到“疗救”，再到“为人民写作”和“作为老百姓写作”，关注自身，关注当下，这样的声音在严肃文学中似乎已经越来越多了。这是属于这个时代的文学发生方式。马原曾经对比过中外作家在小说创作中的不同：

> 我自己读了近三十年里创作的很多英国小说，我看不到像中国小说家在创作中呈现出来的那么多宏观复杂的方方面面，比如一个事件和全体中国人民的关系、和底层人民的关系、和知识阶层的关系、和城市家庭的关系（如知青）等等。而英国小说中就没有这些，我们看英国小说，就觉得他们过于局限，他们更多的只是以个人日常的纠葛冲撞作为素材，而没有比如某一个事件可以影响整个英国公众这样的取材。我知道特别是八十年代中国小说的黄金时代，中国作家很自豪，说西方作家用来写一部长篇小说的素材，经常在我们的短篇小说里就能看到，我们很多短篇都会涉及历史、民族这些大题材。而西方国家经济发达之后进入匀速发展期，他们的社会生活本身没有很大动荡，整个的小说素材相对就比我们平淡很多。[1]

[1] 马原：《小说密码》，作家出版社，2009 年 10 月，P31。

显然，在已经进入匀速发展的新世纪的中国，可能也如同英国文学一样，开始了以个人日常的纠葛冲撞作为素材的阶段，而家庭作为个人生活的核心场景，也必然会选择更为平淡的、日常的、轻量的叙事方式。

在网络和自媒体充分发展的二十一世纪，严肃文学似乎已经衰落，传统纸质文本似乎已经流失了读者，但我们有更多的方式来接触家庭叙事。不论是电视上轮番轰炸的婆媳大戏，还是论坛上活跃的婚恋帖子，还有微信公众号推送的各种家庭鸡汤，小说网站上的家庭连载小说，连明星的家庭琐事也要拍成综艺节目供人消遣八卦，但几乎所有的快速阅读渠道，都在不断地将中国新世纪以来的家庭生活和家庭面貌程式化、模板化。这些通俗叙事接受了物质和资本充分的洗礼，在迎合观众口味上已经做得炉火纯青，爱情该如何表达，幸福婚姻的标准在哪里，健康的代际关系应该是何面目，如何阻止大家族对小家庭的入侵和干涉，我们似乎都能在这些通俗媒介中找到答案，但正如前文中提到的列斐伏尔的日常生活批判所言，这些读物正在统治并限定我们的日常生活，并遮蔽家庭生活的多种可能性。因此严肃文学唯有争取更多的读者，才有可能将我们从不断被同质化的家庭假象中解救出来，真诚地面对我们所处的正在日益萎缩，但也在日益多元化的家庭处境。

第二节 典型人物的弱化与典型关系的强化

对于中国文学史来说，对典型人物的塑造是一个有着悠久历史的话题，随着历史的发展，我们可以看到文学人物形象的不断丰满和典型化。学者杨劼认为，社会环境的变化和人物塑造的形式之间，存在着很大的关系：“（一）人物在小说中的重要性，与人类生活的社会化程度提高相关联；（二）反过来，小说表现、刻画人物的能力，也随着社会生活幅度变宽而拓展，随着社会生活复杂性加强而日趋精细。显然，这是十足的社会学结论；从小说史的基本事实看，我们必须承认这种过程。”[1]家庭是社会的基石，是社会关系的最小单位，家庭文学是最关涉“人”的文学，笔者认为应当是没有异议的。家庭是每一个人的由来，如果要完成对一个人物形象的“圆整”的塑造，家庭背景是不可或缺的一环，它追溯着人物的前因，展望着人物的后果，使得整个人物能够拥有较为合理的逻辑。而家庭作为社会的基础，也是社会的缩影，能够在最小的时空范围内，对作品的社会背景做充分的容纳，塑造出属于作品时代，并能代表作品时代的典型人物来。如《红楼梦》中的贾宝玉、林黛玉，《西厢记》中的崔莺莺，《祝福》中的祥林嫂，《家》中的高觉新，《雷雨》中的周朴园、繁漪，《四世同堂》中的祁瑞宣，《边城》中的翠翠，再到《青春之歌》中的林道静，《小二黑结婚》中的小芹、三仙姑，再到《人生》中的高加林，《白鹿原》中的白嘉轩、鹿子霖，《红高粱》中的余占鳌、戴凤莲，《长恨歌》中的王琦瑶等等，都是我们耳熟能详、张口即来的典型人物形象，他们或反映了时代的困顿，或代表着对时代、对社会和个人命运的反抗，都是根

[1] 杨劼：《普通小说学》，江苏文艺出版社，2011 年 10 月，P124。

源于家族而超越家族的典型人物。

然而在当笔者研究新世纪家庭文学时，却发现仿佛天经地义地与家庭文学共生的典型人物在慢慢消失，在我们回忆新世纪以来有关家庭、家族的文学作品时，早已没有那么多的名字可以脱口而出，而我们也找不出某一个形象，可以既具有鲜明的独特性，又具有较大的容纳量和相当的普遍性。在韦勒克的《文学理论》中，将人物的塑造方式分为动态和静态两种，“‘圆整’的人物塑造方式，就像动态的塑造法一样，要求空间感和强调色彩；这种方法显然对塑造那些集中代表了小说的观点和兴趣的人物们的性格是有用的。因此，在使用这种方法时，也通常要结合‘扁平’的方法，来处理背景人物或‘合唱队’人物。”[1]这是经典小说中的人物结构法，以典型人物为主要人物，给予完备的介绍，篇幅允许时，还应当展现人物道德与心理本性，并做来龙去脉的说明，而次要人物则只突出单一的、对作品有推动作用的主要性格特征。但在新世纪家庭文学中，经历了现实主义、先锋与魔幻、新写实主义的洗礼之后，似乎已经再难回到韦勒克这样经典的人物图谱中来了。即便是作家所尽力描画的主要人物，都似乎只能代表时代的一个侧影，并且越来越多的作家已经摒弃了这种人物塑造的方式，转向了群像式书写与关系式人物书写。“在此之前，当代文学中对现实主义创作方法的经典性表述是：文学创作中所要反映的现实，除细节真实外，还要真实地再现典型环

[1] [美]雷·韦勒克、奥·沃伦著，刘象愚、邢培明、陈圣生、李哲明译：《文学理论》，三联书店，1984年11月，P246-247。

境中的典型性格。艺术上的‘真实’不仅来自于生活现象本身，还必须要体现出生活背后的‘本质’，并对其加以观念形态上的解释。”[1]但现在，作家的创作已经回归了生活本身，创作理念也受到了现代主义的影响，人物是否典型，已经不是他们所必须考虑的问题，甚至他们在人物创造上是反典型的：“现代主义以来，小说很少精细地刻画人物，追求人物性格的清晰逻辑和由此而来的力透纸背的力度，觉得那是作者自作聪明，显得相当可笑。现代作家们，通常摆出一副与笔下人物形同陌路的样子，表示自己其实和读者一样，也并不对他了解多少，很难真正了解。”[2]

这不仅仅是思想史带给作家的影响，更是社会变化给作家带来的新的人物塑造方式，在家庭叙事方面也同样如此。首先，虽然随着改革开放、现代化进程加快和计划生育政策等社会现实的改变，中国的传统家族已经几乎消亡，家庭的规模也越来越小，但正如笔者在之前章节所列举的，中国人的家庭体验却是丰富而复杂的。主干家庭、核心家庭、夫妻家庭、单身家庭，独生、非独、失独、丁克、留守、空巢等等在之前的历史中只是零星发生的家庭现象都具备了相当的规模，以及相当的人口基数。另外，社会环境相对稳定，社会贫富差距、身份阶层逐渐固化，整个社会可能很难概括出一个将所有人都涵盖在内的主要矛盾，各个阶层的人都很难超越自己的认识范畴和价值体系，包括我们的作

[1] 陈思和主编：《中国当代文学史教程》，复旦大学出版社，1999 年 9 月，P307。

[2] 杨劼：《普通小说学》，江苏文艺出版社，2011 年 10 月，P131。

家。因此，我们在新世纪家庭文学中就很难看到如前文所说的旗帜一般令人印象深刻的典型人物形象了。作家们在面对当代纷乱杂芜的家庭现象时，已经不会像传统的小说家那样，在万千人物遭遇中选择最突出、最有特点的那一个，也不会刻意追求超越性与普遍性，也无法在一个人物身上实现足够的容纳量，或对同类型的人物素材做进一步的提炼和总结。再者，作家们似乎也无意超越自身的经验范围，无论是地方性写作，还是类型化写作，都是基于自身的家庭和家族体验，不再寻求和建构比读者更为广阔的经验与想象的世界。因此在某种意义上说，新世纪家庭文学的创作者们，与读者已经几乎同构，他们所见所写，便是你我身边之人。因此，有许多作家在面对家庭和家族主题时，选择了群像式的人物描写。

群像在韦勒克的人物塑造法中属于“合唱队”人物，在他看来应当使用静态的塑造方式，只需突出被作品所需要的特点，一部分作家将这种扁平塑造发挥到极致，以几个线索人物串起更多的相关联的甚至间接关联的人物形象，使整部作品以树状结构渐次展开。在刘庆邦的《我们的村庄》中，以叶海阳的归来串起了整个叶桥村的人物。刘玉栋的《幸福的一天》在菜贩马全死后的遭遇里，串联起了城市中的边缘群体。在李佩甫的《生命册》中，作者以相间的篇幅，将作品分为城市与乡村两部分：城市中的梅村、范家福、小乔、夏小羽等人，乡村中的老姑父、杜秋月、梁五方、虫嫂、春才等人。有评论家认为《生命册》带有《水浒传》的意味，就是因为它独特的人物塑造方式与出场结构，他们的故事并无交叉，具有相当的独立性，而唯一能将他们整合在一处的，便是线索人物“我”。在金宇澄的《繁花》中，沪生、阿宝、小毛、陶陶贯穿始终，作者并没有将他们的性格特点反复强调出来，而是将他们作为线索，穿插起更多人物，蓓蒂、阿婆、银凤夫妇、大妹妹、兰兰、姝华、金妹、芳妹、潘静、康总、徐总、宏庆、梅瑞、汪小姐、李李……数不胜数，共同构成了对上海往事的回忆和对上海现实的白描。程青的《发烧》中由小陶串起了表姐、谢红、方芳、浦虎妮、李芸儿、李医生等人，每个串起的人物都构成了小陶精神需求中的一个片段。如果说这样的作品还带有一种传统的、古典的回响的话，那么还有其他的作家已经突破了传统的群像描写，他们不仅给予他们相同的篇幅，同等的重要性，也给予他们同样详细的身份背景和性格特征，这一塑造方式在梁鸿的非虚构作品《中国在梁庄》和《出梁庄记》体现得淋漓尽致。在《中国在梁庄》中，梁鸿还是以主题的形式，在“废墟村庄”、“救救孩子”、“理想青年”、“乡村政治”、“新道德”等主题下，选择三到五个人物，每个人物独立一节作具体描写，但这并不等于这小节便是人物小传，而是通过一个人物的历史，牵扯出与他相关的更多乡村故事和乡村人物。到了《出梁庄记》中，她笔下的人物已经各自成篇，以一种更加细分的方式，全景式展现外出务工者的世界。

在群像描写中，典型人物消失了，但对于作家来说，在家庭文学人物描写上的探索与尝试还未停止。前文中提到，家庭是社会关系的最小单位，因此“关系”在家庭中是至关重要的。在群像描写的例子中，这种重要性已经初露端倪，但当我们顺着这条线索继续研究下去的时候，便会发现传统的人物形象已经开始面目模糊，甚至类型化，而居于二线地位的关系则开始浮出水面，成为推动小说情节、体现小说主题的重要因素。换言之，在新世纪家庭文学中，人物关系已经超越了人物本身，成为了更重要且更独立的小说要素，并且人物形象的确立和人物价值的赋予，已经越来越依靠人物关系来实现。机械时代使人的劳动价值逐渐被取消，在更为广泛的范围里，每个人的社会分工都是相对固定的，所属的阶层也是稳定的，家庭之外的日常生活基本是理性的、重复的。但家庭却是感性生活的最后一块阵地，在家庭中人依然具有意义，有感情，有思考——这是有所对应的对象的；每个人在家庭中的地位是不断变动的，此消彼长的——这是在与他人的关系中展开的。[1]因此在家庭中，独立的个体是无法体现其意义的——即使是单身家庭，唯有在与他人的联系中，方能观照彼此。因此新世纪家庭文学这种关系现行的局面，也是可以预见的了。

在一部分作品中，人物的情感、生存空间和精神寄托都维系在“关系”当中。鲁敏的《六人晚餐》是典型的关系叙事，苏琴对丁伯刚由肉体的迷恋转化来的短暂爱意，晓白对哥哥的渴望，珍珍对姐妹的热爱，晓蓝与丁成功的爱情，在时间不长的临时家庭中便得到了充分的展现。并且，这种关系并没有因为苏琴与丁伯刚的分手，临时家庭的解散而解散，孩子们默认了对方的兄弟

[1] 参见［德］瓦尔特·本雅明著，张旭东、魏文生译：《发达资本主义时代的抒情诗人》，生活·读书·新知三联书店，2007 年 4 月；［英］本·海默尔著，王志宏译：《日常生活与文化理论导论》，商务印书馆，2008 年 1 月。

姐妹身份，并将自己对逝世父母的感情投射到临时的继父母身上。然而大人的心思却与孩子不同，丁伯刚与苏琴明确的反对使孩子们的交往渐渐走入地下。法律，或是说伦理上的松散关系慢慢消散，但最终留下了孩子们内心的情感联结，尤其是晓蓝与丁成功的爱情，完全是站在对方的角度考虑，使这段感情显得尤为凄美。陈应松的《无鼠之家》中，阎立国希望自己的儿子阎孝文婚后能早日生孩子，然而孝文却是脓精症无法令妻子受孕。盼孙心切的阎立国竟代替阎孝文与儿媳妇桂兰发生了关系，生下了阎圣武，并一直保持着乱伦的关系。孝文得知后无法面对自己的父亲，自己的妻子，并在得知父亲才是自己儿子的父亲时愤怒地杀死了父亲。阎立国、阎孝文和桂兰原先是父慈子孝、夫妻和睦的家庭，每个人的身份、每个人的情感和生活都有足够安放的空间，但在一步步复杂而错乱的代际关系和婚姻关系中，每一个人物最终都失去了立足之地，最终同归于尽：

> 是人总会这样。原来这圣武不是他儿子，是他兄弟。名字是阎国立取的，原来想的就是一文一武，是孝武，不是圣武。跟他一辈的，同父异母兄弟，他的妈竟是我老婆……

> ……累了，就看着病床上的这个女人。好陌生。与我啥关系？没关系了。她是我老婆吗？她欺骗隐瞒了我十几年。十几年前，她就跟我的父亲睡。我被别人卖了，还，帮别人数钱，我蠢不蠢？帮自己的爹带孩子，栽我身上说是我的。

过去我带妹妹，现在，我又带了十几年同父异母的兄弟。[1]

乔叶的《我是真的热爱你》中，冷紫与冷红姐妹虽然走上了完全不同的人生道路，但身为孪生双胞胎，她们的命运也就因此永远联结在一起，并能够在这份关系中牺牲自己，成全另一个。在一种奇异的同构中，即使身处地狱，也能同样感受到切身的幸福。黄咏梅的《负一层》则反其道而行之，阿甘是地下车库的看车人，平时孤独一人工作，没有同事交往，与自己的母亲不亲密，与她亲密的父亲却已经去世，她唯一的“朋友”是已逝的明星张国荣，最终阿甘从工作的饭店顶楼一跃而下，结束了自己的生命，却没有人知道她的理由。母亲、经理、父亲、“哥哥”、阿甘，小说都没有着力描绘他们的人物形象，却反复渲染阿甘没有“关系”的孤独处境，最终在她坠楼身亡之后，她的人生也随之失去了意义。

还有的作品依靠不同寻常、错综复杂的人物关系的张力来推动情节发展，诠释作品主题。叶辛的《问世间情》中，索远与麻丽的同居关系，与但平平的夫妻关系，与索英的兄妹关系，与索想的父女关系，与范总的雇佣关系以及他与于美玉、雷巧女的上下级关系，构成了索远的社会关系。加上麻丽与彭筑的夫妻关系，但平平与徐一心的朋友关系，构成了一张密实的大网，而在网的每个节点上的人物性格，却是较为单薄的，或者说，在整部小说中，是没有什么成长的。索远胆小怕事，麻丽胆大冲动，但

[1]《2012中国小说学会排行榜》，二十一世纪出版社，2013年3月，P265。

平平冷静执拗，彭筑逞凶斗狠，徐一心怀才不遇，范总精明狡诈，你可以发现，主要人物与次要人物在性格的丰富程度上没有太大的区别，尽管所占用的篇幅天差地别。那么唯一能够推动故事情节发展的，便是每一组关系的变化，即使只是范总敲打索远这样居于次要地位的人物关系出现变动，也会牵一发而动全身，改变人物的整体处境。张者的《唱歌》中老板与梦欣、老板与师姐、老板与宋总，宋总与梦欣构成了颇具迷惑性的四角关系，而每个人都认为自己在这关系中是安全的，老板认为梦欣是宋总的女人，即使与她有肉体关系也不要紧，反正最终她还会回到宋总身边；梦欣认为老板是爱她的，也是需要她的，她有自己的资本，所向无敌；宋总觉得把自己的外甥女梦欣放在老板身边是明智的，老板不碰她，梦欣还是自己的人，可以帮着监督老板，老板碰了她，宋总就做媒，拉近老板与自己的关系；师姐认为老板与梦欣只是玩玩，最终还是会娶像自己这样的女人。然而这关系恰恰是不稳定的，信息是不通畅的，遮蔽的，这样简单但有隐含着错综的不平衡关系，正是推动小说发展的内在动力。类似的还有阿袁的中篇小说《郑袖的梨园》，郑袖勾引沈俞，并非因为她爱慕沈俞，而是因为沈俞与叶青的关系，就如同她学生时代插足苏渔樵，是因为苏渔樵与朱红果的关系。而郑袖做这一切有悖常理的事情的原因，是父亲与陈乔玲的关系。爱情写到这个份上，沈俞、苏渔樵作为男人的魅力和修养，叶青、朱红果、陈乔玲作为女人的手段，全都已经退居幕后，唯有打破这种关系，建造自己与这些男人新的关系并再次击碎，才是郑袖的最终目的。因此在叶青不幸车祸身亡时，叶青与沈俞的关系自动解除，小说也一下失去了紧绷的张力，戛然而止。还有滕肖澜的《倾国倾城》，庞鹰与佟承志的婚外情是崔海的策划，高丽华与崔海的婚外情是佟承志的妻子苏圆圆的策划，起因则是在副行长位置的争夺上，佟承志与崔海是竞争关系。利益、夫妻、姐妹淘、情人，看似单纯的关系在这作品中纠缠到了极致。石一枫的《世间已无陈金芳》中，陈金芳是最主要的人物，也是最神秘的人物，她在作品中不是显露在外的，而是隐约在所有的人际关系之内的，但她却并非线索人物，而是整个作品的主题所在。而这个关于受难、逆袭再到欺骗的主题，一直是在陈金芳游走在各种人物之间，组织各种饭局的过程中慢慢拨云见月的。

还有些作品建立关系的同时消解人物，使作品向更为虚幻和荒诞的方向发展。在鬼子的《瓦城上空的麦田》中，捡垃圾的胡来父子偶然遭遇了来城里找儿女过生日而不得的李四，这条关系的联结使前后两部分似乎不会相交的叙事构成了一个整体。在这部作品中，李四、胡来，包括李四三个子女的名字都非常简单，甚至有一种概括的意味，这暗示了作品人物形象的相对抽象化与概念化，并为李四和胡来后面的身份置换做了铺垫。在这里，人物不仅与家庭成员产生关系，也与自我产生关系。失去了身份的李四也同时失去了子女，而失去了父亲的小胡却不能因为李四顶替了胡来的身份而成为李四的儿子。几重关系的倒错，展现了当代人自我失格的荒诞处境。史铁生的《我的丁一之旅》中更是取消了现实的人物与现实的场景，以灵魂的角度通过男女之间的性爱关系来完成寻找夏娃的旅程。在这里，“我”虽然是丁一，但“我”也是史铁生，灵魂与肉身也构成了一对关系，再加上丁一与娥、姑父与馥的关系，构成了超越人物的，联结三界的巨大关系网。

虽然在群像描写和关系描写上，新世纪家庭文学暂时找到了“人”的位置。尽管还有的作家，仍在试图在当代构建庞大的家族叙事，并在这种叙事中找到传统的典型人物的位置，例如贾平凹、李伯勇等，也有作家在不断尝试真正地取消“人”，进一步将“人”概念化、抽象化、精神化，如余华、苏童、史铁生等，但不论如何，我们都可以看到人物形象在新世纪家庭文学，甚至整个新世纪文学范围内的尴尬处境。在百余年的中国新文学史中，从唯物主义的传入，神的消失，到“人的文学”，到个人身份的消失和集体的拟人化，再到重拾人道主义，展现个性与自我表达，直到今天后工业时代的全面铺开，不仅人物形象淡化甚至消失，连作品背后作者的声音都在不停按下消音键，“人”在中国文学中的处境，正对应着人物形象在作品中的处境。客观上，塑造典型人物的文学环境和社会环境正在消失，而主观上，小说家似乎也对塑造人物形象失去了基本的兴趣。“更重要的是，他们对此根本没有兴趣。他们笔下尽管也有人物，但通常都是符号化、极为主观的，全不理会人物性格应有的逻辑性、一致性以及合情合理的发展性，他们不屑于让人物获得艺术上的独立的存在，不在乎人物是否令读者信服，而是随心所欲，无论言、行，高兴怎样写就怎样写——他们其实写的并不是人物，是自己的胸臆，甚至连胸臆也谈不上，只是‘兴之所至’。换作从前，没有任何作者敢于如此落笔，因为心中有‘经典’、范本，有对文学传统的学习与认同。如今这一切都荡然无存。”[1]在人的处境更为复杂、人物形象表达更为多元的今天，文学中的人物形象该何去何从？文学的范式是否一去不返？今后的家庭叙事能给我们一个答案吗？我们期待着。

第三节　局限的叙事视角与零度的叙事氛围

在过去的百年间，小说作为新文学的主要文体形式，曾经承担过十分重大的社会责任。自梁启超写《论小说与群治之关系》，创办《新小说》杂志，还自己创作了小说《新中国未来记》，后人虽有跟从亦有反对，但总体而言，还是顺着启蒙的道路将小说写了下去，其中家庭主题也不例外。面对“沉睡”中的国民，知识分子创作小说的主要意义，还是“疗救”。在这个阶段，作家的地位与作品、读者的地位是高下立判的，作家是启蒙者，作品是表达手段，而读者是蒙昧的，是被启蒙者。随着新文学的发展，我们可以看到，作家、作品、读者三者的地位总处在动态之中，但是，作家对读者的统治、对作品的最终解释权一直没有被打破。直到二十世纪八九十年代，这铁一般的定则似乎才开始走向终结。作家马原曾经将这之后的文学创作用布莱希特的“离间学说”来总结，并认为这样的文学样态来自人类与生俱来的悖逆意识：“我们这个时代的读者已经较世纪初叶大不相同。二十世纪已经过去十之八九，科学和各门类的心理学的高度发展

[1] 杨劼：《普通小说学》，江苏文艺出版社，2011 年 10 月，P137。

改变了整个人类，我们读者的层次事实上大大提高了，新鲜思想不再具有六十年前那种吸引力和刺激作用了。”[1]他认为“（离间学说）舍去中间有文化意识产生的诸多起训诫作用的部分，舍去多余的缓解，直接逼近读者，使读者认可一个他们愿意认可的虚拟的故事，这样的结果是作者和读者最大限度地合而为一了。”[2]也就是说，传统的“启蒙”“疗救”“训诫”等教化作用已经不再是文学的职责，文学在当下已经变得更纯粹，而读者也已经开始与作者通过作品进行互动了。而到了符号学家的眼中，写作本身就是客观的，自然的，自在的，“写作不是为了交流，是象征性的、内向型的、发自语言的隐秘方面的”[3]。甚至认为“作者已死”，“认为写作实际上是个任性的，只是一种单纯的语言活动，一个否定性行为”[4]。虽然表述不同，思想方向也有所差异，但作家对作品的支配能力在降低，读者与作家间的地位差距在缩小，这是不争的事实。

在新世纪家庭叙事中，我们也能看到这样的变化，并且由于题材的原因，这样的变化显得更为明显。首先，我们已经在前面的章节讨论过家庭对个人日常生活的重要性，也讨论过家庭文学与现实主义的紧密关系。因此对作家而言，家庭是他写作经验与素材的首要来源之一。其次，读者对于虚构和现实，有一种矛盾

[1] 马原：《小说密码》，作家出版社，2009 年 10 月，P10。

[2] 马原：《小说密码》，作家出版社，2009 年 10 月，P10。

[3] 胡有清主编：《文艺学撷英——中外文论名著导读》，南京大学出版社，2007 年 8 月，P272。

[4] 同上，P273。

的态度，他们在人物和情节上可以接受虚构，但是在一些细节处，他们会强烈地要求作者追求真实。第三，对读者而言，这个领域他们也掌握着相当的话语权。在新千年之后，网络以爆炸的规模在中国发展起来，因此中国进入了一个几乎是全民创作的阶段，以博客、日志、公众号为代表的自媒体蓬勃兴起，而个人生活又是这种自媒体的主要题材。这使得他们会在阅读时偏爱家庭文学，并且将自己的阅读需求与自己的创作体验结合起来，他们需要相似的经历、迅速的共鸣，而对作品的深刻性与审美没有要求。综上而言，新世纪家庭文学是最杂糅了作家与读者的题材，也因为两者相互制约，作品本身反而呈现出一种更为朴实、更为世俗、更为客观的面貌。新文学发展以来的“启蒙”主题、语言实验、气氛营造，都几乎在此销声匿迹。以金宇澄《繁花》的创作过程为例，《繁花》以连载的方式在网络论坛上刊发，他认为“我是二十多年的小说编辑，有文学底线，只是我明白一般意义的小说家，也就一个讲故事的普通人，我需要读者”[1]，因此他会回应网上读者的留言，然而他也有自己的困惑，他用沪语写作，用最丰富的文字，却使用最简洁的标点以达到“可圈可点”的效果，然而读者却不能对作者的这一点苦心创意会心。他不禁发问：“《繁花》这样子，对于当下读者，当下的作者，是重要的吗？”[2]

“一个讲故事的普通人”，这一身份定义在新世纪家庭文学的作家中已经被广泛采用，而如何讲故事，更是作家们面对的首

[1] 金宇澄，《再说几句〈繁花〉》，《人民日报》2013年9月4日

[2] 同上。

要问题。我们可以看到，新世纪家庭文学的作品中，作者的身影更加隐蔽了，他们对待自己非常苛刻，不再以先知的视角俯视自己创造的角色，也不以自己的意志以隐含作者的身份去指导和窥探角色的行动及心理，而是将自己代入到角色中去。马原就认为，作家的指导会使人物的行为产生偏差："当一个对象被第三只眼跟踪记录，当他的生活时刻有第三只眼的影子，这时他也当然仍旧有自由选择的权利和能力，但这时候他的选择他的行为已经沾上了不真实，或多或少偏离了真实。"[1]这种写作方式并没有使角色的活动受限，相反，他们显得更加自由自在，作品也因此显得更加客观，同时因为受到人物性格的限制，作品的语言也会调整到较为克制和平实的状态。我们首先来谈一谈叙述视角的局限，在这里，作家与读者几乎是同构的，如果将他们摆在共时的情境下，作家并不会比读者知道的更多。亨利·詹姆斯认为这种有限视角让"小说家向戏剧又迈进一步，走到叙述者身后，将叙述者的头脑作为一种行动再现出来。"[2]比如葛亮的《阿霞》，作者是以第一人称叙事，因此故事是以"我"的视角展开。在小说里，我们可以时常看到"我"的心理活动："我心里又有了莫名其妙的感觉，很无助似的。这种感觉十分奇异，好像某些游戏规则被打破了，让我的双脚踩了个空。"[3]但对其他人物的内

[1] 马原：《小说密码》，作家出版社，2009 年 10 月，P63。

[2] 转引自申丹：《叙事、文体与潜文本——重读英美经典短篇小说》，北京大学出版社，2009 年 9 月。P82，原引自 Ibid. , p.251。

[3]《2008 中国小说学会排行榜》，二十一世纪出版社。2012 年 4 月，P77。以下引用此文处均出于此。

心世界，葛亮却保持着十分克制的态度，以外貌和行为描写为主，并不越俎代庖去分析他们。比如对安姐的温柔和善是这样表达的：“这种好的表现往往是拾遗补缺的形式，你制服穿得不整齐，她叫住你，给你理顺；你给客人擦桌子，匆忙了，擦得不干净，她就过去给你补上一把；你有事要找人代办，常常也第一个想到她。”而她因为怀孕要被辞退时，“安姐不说话，眼睛却红了”。显然作者是通过细腻的观察，总结出的每个人的个性特点，而这些人物形象是自在的，也是有留白的，他们的形象只展现与叙述者、与故事相关的那一面。弋舟的《所有路的尽头》也同样是第一人称叙事，“我”与邢志平只是因为生日相同而偶然相识的校友，因此对邢志平的一切，“我”都是听邢志平口述而来。在作品中有多次表述：“听说是跳楼了”[1]，“在我们其实并不多的交谈中，邢志平最多对我提及的，大多是他的童年”，“邢志平说，他永远记得自己孤身一人坐在车厢里，苦着脸，向车下的父母挥手作别的情景”等等，丝毫不逾越自己的认知范畴，更不会有别的隐含作者，超越叙述人来讲述邢志平的故事。“我”始终是一个听众，在老褚、尚可、丁瞳、尹彧的叙述中拼凑着邢志平的形象，揣测着他的死因，正与读者的所为一样。魏微的《流年》中，成年的“我”回忆着当年尚且年幼的“我”在微湖闸所看到的一切，在这种历时性的第一人称叙事中，魏微不仅恪守以“我”的目光去观察微湖闸的人和事，更在这种观察记

[1]《2014 中国小说学会排行榜》，二十一世纪出版社。2015 年 5 月，P175。以下引用此文均处于此。

忆中保持着自己作为小女孩的局限与禁忌，并在成年后的复述中表达出新的理解，这样双重视角的第一人称叙事，也仍然不带有作者的主观视角。在常常会出现上帝视角的第三人称叙事作品中，这种超越性的，先知性的视角似乎也消失了。在孙频的《不速之客》中，作者使用的是苏小军的视角，因此对女主角纪米萍，我们看到的也只是外表、行为和语言，苏小军对纪米萍是熟识的，他对纪米萍的个性是有把握的，是有预知的，而作者也因此将这种预知写出来，并以纪米萍的行为加以佐证。但我们不能把这种预知看作是上帝视角，相反，作者一直在提醒我们，这是苏小军的所思所想，而纪米萍之外的苏小军我们是不了解的，因为他不是一个好人，他不想让读者知道，我们就不会知道。直到小说的最后，他的故事与纪米萍终于并轨，他需要一场重伤来完成纪米萍对他的救赎时，我们才看到他的职业，他的生活，他黑暗的一切。

当然，视角局限到极限，便是由作家“扮演”作品中的每一个人物。不仅是叙事人或主要人物，而是作品中出现的每一个人物，都要有自己的行事逻辑。作家东西在创作谈中说：“从来都是我在对小说中的人物颐指气使，很粗暴地赋予他们性格、行动和语言，随意地更改他们的脾气和爱情，……但是慢慢地我发现自己错了，……于是我学会了对人物的尊重。低眉顺眼地揣摩人物的内心，也不时地在揣摩自己。”[1]而评论家金汉也这样评价他的创作：“这种将叙述完全内化为人物心理和行为的写法是很

[1]《2002中国小说学会排行榜》，二十一世纪出版社，2012年4月，P488。

现代的，也是很困难的，有时，对作者来说甚至是很残酷的。作者必须像一个性格演员那样，全身心地使自己变成作品中的人物。”[1]因此在他的作品《猜到尽头》中，招玉婷对丈夫无休无止的猜疑正是因为她通过多年的共同生活已经培养出了对丈夫行为的基本直觉，因此无论丈夫做出怎样的回应，她都会从中发现破绽。而丈夫和妹妹招玉立在招玉婷的视角下处于暗处，但东西并没有因此而将他们置于观察对象的地位，而是同样赋予了他们能动性，这种能动性是处在小说的隐蔽角落中的，丈夫的极力掩饰，妹妹的阳奉阴违，都有他们自己行事的逻辑，才能让招玉婷一直处在怀疑中，却始终找不到确凿的证据。在盛可以的《白草地》中，武仲冬作为叙述人，徘徊在玛雅和妻子蓝图之间，我们从字里行间能够看出他的自信，他爱玛雅，他觉得玛雅对他也是满腔爱意，但他知道他不会娶玛雅。他不爱蓝图，但却怜悯蓝图，怜悯她害怕失去老公的样子。然而就像《猜到尽头》中那样，玛雅与蓝图都有着各自的能动性，她们在武仲冬毫无知觉的情况下发现了彼此，并且蓝图正在持续给武仲冬服用雌激素。武仲冬的震惊是非常自然的，因为他完全被蒙在鼓里，而作为读者的我们也同样被蒙在鼓里，并且直到最后，也无法肯定到底发生了什么，真的是蓝图每天给武仲冬的水里下了药吗？玛雅真的是蓝图淘宝店里的买家吗？蓝图又真的知道玛雅就是丈夫的情人吗？在局限性的视角里，在全代入的人物里，作者是没有办法给我们这些答案的。葛亮的《不见》也同样表达了这种由于全知作

[1]《2002中国小说学会排行榜》，二十一世纪出版社，2012年4月，P488。

者的消失而产生的震惊效果。杜雨洁和聂传庆好像是偶然相遇，又好像是偶然恋爱，而副市长的年轻脸庞，失踪女孩儿安静而并不美丽的脸庞穿插在这种平平无奇的大龄恋爱故事中竟然也不突兀，只是杜雨洁偶然回头在电视上看到的，与母亲和同事聊到的都市传奇而已。然而最终绑架女孩的正是聂传庆，他与杜雨洁的相识是一个局，最终是为了让她给女孩陪葬。小说的最后写道：

> 她动弹不得。男人爬过来，用一只注射器，扎进了她的静脉。
>
> 迷离中，她听见男人以十分温存的口吻，对女孩说，这下你满意了？
>
> 是的，她再次看到了那个黑洞，在光晕中浮现出来，扩张，渐渐靠近。黑洞触碰了她一下，这回没有再躲开，而是无穷尽地，将她深深包裹进去了。[1]

我们没有确凿地看见杜雨洁的结局，而我们对聂传庆与女孩的合谋和杜雨洁一样知之甚少。女孩这么多天是如何与聂传庆共同生活的？为什么要杜雨洁陪她一起死？聂传庆又是如何选定杜雨洁的？又是如何能引诱着她来到这间出租屋的？这种对过程的无知和对答案的残缺，恰恰是与读者的生活同构的。我们对自己之外的人无法揣测，即使是每日生活在一起的家庭成员，对方的一举一动我们似乎都了如指掌，也无法确定对方是不是还有什么秘密。家庭是最敞开的地方，而又是最隐秘的地方，作家将自己隐匿，再

[1]《2015中国小说学会排行榜》，二十一世纪出版社，2016年5月，P131。

借由人物形象敞开，而将窥伺的位置让给读者，正是新世纪家庭文学在叙事视角上的新突破，也是作者—读者关系的新转折。

俗话说家家有本难念的经，家庭正是最难讲道理的地方，常常是公说公有理，婆说婆有理。在新世纪家庭文学的叙事态度上，我们也常常看到这种为难之处。正因为作家将自己完全放置进了他所创作的家庭环境中，便更能体会到每个人物都有他自己生存的难处。在前面的章节中我们也已经谈到，在相对和平的社会环境下，作家对宏大叙事往往是无能为力的，因为所有人都在为自己的生存忙碌，暂时没有构建共同体，或是追求共同目标的需求。而家庭作为生存的基本环境，也必将充斥着各种剪不断理还乱的鸡零狗碎。因此在新世纪家庭文学中，我们常常可以看到作家中立的、“零度”的叙事态度，这仿佛是从二十世纪九十年代末期的新写实主义一贯而来：

> 可以说这些作品都致力于描绘生活中凡俗性的一面，将一切宏大崇高的思想观念都排除出去，从而再现出这些作家所认为的生活原生样态，也就是所谓的“纯态事实”。就这种凡俗性本身的描写而言，无疑有着开拓性的意义，它至少打开了一个关注当代现实生存状况的新的写作空间。……相对于传统的现实主义，这种叙事方式在主体性方面显得比较冷漠暗淡，即所谓“消解激情”的写作，也就是评论界所归纳的，新写实小说取消了作家的情感介入，以一种“零度情感”来反映现实。它主要表现为叙述者的功能弱化倾向，即新写实小说的叙述者往往是比较单纯的旁观者，他不像传统

小说的叙述者那样能随意进入到被叙述人物的心理中去做洋洋洒洒的分析，也不会经常进行深入的自我阐释，即便偶尔发表几句意见，多半还是采用自由间接语体的形式，将其含混在人物意识之中，并不显示出明确的判断倾向。[1]

但如果仔细阅读，就会发现其中又有新的突破，二十世纪九十年代的“零度叙事”中，作者只是客观地描述日常生活中所发生的一切，不带有自己的价值判断，因而整部作品不论情节如何发展，整体还是带有一种平和的调子。但新世纪家庭文学中的作者在面对这种价值冲突、道德冲突的题材时，已经不是单纯的中立，而是“不在”，将自己的主体性取消，将战场留给作品中的人物，而作品的叙事氛围会随着人物与情节的变化而变化，时而疯狂，时而冷静，时而喜悦，时而悲伤。而这一切都是自由发生的。方方作为“新写实主义”的代表人物，虽然她并不认为自己是“零度叙事”，但事实上，她的《奔跑的火光》正是我们这里所说的，取消了作者态度的“零度叙事”。英芝在与贵清恋爱时，他们的浓情蜜意并没有掺杂一点点悲剧的意味，显露出一幅天真可爱的小儿女姿态：

英芝又笑了起来，声音格格格的十分清脆。英芝说：“那你肯定就是个王八乖乖儿。”

贵清被英芝的笑声撩得耳朵发烧，他忍不住摸摸自己的

[1] P308-309，陈思和主编：《中国当代文学史教程》，复旦大学出版社，1999年9月。

耳朵，然后也笑了，说：“你吃过饭没有？”[1]

然而在婚后的相处中，他们的仇恨也是扎实的，特别是在贵清终于打了英芝之后：

> 贵清洗完脸，打了一个长长的呵欠，示意英芝把水拿出去倒掉。然后往床上一躺，说：“非要这样调教你，你才老实。”
>
> 英芝没搭腔，心里却骂道：“放你妈的屁！”[2]

在这里，我们看到英芝与贵清的婚姻是怎样一步步走向悲剧的结局，而作者从未偏袒英芝或是贵清，又或是贵清的父母、英芝的父母。方方连用词都是完全中立的，在描写英芝与婆婆的争吵时，婆婆是“恶”，英芝也是“恶”。在她的笔下，贵清是没用的，然而他也有他的血性；英芝是坚强的，然而她也有她的狡猾。每个人物都是不完满的，然而面对生活时，都是同样的痛苦和无奈。这样的叙事方式在新世纪家庭叙事中比比皆是，滕肖澜《美丽的日子》里也没有作者居高临下的批判和悲悯，她只是将卫老太、卫兴国与姚虹的日常生活铺陈在作品中，带着鸡毛蒜皮的烟火气息，比如在描写姚虹与卫兴国的调情时：“姚虹鼻里出气，哼道：‘老公？算了吧，我可高攀不上。’卫兴国道：‘不是你老公，难道是别人老公？’姚虹道：‘早早晚晚的事。’卫兴国讪笑着，又去搭她的肩膀。她皱眉，往旁边躲。他又去

[1]《2001中国小说学会排行榜》，二十一世纪出版社，2012年4月，P130。

[2]《2001中国小说学会排行榜》，二十一世纪出版社，2012年4月，P130。

搭。来来回回好几趟，卫兴国说她，‘怎么跟泥鳅似的，滑不溜手——’”[1]这种调情是没有技巧的，是家常的，也是属于生活的原生态的，仿佛作家没有经过自己的加工，便将它们一字不落从生活里照搬上来一般。因此，小说中的人物便显得接地气，因而相互体谅，不轻易批判对方，只因为彼此都了解对方的难处。王蒙的《奇葩奇葩处处哀》中的沈老对带着各种目的与他相亲的女性也表达出更多宽容，但当她们得寸进尺时，他也会毫不犹豫地让她们离开。更多的时候，作家们只是将所有情节铺陈在我们面前，连抒情都不再有，比如肖江虹的《悬棺》，从燕子飞走，到悬崖被淹没，都是紧锣密鼓的叙事，容不下长篇大论的抒情；葛水平的《连翘》，寻红家的事一桩接一桩，母亲死了，弟弟残了，相思的对象不省人事，自己做保姆的主家又被“双规”，这哪里还有让人喘息的机会；李约热的《一团金子》中所有人都被伤害案和欠款逼到走投无路的窘境，唯有放下哀叹去卖命干活才有生的可能……也许新世纪家庭文学重新采用“零度叙事”，一方面是出于一种小说技巧的尝试，但另一方面，是当代家庭生活的一种形式表达，没有抒情的空间，没有感叹的机会，甚至没有相互怨怼的余地，只有相互拉扯着、跌跌撞撞而又永不停息地挣扎，才能在充满不确定的命运中为自己挣得一点希望。

无论是“零度叙事”，还是限制视角，又或是前两章所讨论的“轻”小说与人物的扁平化，这是新世纪以来的网络时代给家庭写作带来的新变化，当所有的家事都可以轻而易举地被表达、

[1]《2010中国小说学会排行榜》，二十一世纪出版社，2011年5月，P472。

被揭秘、被放大、被公开，家庭的真实也许就在这喧嚣的声音中被统一，被遮蔽，甚至将不能肯定什么是真实，什么是虚构，什么是表达，什么是表演。在这众生喧闹的世界里，作家还能有什么作为呢？可能新世纪家庭文学的这种朴实、客观、零碎的表达，正是对那些无比嘈杂，却又矫揉造作的声音的拨乱反正。家庭生活便是家长里短，便是一地鸡毛，便是无处评是非，便是短暂的、碎片化的相处，却又长久地影响着人心。所以我们可能不需要任何技巧，也不需要任何同情和怜悯，不需要洞察和评判，只要将这一切记录下来，便是在与所有人“分享艰难”，体会并珍惜着我们前无古人、后无来者的特殊时代的家庭故事。

结语
对家庭叙事研究的几点思考

本文到此告一个段落，应该说一切都是按照预想来进行的。在我看来，大体上对涉及到新世纪以来家庭文学，主要是小说的一些核心要素做了大致的考察。作为反映当下家庭生活的文学，至少从内容上来说，它不可能脱离现行的家庭状况，而从外观上说，目前中国社会的家庭生活依然保持着传统的惯性。所以，诸如婚姻、爱情、性、生殖、代际，直至宗族，都依然是现在家庭生活的重要元素，而这些又或松或紧地与族群、与家国联系在一起。所以不一定去详细地描述这些元素的存在形式和现实状况，而是有选择地对其发生的变化和产生的新质予以描述和分析，这样大体就可以勾勒出新世纪家庭文学的面貌以及它与当下社会的家庭生活的密切联系。

如果说在论题选择的时候，我还对它的价值不是太有信心的话，那么随着研究的深入和论文的展开，我现在越来越认识到这一论题的重要性。而且这一重要性几乎是与生俱来的。因为本文虽然所涉及的只是新世纪以来的家庭文学，但是它不可能不涉及到家庭文学的传统。只要对这一传统稍加留意，就可以发现，对家庭的书写，构成了几乎是全人类文学的一个重要母题。在中国，基本上是从诗经时代就开始了家庭叙事，在先秦和两汉的史传文学中，不管采用的是编年体，还是纪传体，家庭都是主要的叙事单元。到了魏晋南北朝，我们所熟悉的民歌也罢，古诗也罢，比如在《古诗十九首》中，家庭也是它的核心元素。这就要说到中国的诗歌传统了，一般来说，我们总认为中国的诗歌是抒情的，其实，从《楚辞》开始一直到明清，叙事都是中国诗歌的重要表达方式，更不要说事实上就存在着大量的史诗和叙事诗。即就以抒情而言，家也是抒情的核心意象。思乡诗、田园诗、隐逸诗、边塞诗，这些抒情诗当中的中心结构，都是围绕着家与家族来结构的。至于到了元明清时代，随着叙事文学的勃兴，无论是在戏剧戏曲还是小说，家庭叙事占据了重要的份额。夸张一点，可以说是无家不成文。这里有两点值得深究：第一，在传统社会生活当中，家庭具有无可取代的根本地位。在社会结构链上，除了个体，家庭处在绝对的上游，有家庭才有宗族，才有村落，才有民族与国家，所以在传统的社会结构思维当中，家与国是具有同构关系的，因此在家庭当中，几乎包含着传统社会所有的秘密。家庭成员之间的看似简单的关系，却可以成为整个社会关系的象征。至少在中国思想史当中，家庭及其成员间的关系，一直是进行思想建构的必要素材，这从中国早期思想史发轫之初的孔孟学说中就可以找到佐证。这样的状况几乎遍布了中国古代的整个人文科学。在这样的背景之下，文学当然不能例外，所以尽管文学曾经被赋予经国之大业、不朽之盛事的崇高使命，但是他们的眼光却常常围绕着家这样一个社会的基本单位。第二，文学之所以对家庭投入这么大的精力，不仅仅是因为家庭在社会经纬当中是一个关键性的节点，通过这个节点可以交通到社会的方方面面，更因为在这样一个过程当中，家庭的组织形式、成员关系、行为轨迹及情感氛围被慢慢地抽象、成型、固化为文学的审美模式，细细推究过去，中国古代文学的许多审美方式，其源头都可以上溯到家庭这样一个微小而神秘的存在。诸如情节的设计、氛围的营造、性格的刻画以及叙述与描写的诸多程式，无不首先存在于家庭的日常生活当中。所以，每一个社会的重大转型，都可以通过家庭的变化来见出，家庭也因此成为社会的晴雨表和微型样本，也因为如此，文学在反映社会变革的时候，也常常祭出因微知著、以小见大的不二法宝。以家庭为解剖的对象，以见出社会的内部复杂。远的不说，至少从明中期以后，中国社会的每一次重大变化，都可以通过一些具有代表性的文学作品来说明，比如《牡丹亭》《三言二拍》《红楼梦》。当然最典型的就是五四时期的文学，从五四一直到现在，并不是像五四这样重大的社会变革，就是这百年间更为具体、划分更细的社会变迁，也都可以找到对位的文学作品。比如解放区文学，土改文学，十七年文学等等，说到新时期，改革开放与思想解放，也都伴随着一批与其同气相求的家庭文学，甚至可以反过来说，一大批家庭文学成为了思想解放的萍末之风。如《伤痕》《于无声处》《丹心谱》《故土》《晚霞消失的时候》等等。而这些作品所显示出来的观念、体式、风格等等，也都各具特色，显示出文学思潮与文学形式的历时性变化。可以说，以家庭为枢纽，社会与文学就是如此构成了极为紧密的互动关系，社会借家庭在文学当中表达自身，而文学也在这种表达当中或渐进或涅槃，不断创新形式，丰富自己。甚至可以这样说，文学的社会史可以简化为家庭文学史，而文学形式的演变史，也在这一专题史当中得到说明。回顾自己选择这个论题的初心，或许就是因为这两方面的动因，因为所选择的讨论对象涉及的就是这一二十年的中国社会生活史。这些年中国社会的变迁，特别是家庭生活的变迁，一直是很热的“中国故事”，自己身处其中，确实感触很深。这样的感触既是感性的，又是理性的，既是自身的，又是社会的和国家的。有些已经超出了学科的界限，但是我们确实应该知道，社会行为、国家意志直到制度设计，包括政治的、经济的、法律的，许多都是围绕着家庭的变迁而变迁，再返身进入文学，进入这个时期的家庭文学，从历时性的变化当中，你就会分明地感觉到，它确实是这个社会，包括家庭的见证、记录与反思。甚至可以这样说，不是那些以重大历史事件为题材的宏大叙事，而是回归日常生活的家庭叙事，更能够规避一些旗号与主张的绑架，从而以在场的方式为历史留下真实的检材。而许多对新世纪文学思潮、观念、价值取向直到形式与语言变化的种种讨论，如果要追本溯源、刨根究底，都可能要回溯到家庭的种种变化，如前所述，文学的变化不过是社会包括家庭变化的晶化成型。

如此看来，这是一个开放性的论题，至少从时间的维度上，提取不同的家庭文学作为切片，都可以得出不同的理论数据，即就本文目前的结果而言，也是可以进行延伸和深入的。在写作的过程中，我觉得起码有三个方面，具有相当大的诱惑。一是关于课题本身的，这是一个社会学与文学相结合的论题，所以在研究的时候，常常会摇摆在这两个学科之间。应该说，即使以家庭文学作为同一个研究对象，它也可以开发出社会学与文学这两个研究方向。有时思考的过程就是一个试错的过程，而在这试错当中又会发现许多饶有兴味的东西。当你以相对成型的社会学的家庭理论为视角的时候，你会发现，即使将所有的家庭文学加在一起，也不可能为自成体系的家庭理论提供论据。社会学研究家庭与文学叙述家庭，看上去是一样，但其实差别很大。这大概是许多家庭文学研究论者都曾经有过的体验，甚至不排除许多家庭文学研究在这方面踩过雷区，有过教训，尤其当他们试图构建家庭文学理论体系的时候。所以，正确的方式应该是从文学出发，从文学事实出发，从已有的家庭文学作品出发，而不应该迁就文学以外的社会学家庭理论体系。这本身就是一个可以研究的领域，为什么有些在家庭社会学理论框架当中至为重要的关键，比如法律关系、经济关系等等在文学中却描写甚少，而文学中大书特书的如爱情与性等等，在社会学的家庭理论当中却远不是重点，或者被置于社会学的另外篇章。如果忽略学科间的差异，去考察社会学因素在家庭文学当中的此消彼长，有无差别，就更有兴味。它恰恰突破了理论的求全与制约，而与现实保持着同频共振，这也就是本文选择了目前的叙述框架的原因所在。

家庭的变迁有不同的参照系，既有时间线性的参照系，又有空间的参照系，历时性的参照既可以构成专题，但在实际操作当中也可以化整为零，而且这第二种方式也更为常见，并且事半功倍。因为在探讨某一个时段的家庭文学的特征时，与此前的不同时段进行比较是不证自明的。唯其如此，也才能够见出所论对象的特征与性状。但是，平行的空间的比较时常被忽略，而且很难做到，本文的设限是新世纪华语家庭文学，这实际上是有意无意规避了平行比较的难度，但这也给本文的写作带来了限制，当然也可以说，这也为以后的研究预留下相对独立的空间。前面已经提过，家庭叙事几乎是全人类文学的重要组成部分，当我们在回顾中国文学从《楚辞》《诗经》所开启的家庭叙事的伟大传统的时候，其实另一个声部几乎在同时诉说着，自从古希腊悲剧以来直至后现代主义，家庭叙事在西方文学当中也一直是一个强大的传统，而这样的判断似乎也适用于其他文明的文学传统。但是，如果对它们进行仔细的研究，却不可能得出与中国家庭文学叙事几乎同样的结论，即就在目前这样同一个时间维度，在世界不同的文明体之间，家庭依然有着不同的形态，而围绕着这些不同的形态，所建立起来的是为之服务的不同的法律、政治、经济制度，以及在这些家庭生活基础上所形成的生活方式、风俗习惯、人伦关系与心理情感。那么就很难设想，在这些基础之上，所生成的文学会是同一种形态。社会的基本单位是家庭，而家庭却又是不同的形态，这便是不同文明间家庭的同异状态，因为其同，才有比较的前提，因为异，才有比较的价值。所以本文虽然涉及到了海外华文写作，但是在研究的时候，实际上是将这一部分写作纳入到中国当代文学大陆板块之中的。而事实上，虽为海外华文写作，但他们的目标写作与核心价值都依然统摄在大陆写作的传统与现实之中。因此一方面这固然可以见出华文写作在家庭叙事当中的统一性，但是从对论题研究的有效性来讲，如果能够将华文写作置于世界写作当中，将它与多种文明体当中的家庭文学进行对比，或许更能凸显它的差异性。这样的考虑现在已经变得越来越必要，甚至不是为了求其异，而是不得不见其同。因为中国自改革开放之后，已经逐渐与世界的总体进程相合拍，人们的生活方式包括家庭的生活方式，细到对身体的管理，居家的饮食，疾病的疗治，都与当今的文明越来越趋同。这样，即使在讨论同一性的时候，也会显示出地方性知识在世界话语当中的变迁，从而使得区域性研究的结论变得更具价值。

本文的第五章在全文的整体结构当中似乎显得有些游离，但是它与文学的相关性最为亲密。虽然在研究时难度很大，但是它却是这一课题必须要得出的成果。所有的家庭文学研究，最终的目标应该都落实到文学，否则它就成了社会学的附庸。当然对这个说法不能绝对化，因为在以家庭作为文学叙事的对象的时候，我们只要讨论到它的内容，就很难厘清两者的区别，因此如果要追问这一类叙事在文学上的结论，最艰难，但同时也是无可回避的方式就是讨论你所选取的某一时期的家庭文学究竟在文学形式上有何特征，又为文学提供了怎样新的形式。这样的研究必然是建立在比较的前提之下的，而一旦进行比较，就不仅仅是如本文所提出来的某些新的性状，它同时应该看到，另外一些文学形式的日渐稀薄甚至于退隐和消失。例子俯仰皆是，比如我们讨论了叙事结构由繁复到简单的变化，如果进一步追问，那就是繁复的叙事结构现在已不多见，而这一结论还可以进一步细化，那就是处理复杂的血缘亲属关系，这样一种故事形式同时也可以说是文学手法，在现在的文学作品当中已渐渐消失了。可以对比一下《红楼梦》与当代小说，也可以对比一下五四时期的作品与当下的叙事文学，甚至十七年的家庭文学与现今的家庭文学在这方面都已经存在着巨大的差别。这种差别当然已见于我们所说的宗族、血缘与代际当中，更存在于每一代的横向关系当中，简单地说，仅从称谓上来讲，现如今的作品比起几十年之前就大为简单，而这种简单背后，就是复杂的人际关系处理、安排，这实在是一个需要作家驾驭的技巧。像读过几遍依然不能自信地说出《红楼梦》中人物关系的情况，现在再也见不到了。再如家庭的环境描写，我们现在已经很难看到，像传统家庭叙事当中对于家的环境描写了。在传统的家庭文学当中，或从里到外，或从外到里，家庭的环境会被层层打开，从居住的自然环境，山川、河流，到动植物，再到家庭内部的空间布局，从大门直到小姐的闺房。大到气候，小到家中的某一样杂物，作家都会投入大量的笔墨。而在现如今的家庭文学当中，这些不能说是付之阙如，但是已经变得模糊不清，或者只是一些概念，如果夸张地说，除了一个地理称谓之外，我们不知道现在的家居于何处。如果不是因为人物动作所及，我们也可以说，现在的家空无一物。如果这样细数下去的话，如今的家庭文学相对于传统的家庭文学，失去的文学手法确实不是一种两种，之所以如此，又不仅仅是审美风尚的变迁，更是家庭的变迁在文学上的投射。当一个社会由于某一生育政策的变化而导致了血缘关系的大规模收缩与削减之后，文学就无法也无必要再去处理繁复的亲属与人伦关系，这当然会导致整个家庭小说的简单化，而小说家们也无需去学习如何安排作品当中的复杂的人物关系，甚至不需要设置过多的人物。在传统小说当中，对家庭环境的描写，也是长期的审美积累的结果，如果一个家庭的物质存在都在钢筋混凝土当中变得毫无个性地雷同时，对它的环境描写也就变得多余，而深入到家庭的内部，由于城市化的进程，家庭都处在不断的迁移与变更之中，居所以及家庭当中的物件很难与人建立起长久的感情。作为人物性格、情感的投射的物件的描写，也同样失去了必要。另外，家庭当中的物件大多为人物的工具，传统家庭生活中的物件作为工具，已经过了无数代的使用与描写，从而形成了与之相应的艺术表现手法，但是现如今的工具，却因为更新换代甚至某一些工具出现不久便在人们的生活中消失，家庭文学还未能形成对其进行艺术表现的手法。更为有趣的是，现如今家庭环境当中一些重要的物件如手机、电视、冰箱等，几乎都不可想象对它们进行描写。譬如手机这一移动终端，现在人们已经须臾不可离开，但是在现有的家庭文学当中，却鲜有对其进行描写的，所有的这些都是应该进行深入探讨的。

这些也都说明了这一课题的开放性，也就在本文的写作过程当中，国家的生育政策又发生了很大变化。独生子女政策被终结，生二胎得到了鼓励，可以想象，在未来几年之内，“二胎文学”必将出现在家庭文学的家族当中，而这一文学极有可能对本文的许多结论进行挑战。当然根本上，它将对本文讨论的许多家庭文学及描写方式构成反驳。所以虽然预见到课题的开放性，以及本文结论的有限性，但却从另外一个方面证明任何时段的家庭文学研究都必须忠实于现实的家庭文学现状。也只有针对真实的家庭文学现象的研究，才能得出可信的结论。而从总体上来讲，不断变化着的家庭文学与不同结论的家庭文学研究，共同构成了家庭文学的历史进程，这也是我满足于本文的研究，同时也将在条件许可下继续进行研究的前提与信心。

参考文献

著作类：

社会学类：

陈东原：《中国妇女生活史》，商务印书馆，2015年7月。

陈　功：《家庭革命》，中国社会科学出版社，2000年1月。

陈顾远：《中国婚姻史》，商务印书馆，2015年7月。

陈胜利、魏津生、林晓红主编：《中国计划生育与家庭发展变化》，人民出版社，2002年12月。

戴　伟：《中国婚姻性爱史稿》，东方出版社，1992年11月。

邓志伟、徐　榕：《家庭社会学》，中国社会科学出版社，2001年1月。

费孝通：《乡土中国 生育制度 乡土重建》，商务印书馆，2011年12月。

康少邦、张　宁等编译：《城市社会学》，浙江人民出版社，1986年4月。

李桂梅：《中西家庭伦理比较研究》，湖南大学出版社，2009年1月。

李银河：《中国女性的感情与性》，内蒙古大学出版社，2009年10月。

李泽厚：《伦理学纲要》，人民日报出版社，2010年1月。

刘　梦：《中国婚姻暴力》，商务印书馆，2003年11月。

梁巧娜：《性别意识与女性形象》，中央民族大学出版社，2004年8月。

梁青岭：《现代婚姻社会学》，社会科学文献出版社，2009年10月。

梁漱溟：《中国文化要义》，上海人民出版社，2005年5月。

刘　英、薛素珍主编：《中国婚姻家庭研究》，社会科学文献出版社，1987年10月。

刘智峰主编：《道德中国：当代中国道德伦理的深重忧思》，中国社会科学出版社，2001年4月。

陆益龙：《农民中国——后乡土社会与新农村建设研究》，中国人民大学出版社，2010年1月。

吕　青、赵向红：《家庭政策》，社会科学文献出版社，2012年12月。

潘允康：《社会变迁中的家庭：家庭社会学》，天津社会科学院出版社，2002年6月。

秦红增：《乡土变迁与重塑——文化农民与民族地区和谐乡村建设研究》，商务印书馆，2012年6月。

陶孟和、梁宇皋：《中国的乡村与城镇生活》，商务印书馆，2015年12月。

陶希圣：《中国社会之史的分析（外一种：婚姻与家族）》，商务印书馆，2015年12月。

王恒生主编：《家庭伦理道德》，中国财政经济出版社，2001年8月。

王树新主编：《社会变革与代际关系研究》，首都经济贸易大学出版社，2004年6月。

翁芝光：《中国家庭伦理与国民性》，云南人民出版社，2002年5月。

乌丙安：《中国民间信仰》，上海人民出版社，1996年12月。

吴　飞：《自杀作为中国问题》，生活·读书·新知三联书店，2014年8月。

肖群忠：《孝与中国文化》，人民出版社，2001年1月。

徐扬杰：《中国家族制度史》，武汉大学出版社，2012年2月。

阎云翔著，陆洋等译：《中国社会的个体化》，上海译文出版社，2016年2月。

阎云翔著，龚小夏译：《私人生活的变革——一个中国村庄里的爱情、家庭与亲密关系》，上海世纪出版股份有限公司，2017年2月。

杨开道：《中国乡约制度》，商务印书馆，2015年12月。

岳庆平：《家庭变迁》，民主与建设出版社，1997年9月。

岳庆平：《中国的家与国》，吉林文史出版社，1990年6月。

张祥龙：《家与孝：从中西间视野看》，生活·读书·新知三联书店，2017年1月。

赵　园：《家人父子》，北京大学出版社，2015年7月。

[澳]菲利普·佩迪特著，应奇、王华平、张曦译：《人同此心：论心理、社会与政治》，吉林出版集团有限责任公司，2010年8月。

[奥]迈克尔·米特罗尔、雷因哈德·西德尔著，赵世玲、赵世瑜、周尚意译：《欧洲家庭史——中世纪至今的父权制到伙伴关

系》，华夏出版社，1987年10月。

[德]哈拉尔德·韦尔策编，季斌、王立君、白希堃译：《社会记忆：历史、回忆、传承》，北京大学出版社，2007年5月。

[德]乌尔里希·贝克、伊丽莎白·贝克-格恩塞姆著，樊荣译：《全球热恋：全球化时代的爱情与家庭》，北京大学出版社，2014年7月。

[德]亚历山德拉·茹科夫斯基著，董璐译：《家庭中世代间的照顾：关于过去和将来的老人》，黑龙江教育出版社，2015年1月。

[法]安德烈·比尔基埃等主编，袁树仁等译：《家庭史》（第3卷：现代化的冲击），生活·读书·新知三联书店，1988年5月。

[法]菲力浦·阿利埃斯著，沈坚、朱晓罕译：《儿童的世纪：旧制度下的儿童和家庭生活》，北京大学出版社，2013年4月。

[法]勒内·弗里德曼、雅克·热利、亨利·阿朗特、卡里娜·卢·马提依著，彭玉姣译：《最美的生育史》，上海书店出版社，2016年8月。

[法]西蒙娜·德·波伏娃著，晓宜、张亚莉译：《女性的秘密》，中国国际广播出版社，1988 年7月。

[法]西蒙娜·德·波伏娃著，郑克鲁译：《第二性》，上海译文出版社，2011年9月。

[美]加里·斯坦利·贝克尔著，王献生、王宇译：《家庭论》，商务印书馆，2005年4月。

[美]李丹著，张天虹、张洪云、张胜波译：《理解农民中国：社会科学哲学的案例研究》，江苏人民出版社，2009年5月。

[美]佩吉·麦克拉肯主编，艾晓明、柯倩婷副主编：《女权主义理

论读本》，广西师范大学出版社，2007年1月。

[日]滋贺秀三著，张建国、李力译：《中国家族法原理》，商务印书馆，2013年5月。

[瑞典]奥维·洛夫格伦、乔纳森·弗雷克曼著，赵丙祥、罗杨译：《美好生活：中产阶级的生活史》，北京大学出版社，2011年1月。

[英]阿兰·德波顿著，陈广兴、南治国译：《身份的焦虑》，上海译文出版社，2009年4月。

[英]安东尼·吉登斯著，陈永国，汪民安译：《亲密关系的变革——现代社会中的性、爱和爱欲》，社会科学文献出版社，2001年2月。

[英]C·D·布劳德著，田永胜译：《五种伦理学理论》，中国社会科学出版社，2002年12月。

[英]雷蒙·威廉斯著，高晓玲译：《文化与社会：1780-1950》，吉林出版集团有限责任公司，2011年8月。

[英]保罗·威利斯著，秘舒、凌旻华译：《学做工：工人阶级子弟为何继承父业》，译林出版社，2013年2月。

[英]乔治·马格纳斯著，余方译：《人口老龄化时代——人口正在如何改变全球经济和我们的世界》，经济科学出版社，2012年8月。

哲学、文艺学、文学理论类：

陈千里：《因性而别——中国现代文学家庭书写新论》，南开大学出版社，2013年10月。

陈思和主编：《中国当代文学史教程》，复旦大学出版社，1999年9月。

丁帆等著：《中国乡土小说史》，北京大学出版社，2007年1月。

丁帆主编：《中国新文学史（上、下）》，高等教育出版社，2013年4月。

葛兆光：《中国思想史》，复旦大学出版社，2001年12月。

何西来：《新时期的文学与道德》，山东教育出版社，1999年3月。

洪子诚：《作家的姿态与自我意识》，陕西人民出版社，1991年6月。

洪子诚、孟繁华：《当代文学关键词》，广西师范大学出版社，2002年2月。

洪子诚：《问题与方法》，生活·读书·新知三联书店，2002年8月。

胡士莹：《话本小说概论（上、下）》，商务印书馆，2012年4月。

胡有清：《文艺学论纲》，南京大学出版社，2006年12月。

胡有清主编：《文艺学撷英——中外文论名著导读》，南京大学出版社，2007年8月。

李　军：《“家”的寓言：当代文艺的身份与性别》，作家出版社，1996年9月。

李　杨：《抗争宿命之路：“社会主义现实主义”（1942-1976）研究》，时代文艺出版社，1993年6月。

刘志荣：《潜在写作：1949-1976》，复旦大学出版社，2007年

4月。

陆　扬：《日常生活审美化批判》，复旦大学出版社，2012年1月。

孟繁华：《梦幻与宿命：中国当代文学的精神历程》，广东人民出版社，1999年9月。

孟　悦、戴锦华：《浮出历史地表：现代妇女文学研究》，中国人民大学出版社，2004年7月。

马　原：《小说密码》，作家出版社，2009年10月。

钱理群、温儒敏、吴福辉著：《中国现代文学三十年》（增订本），北京大学出版社，1998年7月。

乔　山：《文学·人性·伦理》，漓江出版社，1991年3月。

乔　山：《文艺伦理学初探》，高等教育出版社，1997年9月。

任一鸣：《抗争与超越——中国女性文学与美学衍论》，九州出版社，2004年10月。

申　丹：《叙事、文体与潜文本——重读英美经典短篇小说》，北京大学出版社，2009年9月。

唐小兵编：《再解读：大众文艺与意识形态》，北京大学出版社，2007年5月。

王德威：《想象中国的方法：历史·小说·叙事》，生活·读书·新知三联书店，1998年9月。

王鸿生：《叙事与中国经验》，同济大学出版社，2007年6月。

王晓明主编：《电视剧与当代文化》，生活·读书·新知三联书店，2014年10月。

汪　政、晓　华：《新时期小说艺术漫论》，中国言实出版社，2017年4月。

吴　俊：《文学流年：从八十年代到九十年代》，广州出版社，2000年1月。

吴　宁：《日常生活批判——列斐伏尔哲学思想研究》，人民出版社，2007年6月。

谢　冕、洪子诚主编：《中国当代文学史料选(1948-1975)》，北京大学出版社，1995年。

杨　劼：《普通小说学》，江苏文艺出版社，2011年10月。

杨匡汉、孟繁华主编：《共和国文学50年》，中国社会科学出版社，1999年8月。

杨　义：《中国叙事学》，人民出版社，2009年5月。

叶　君：《乡土·农村·家园·荒野——论中国当代作家的乡村想象》，中国社会科学出版社，2007年5月。

禹建湘：《乡土想像——现代性与文学表意的焦虑》，湖南人民出版社，2008年8月。

张光芒编：《赵本夫研究资料》，人民文学出版社，2016年10月。

张京媛主编：《当代女性主义文学的批评》，北京大学出版社，1992年1月。

张　永：《民俗学与中国现代乡土小说》，上海三联书店，2010年1月。

章培恒、骆玉明主编：《中国文学史新著（上、中、下）》，上海文艺出版总社、复旦大学出版社，2007年9月。

朱德发、张清华、谭贻楚：《爱河溯舟——中国情爱文学史论》，天津教育出版社，1991年3月。

朱刚编著：《二十世纪西方文论》，北京大学出版社，2006年8月。

朱寨主编：《中国当代文学思潮史》，人民文学出版社，1987年5月。

[德]赫尔曼·鲍辛格等著，吴秀杰译：《日常生活的启蒙者》，广西师范大学出版社，2014年5月。

[德]瑙曼等著，范大灿编：《作品、文学史与读者》，文化艺术出版社，1997年5月。

[德]瓦尔特·本雅明著，张旭东、魏文生译：《发达资本主义时代的抒情诗人》，生活·读书·新知三联书店，2007年4月。

[俄]巴赫金著，白春仁、晓河译：《小说理论》，河北教育出版社，1998年6月。

[法]波德莱尔著，郭宏安译：《波德莱尔美学论文选》，人民文学出版社，2008年10月。

[法]埃斯卡皮著，于沛、王笑华译：《文学社会学》，浙江人民出版社，1987年8月。

[荷兰]佛克马、蚁布思著，林书武、陈圣生、施燕、王晓云译：《20世纪文学理论》，生活·读书·新知三联书店，1988年1月。

[荷兰]佛克马、蚁布思著，俞国强译：《文学研究与文化参与》，北京大学出版社，1996年3月。

[捷克]普实克著，李燕乔译：《普实克中国现代文学论文集》，湖南文艺出版杜，1987年。

[美]阿瑟·阿萨·伯格著，姚媛译：《通俗文化、媒介和日常生活中的叙事》，南京大学出版社，2006年10月。

[美]雷·韦勒克、奥·沃伦著，刘象愚、邢培明、陈圣生、李哲明译：《文学理论》，三联书店，1984年11月。

[美]马泰·卡琳内斯库著，顾爱彬、李瑞华译：《现代性的五副面孔——现代主义、先锋派、颓废、媚俗艺术、后现代主义》，商务印书馆，2002年5月。

[美]特雷·伊格尔顿著，伍晓明译：《二十世纪西方文学理论》，北京大学出版社，2007年1月。

[美]詹姆迅著，苏仲乐、陈广兴、王逢振译：《论现代主义文学》，中国人民大学出版社，2010年9月。

[匈牙利]阿格妮斯·赫勒著，衣俊卿译：《日常生活》，黑龙江大学出版社，2010年4月。

[英]本·海默尔著，王志宏译：《日常生活与文化理论导论》，商务印书馆，2008年1月。

[英]戴维·英格利斯著，张秋月、周雷亚译，武桂杰、苑洁译校：《文化与日常生活》，中央编译出版社，2010年6月。

优秀硕博士论文类：

安　斌：《家庭伦理与文学叙述——以<新青年>（1915-1920）及其“同人群体”为中心》，复旦大学2012年硕士学位论文。

包学菊：《何以为家——东北沦陷区文学中的家族家庭视界与叙事》，东北师范大学2008年博士学位论文。

常文晓：《用世俗消解传统——池莉小说家庭叙事研究》，河北大学2012年硕士学位论文。

陈　然：《论二十世纪中国家族家庭小说中的“父与子”》，福建师范大学2005年硕士学位论文。

付晓旭：《论苏童长篇小说中的家庭伦理叙事》，辽宁师范大学2016年硕士学位论文。

付　萱：《“娜拉”们的出走和出走以后——新时期女性文学中关于婚姻情感问题的文化研究》，苏州大学2009年硕士学位论文。

郝军启：《1980年代小说的家庭伦理叙事》，吉林大学2009年博学位士论文。

后　娟：《家庭想象与延安文学的复杂性——以<解放日报·文艺>为中心》，华东师范大学2006年硕士学位论文。

胡永生：《文坛驰骋——从原生家庭、朋友、爱人三重维度解读萧乾的文学创作》，福建师范大学2014年硕士学位论文。

冷　嘉：《家庭、革命与伦理重建——以解放区文学为考察中心》，华东师范大学2009年博士学位论文。

李　虹：《试论新时期中国女性小说中的“反家庭”叙事》，河南大学2007年硕士学位论文。

刘　佼：《<醒世姻缘传>探析——以社会生活描写与家庭小说叙事模式为中心》，复旦大学2009年硕士学位论文。

刘雅萍：《论儿童文学中的单亲家庭及父母离异》，上海师范大学2007年硕士学位论文。

马　静：《新时期家庭伦理剧的叙事研究》，西北大学2013年硕士学位论文。

滕　谦：《日常生活世界的改造与救赎——论“十七年文学”小说的日常生活叙事》，华中师范大学2011年硕士学位论文。

王国梁：《新时期家庭小说叙事研究》，延边大学2010年硕士学位论文。

王建科：《元明家庭家族叙事文学研究》，陕西师范大学2003年博士学位论文。

王薇薇：《消费时代的家庭伦理叙事研究——“家常事”里的现代伦理叙事》，江西师范大学2011年硕士学位论文。

吴晓红：《中国古代女性意识——从原始走向封建礼教》，苏州大学2004年博士学位论文。

吴玉玉：《“十七年”农村题材小说中的私人生活书写研究》，北京语言大学2009年硕士学位论文。

翟瑞青：《童年经验对现代作家创作的影响及其呈现》，山东大学2013年博士学位论文。

张太保：《虚妄的神话——新时期文学中女性意识的家庭视角》，新疆大学2005年学位论文。

张艳梅：《海派市民小说与现代伦理叙事》，东北师范大学2004年博士学位论文。

赵玉青：《论鲁敏小说的家庭伦理叙事》，山东师范大学2014年硕士学位论文。

赵志敏：《公共景观化的私人空间——“文革”文学中的家庭叙事》，河南大学2008年硕士学位论文。

作品类

长篇小说（包含长篇散文、非虚构类）：

艾　伟：《爱人有罪》，春风文艺出版社，2006年1月
毕飞宇：《平原》，《收获》2005年第4、5期
陈　河：《布偶》，《人民文学》2010年第11期
程　青：《发烧》，人民文学出版社，2009年9月
《最温暖的寒夜》，安徽人民出版社，2013年9月
迟子建：《额尔古纳河右岸》，北京十月文艺出版社，2005年12月
范小青：《赤脚医生万泉和》，人民文学出版社，2007年7月
方　方：《水在时间之下》，《收获》2008年第6期
甫跃辉：《安娜的火车》，北京十月文艺出版社，2015年10月
格　非：《春尽江南》，上海文艺出版社，2011年8月
《望春风》，译林出版社，2016年7月
关仁山：《麦河》，作家出版社，2010年11月
《日头》，人民文学出版社，2014年8月
韩少功：《日夜书》，上海文艺出版社，2013年3月
贾平凹：《秦腔》，《收获》2005年第1、2期
《古炉》，人民文学出版社，2011年1月
《带灯》，人民文学出版社，2013年1月
蒋子龙：《农民帝国》，《中国作家》，2008年第10、11期
李　浩：《镜子里的父亲》，北京十月文艺出版社，2013年11月
李伯勇：《恍惚远行》，山东文艺出版社，2005年1月
李佩甫：《城的灯》，长江文艺出版社，2003年3月

《生命册》，作家出版社，2012年3月。
梁 鸿：《中国在梁庄》，江苏人民出版社，2010年11月
《出梁庄记》，花城出版社，2013年3月
《神圣家族》，中信出版社，2016年1月
林 白：《万物花开》，《花城》，2003年1期
《妇女闲聊录》，新星出版社，2005年2月
六 六：《双面胶》，上海人民出版社，2005年10月
《蜗居》，长江文艺出版社，2007年12月
刘 庆：《长势喜人》，漓江出版社，2004年1月
刘醒龙：《圣天门口》，人民文学出版社，2005年5月
莫 言：《蛙》，上海文艺出版社，2009年12月
彭学明：《娘》，知识产权出版社，2012年5月
乔 叶：《我是真的热爱你》，长江文艺出版社，2004年4月
《结婚互助组》，江苏文艺出版社，2007年10月
史铁生：《我的丁一之旅》，人民文学出版社，2006年1月
苏 童：《黄雀记》，《收获》，2013年第3期
孙惠芬：《生死十日谈》，人民文学出版社，2013年4月
铁 凝：《大浴女》，春风文艺出版社，2000年3月
《笨花》，人民文学出版社，2006年1月
王安忆：《富萍》，《收获》，2000年第4期
王海鸰：《新结婚时代》，作家出版社，2006年9月
魏 微：《流年》，花山文艺出版社，2002年5月
吴 玄：《陌生人》，《收获》，2008年第2期
徐则臣：《耶路撒冷》，北京十月文艺出版社，2014年3月

严歌苓：《陆犯焉识》，作家出版社，2011年10月
《小姨多鹤》，《人民文学》，2008年第3期
《花儿与少年》，陕西师范大学出版社，2011年1月
阎连科：《受活》，《收获》，2003年第6期
《我与父辈》，云南人民出版社，2009年5月
《炸裂志》，上海文艺出版社，2013年9月
叶　辛：《问世间情》，上海文艺出版社，2014年4月
余　华：《兄弟》（上），上海文艺出版社，2005年8月
《兄弟》（下），上海文艺出版社，2006年3月
张　洁：《无字》，北京十月文艺出版社，2007年2月
张　翎：《金山》，《人民文学》，2009年第4、5期
《睡吧，芙洛，睡吧》，北京十月文艺出版社，2012年1月
张　炜：《丑行或浪漫》，云南人民出版社，2003年3月
张一弓：《远去的驿站》，长江文艺出版社，2002年5月
张懿翎：《把绵羊和山羊分开》，人民文学出版社，2002年7月
赵本夫：《无土时代》，人民文学出版社，2008年1月

中篇小说：

阿　来：《三只虫草》，《收获》，2015年第2期
阿　袁：《顾博士的婚姻经济学》，《十月》，2010年第4期
《鱼肠剑》，《中国作家》，2009年第12期
《郑袖的梨园》，《小说月报·原创版》，2008年第5期
《子在川上》，《十月》，2011年第1期

艾　伟：《家园》，《花城》，2002年第3期

巴　桥：《阿瑶》，《钟山》，2003年4期

白莲春：《拯救父亲》，《人民文学》，2000年第9期

北　北：《寻找妻子古菜花》，《人民文学》，2003年1月

毕飞宇：《青衣》，《花城》，2000年第3期

《玉米》，《人民文学》，2001年第6期

曹　寇：《塘村概略》，《收获》，2012年第4期

曹军庆：《云端之上》，《长江文艺》，2015年第11期

曹明霞：《士别三日》，《中国作家》，2007年第11期

陈　河：《信用河》，《北京文学（中篇小说月报）》，2009年第10期

《义乌之囚》，《人民文学》，2016年第10期

陈　谦：《特蕾莎的流氓犯》，《收获》，2008年第2期

《繁枝》，《人民文学》，2012年第10期

《莲露》，《长江文艺》，2013年第5期

陈希我：《父》，《花城》，2016年第1期

陈应松：《太平狗》《人民文学》，2005年10期

《无鼠之家》，《钟山》，2012第2期

陈中华：《脱臼》，《钟山》，2008年第1期

池　莉：《生活秀》，《十月》，2000年第5期

迟子建：《鬼魅丹青》，《收获》，2009年4期

《空色林澡屋》，《北京文学》（精彩阅读），2016年第8期

《起舞》，《收获》，2007年第5期

《世界上所有的夜晚》，《钟山》，2005年第3期

东　西：《猜到尽头》，《收获》，2002年第3期

东　紫：《白猫》，《人民文学》，2010年第10期

方　方：《奔跑的火光》，《收获》，2001年第5期

《树树皆秋色》，《北京文学》，2003年第11期

《万箭穿心》，《北京文学》，2007年第5期

《琴断口》，《十月》，2009年第3期

《刀锋上的蚂蚁》，《中国作家》，2010年第5期

《涂自强的个人悲伤》，《十月》，2013年第2期

葛水平：《地气》，《黄河》，2004年第1期

《连翘》，《芳草》，2006年第1期

《比风来得早》，《上海文学》，2007年第9期

鬼　子：《瓦城上空的麦田》，《人民文学》，2002年第10期

韩天航：《我的大爹》，《清明》，2004年第5期

何玉茹：《素素》，《上海文学》，2001年第9期

胡学文：《麦子的盖头》，《青年文学》，2004年第8期

黄咏梅：《单双》，《钟山》，2006年第1期

计文君：《白头吟》，《人民文学》，2012年第7期

荆永鸣：《大声呼吸》，《人民文学》，2005年第9期

李　洱：《龙凤呈祥》，《收获》，2003年第5期

李　浩：《失败之书》，《山花》，2006年第1期

李　铁：《冰雪荔枝》，《花城》，2005年第3期

李凤群：《良霞》，《人民文学》，2014年第7期

李骏虎：《五福临门》，《山西文学》，2009年第7期

李约热：《一团金子》，《作家》，2008年第2期
刘建东：《羞耻之乡》，《山花》，2012年第9期
刘庆邦：《我们的村庄》，《十月》，2009年第6期
罗伟章：《我们的路》，《长城》，2005年第3期
《我们能够拯救谁》，《江南》，2006年第2期
马金莲：《长河》，《民族文学》，2013年第9期
倪学礼：《六本书》，《十月》，2008年第3期
普　玄：《酒席上的颜色》，《小说月报》（原创版），2015年第5期
祁　媛：《我准备不发疯》，《收获》，2015年第5期
乔　叶：《锈锄头》，《人民文学》，2006年第8期
裘山山：《隐疾》，《作家》，2016第6期
石一枫：《世间已无陈金芳》，《十月》，2014年第3期
宋小词：《直立行走》，《当代》，2016年第6期
孙　频：《月煞》，《上海文学》，2013年第2期
《丑闻》，《雨花》，2015年第15期
孙惠芬：《歇马山庄的两个女人》《人民文学》，2002年第1期
《一树槐香》，《十月》，2004年第5期
《天窗》，《十月》，2007年第6期
《致无尽关系》，《钟山》，2008年第6期
滕肖澜：《倾国倾城》，《人民文学》，2009年第3期
《美丽的日子》，《人民文学》，2010年第5期
《又见雷雨》，《人民文学》，2014年第12期
王　蒙：《奇葩奇葩处处哀》，《上海文学》，2015年第4期
王　手：《本命年短信》，《收获》，2007年第2期

《自备车之歌》，《收获》，2009年第2期
王安忆：《骄傲的皮匠》，《收获》，2008年第1期
王瑞芸：《姑父》，《收获》，2005年第1期
王十月：《国家订单》，《人民文学》，2008年第4期
王祥夫：《尖叫》，《中国作家》，2006年第6期
王小鹰：《点绛唇》，《收获》，2011年第2期
魏　微：《沿河村纪事》，《收获》，2010年第4期
肖江虹：《悬棺》，《人民文学》，2014年第9期
晓　苏：《住在坡上的表哥》，《长城》，2007年第5期
须一瓜：《淡绿色的月亮》，《收获》，2003年第3期
《义薄云天》，《人民文学》，2010年第9期
徐则臣：《跑步穿过中关村》，《收获》，2006年第6期
《居延》，《收获》，2009年第5期
许春樵：《麦子熟了》，《人民文学》，2016年第10期
严歌苓：《谁家有女初长成》，《当代》，2000年第5期
姚鄂梅：《穿铠甲的人》，《钟山》，2005年第5期
叶　弥：《小男人》，《收获》，2006年第1期
叶兆言：《马文的战争》，《红岩》，2001年第2期
夜　子：《田园将芜》，《长城》，2010年第3期
衣向东：《过滤的阳光》，2002年第4期
弋　舟：《等深》，《乌江》，2012年第5期
《所有路的尽头》，《十月》，2014年第2期
尹学芸：《李海叔叔》，《收获》，2016年第1期
映　川：《我困了，我醒了》，《人民文学》，2004年第6期

余一鸣：《愤怒的小鸟》，《人民文学》，2012年第6期

《种桃种李种春风》，《人民文学》，2014年第1期

张　楚：《风中事》，《十月》，2016年第4期

张　翎：《余震》，《人民文学》，2007年第1期

《雁过藻溪》，《十月》，2005年第2期

张　者：《唱歌》，《收获》，2001年第4期

短篇小说：

阿　成：《流亡者社区的雨夜》，《文学界》，2005年第10期

阿　乙：《阁楼》，《当代》，2012年第3期

艾　伟：《游戏房》，《长城》，2007年第1期

毕飞宇：《相爱的日子》，《人民文学》，2007年第6期

《睡觉》，《人民文学》，2009年第10期

《大雨如注》，《人民文学》，2013年第1期

《虚拟》，《钟山》，2014年第1期

陈　谦：《我是欧文太太》，《广西文学》，2015年第4期

陈丹燕：《雪》，《上海文学》，2008年第2期

陈希我：《我疼》，《红豆》，2004年第5期

陈忠实：《日子》，《人民文学》，2001年第8期

迟子建：《河柳图》，《作家》，2000年第10期

《一匹马两个人》，《收获》，2003年第1期

戴　来：《准备好了吗》，《收获》，2000年第3期

《茄子》，《人民文学》，2003年第6期

笛　安：《圆寂》，《十月》，2008年第5期

杜光辉：《洗车场》，《天津文学》，2009年第4期

方格子：《锦衣玉食的生活》，《天涯》，2005年第8期

《像鞋一样的爱情》，《收获》，2008年第3期

付秀莹：《六月半》，《人民文学》，2010年第12期

葛　亮：《阿霞》，《天涯》，2008年第2期

《过客》，《大家》，2009年第13期

《不见》《作家》，2015年第3期

郭文斌：《吉祥如意》，《人民文学》，2006年第10期

韩少功：《怒目金刚》，《北京文学》，2009年第11期

红　柯：《大漠人家》，《山花》，2007年第4期

黄咏梅：《负一层》，《钟山》，2005年第5期

《父亲的后视镜》，《钟山》，2014年第1期

季栋梁：《吼夜》，《朔方》，2009年第6期

蒋一谈：《透明》，《人民文学》，2013年第4期

金仁顺：《彼此》，《收获》，2007年第2期

康志刚：《归去来兮》，《朔方》，2016年第5期

刘庆邦：《遍地白花》，《钟山》，2001年第2期

刘玉栋：《给马兰姑姑押车》，《天涯》，2002年第3期

《幸福的一天》，《红豆》，2004年第6期

卢江良：《狗小的自行车》，《当代》，2004年第3期

鲁　敏：《方向盘》，《人民文学》，2005年第8期

《离歌》，《钟山》，2008年第2期

《铁血信鸽》，《人民文学》，2010年第1期

《小流放》，《人民文学》，2013年第5期

麦　家：《两位富阳姑娘》，《红豆》，2004年第2期

梅　驿：《新牙》，《花城》，2015年第2期

南　翔：《老桂家的鱼》，《上海文学》，2013年第8期

潘向黎：《我爱小丸子》，《创作》，2002年第4期

《奇迹乘着雪橇来》，《作家》，2003年第2期

《白水青菜》，《作家》，2004年第2期

《永远的谢秋娘》，《作家》，2005年第1期

乔　叶：《取暖》，《十月》，2005年第2期

《家常话》，《上海文学》，2008年第7期

秦　岭：《寻找》，《飞天》，2016年第8期

裘山山：《野草疯长》，《作家杂志》，2007年第8期

沙　石：《玻璃房子》，《当代小说》，2007年第6期

盛可以：《手术》，《天涯》，2003年第5期

《淡黄柳》，《作家》，2006年第4期

《白草地》，《收获》，2010年第2期

施　雨：《你不合我的口味》，《钟山》，2008年第3期

石舒清：《低保》，《人民文学》，2010年第6期

斯继东：《你为何心虚》，《上海文学》，2012年第10期

苏　童：《白雪猪头》，《钟山》，2002年第1期

《堂兄弟》，《上海文学》，2004年第7期

《西瓜船》，《收获》，2005年第1期

《香草营》，《小说界》，2010年第3期

孙　频：《不速之客》，《收获》，2014年第5期

田　耳：《金刚四拿》，《回族文学》，2015年第3期

铁　凝：《小嘴不停》，《长城》，2004年第4期

《春风夜》，《北京文学》，2010年第9期

《火锅子》，《北京文学》，2013年第7期

王祥夫：《上边》，《花城》，2002年第4期

《真是心乱如麻》，《上海文学》，2011年第5期

《归来》，《天下》，2012年第2期

王秀梅：《父亲的桥》，《人民文学》，2013年第9期

尉　然：《李大筐的脚和李小筐的爱情》，《北京文学》，2002年第5期

魏　微：《乡村、穷亲戚和爱情》，《花城》，2001年第5期

《化妆》，《花城》，2003年第5期

《异乡》，《人民文学》，2004年第10期

温亚军：《成人礼》，《大家》，2006年第2期

晓　苏：《侄儿请客》，《作家》，2006年第4期

《花被窝》，《收获》，2011年第1期

《酒疯子》，《收获》，2013年第2期

须一瓜：《小学生黄博浩文档选》，《人民文学》，2011年第3期

徐则臣：《这些年我一直在路上》，《收获》，2010年第4期

薛媛媛：《湘绣旗袍》，《北京文学》，2007年第5期

阎连科：《黑猪毛 白猪毛》，《广州文艺》，2002年第9期

杨显惠：《上海女人》，《上海文学》，2000年第7期

《恩贝》，《上海文学》，2009年第2期

姚鄂梅：《黑眼睛》，《山花》，2006年第9期

《狡猾的父亲》，《人民文学》，2012年第2期

叶　弥：《猛虎》，《作家》，2003年第5期

张惠雯：《垂老别》，《莽原》，2009年第2期

《爱》，《收获》，2011年第4期

《岁暮》，《收获》，2014年第2期

张学东：《送一个人上路》，《上海文学》，2003年第8期

张玉清：《地下室里的猫》，《人民文学》，2010年第6期

周李立：《爱情的头发》，《上海文学》，2016年第1期

朱山坡：《灵魂课》，《收获》，2012年第1期

作品集：

蔡　东：《木兰辞》，作家出版社，2014年1月

笛　安：《妩媚航班》，长江文艺出版社，2012年12月

方　方：《祖父在父亲心中》，黄山书社，2010年4月

甫跃辉：《散佚的族谱》，安徽文艺出版社，2014年1月

葛　亮：《七声》，作家出版社，2011年3月

郭文斌：《大年》，宁夏人民出版社，2005年5月

韩寒编：《独唱团》，山西书海出版社，2010年7月

刘亮程：《一个人的村庄》，春风文艺出版社，2006年1月

鲁　敏：《墙上的父亲》，新星出版社，2012年9月

《小流放》，山东文艺出版社，2014年6月

汤吉夫：《遥远的祖父》，时代文艺出版社，2004年6月

魏　微：《家道》，二十一世纪出版社，2012年4月

谢宗玉：《遍地药香》，湖南文艺出版社，2006年6月
《村庄在南方之南》，百花文艺出版社，2005年1月
《田垅上的婴儿》，现代出版社，2002年11月
余一鸣：《余一鸣小说选》，江苏文艺出版社，2015年1月
张怡微：《细民盛宴》，人民文学出版社，2017年1月
《樱桃青衣》，华东师范大学出版社，2017年7月

后记

本文写作历时三年，选择这样一个题目，原本只是我热爱家长里短的性格所致，但没想到这个题目牵涉之广、内涵之深远远超过了我的想象。在没有阅读相关的作品之前，我对这个题目有着自己的想象，但经过大量的阅读之后，我才发现自己原来的想法其实是非常不成熟，也是非常非主流的。感谢袁进教授、朱文华教授、郜元宝教授、张新颖教授，还有我的导师栾梅健教授对我曾经幼稚的想法展开的包容和循循善诱的引导；感谢我的父母对我的养育，以及在我写作期间给予我的无微不至的关怀与包容。他们在物质上、精神上与专业上给我的帮助，使得这个题目最终得以成文，并成为我迄今为止短暂的学术生涯中最为重要的一篇论文。回顾起来，这段时间也可以说是我最为勤奋的一段时光了。

在写作《追寻与发现——新世纪家庭叙事研究》这部作品期间，我完成了人生的另一桩大事：我结了婚，生了孩子。这让我对我所研究的主题有了更深刻的认识。其实只是一些鸡毛蒜皮的小事，却足以颠覆我以前对婚姻关系、代际关系的体悟与想象。我没有想到我一向自诩淡泊金钱，面对上海高昂的房价和生活成本也不得不变得斤斤计较；我没有想到我一个学文学出身的博士生，在和丈夫吵架时也如同市井泼妇一样口无遮拦、无理取闹却又每每词穷；我没有想到我躺上产科的手术台时，会是那么害怕，又是那么期待；我没有想到我只要看见我女儿在我的怀中吃奶，就能感到无上的幸福，并且毫无抵抗地，成了朋友圈的“晒娃狂魔”……我感受到家庭力量的强大，也清晰地察觉到我作为一个个案，所反映出的家庭生活和家庭伦理的种种变化。我无时无刻不在想着我的论文——这并不是自夸勤奋，而是经历这些人生的重大节点时，我便如同醍醐灌顶一般，对“家庭”二字产生出新的理解，再回头面对我的写作素材和论文时，平添了几分过来人的了然。所以无论如何，我要感谢我的家人，感谢他们给我的鼓励、照顾和体谅，在我为了论文焦头烂额的时候给予我的帮助，在我歇斯底里时给予的包容和理解。也同样要感谢那些不甚美好的时刻，让我真正体会到经营一段婚姻和一个家庭的不易——让我的论文，有了些许也许还不那么深厚的现实的根基。

最后，我的女儿，沈颍暄小朋友，我把我至今写得最长的一篇文章献给你。我很庆幸自己选择了这样的题目，能够把我这一代的家庭故事做一点小小的研究，也因此能够对自己的家庭生活，做一次深入的剖析。在未来的某一天，你面对也许已经大不相同的家庭生活时，能够通过这篇薄薄的论文，回望过去家庭生活的独特光晕，看到在那过去里，一个小小的、可爱的你。妈妈永远爱你。